Fragments d'une vie de nomade

Alice Bernard

# Fragments
# d'une vie de nomade

*Récit*

© Alice Bernard, 2024
Édition : BoD – Books on Demand, info@bod.fr
Impression : BoD – Books on Demand, In de Tarpen 42, Norderstedt (Allemagne)
Impression à la demande
ISBN : 978-2-3225-3819-5
Dépôt légal :Mai 2024

# TABLE DES DESTINATIONS

# Avant-Propos

Au tournant des années deux mille dix, mon compagnon m'entraîne pour une soirée de réveillon organisée par un couple de ses amis. Lui, ingénieur, occupe un poste important dans l'industrie. Elle, poursuit une belle carrière dans le milieu médical. Deux personnes d'un bon niveau culturel.

Dans le salon de leur confortable maison de la banlieue ouest un grand écran demeure allumé et, dès l'entrée, j'aperçois un défilé d'images auxquelles, sur le moment, je ne prête aucune attention. Après que tous les convives sont arrivés, notre hôte sert le champagne, et au bout de quelques instants, le doigt pointé vers l'écran, s'écrie :
-   "Ah ! on arrive sur la série à Angkor Vat !"

Je réalise alors que l'animation sur l'écran est un montage des photos de leurs voyages passés. Toute la soirée, la conversation est émaillée par les exclamations de l'un ou l'autre de nos hôtes pointant sur le Grand Canyon, l'Acropole ou bien la Tanzanie. Pour conclure sur :
-   " Dans deux mois on *fait* la Vallée des Rois."
Je doute qu'ils aient pu la *faire* comme prévu, nous sommes alors à l'aube des printemps arabes !

Sans doute le germe de ces fragments a-t-il été planté dans mon esprit au cours de cette soirée. Toutes les situations décrites ont authentiquement existé. Seul le nom des protagonistes a été changé dans la majorité des cas.

# INTRODUCTION

Si l'avion n'avait pas été inventé, je n'aurais jamais vu le jour.

Mes parents ont en partage une petite enfance cabossée ainsi qu'un beau-père aviateur. Pilote dans l'armée pour ma mère, spécialiste de la mise au point de nouveaux modèles d'avion pour mon père. A l'orée de la seconde guerre mondiale ces deux-là sont mutés à Châteauroux, ville alors connue pour l'importance de sa base aérienne. Les deux familles sont voisines. Agée de dix ans, ma mère subit les taquineries de mon père de trois ans son aîné. La vie les sépare, puis le hasard les réunit alors qu'ils ont respectivement vingt et vingt-trois ans. Ils ne se quitteront plus.

Mon père, breton de cœur, rêve de devenir pilote dans l'aéronavale mais une santé fragile en décide autrement. A la fin des années quarante, la compagnie aérienne nationale, Air-France, en plein essor, lui ouvre ses portes. Il fait partie des pionniers qui assurent le développement des escales de l'entreprise dans des pays souvent difficiles et des conditions qui ne le sont pas moins. Ma mère suit son mari quelle que soit la destination. Elle fait preuve d'une abnégation, d'un courage et d'une ingéniosité sans pareils, se débrouillant avec les circonstances locales pour assurer au mieux l'organisation de la vie de famille.

Leurs premiers pas hors de l'hexagone les conduisent sur le continent africain, des territoires faisant encore partie de l'empire français en cours de désintégration : Congo Brazzaville, Cameroun, Tchad. C'est dans ce dernier pays que naît ma sœur aînée. L'accouchement à Fort-Lamy - aujourd'hui N'Djamena - dans le quartier des expatriés, à la lumière d'une lampe à acétylène, constitue un pan incontournable du récit familial. Ma seconde sœur et moi-même voyons plus classiquement le jour dans une clinique de la banlieue parisienne avant que la famille ne reparte pour l'Irlande. Puis viennent des séjours au Pakistan, en Inde et au Liban, interrompus par quelques retours en France.

Dans les années soixante, se rendre le dimanche sur les terrasses de l'aéroport d'Orly afin de contempler le ballet des avions décollant et atterrissant est la sortie favorite de nombreux Parisiens. Notre famille se trouve régulièrement dans ceux qui s'envolent sous leurs yeux.

Au sortir de l'adolescence, deux d'entre nous, ma sœur aînée et moi-même aspirons à une vie d'expatriée avec une vision idéalisée de ce statut. Chacune à notre façon, nous vivrons ce rêve, il nous réunira souvent malgré nos parcours très différents. Ma sœur aînée épouse son petit ami rencontré au Liban et suit les traces de notre mère. Pour ce qui me concerne, je découvre vite, à mes dépens, que dans les années quatre-vingt, l'expérience et les diplômes ne suffisent pas à rendre une femme *expatriable*. Si mes rêves de départ sont contrariés, malgré tous les obstacles, je continue de cultiver la curiosité de l'ailleurs, de l'autre et de ses différences ; c'est, avec ma farouche indépendance d'esprit, ce qui dicte mes choix personnels et professionnels.

Le voyage c'est la rencontre. Il donne à approcher l'histoire des autres, personnages singuliers, étonnants ou aventureux mis sur notre chemin par le hasard. Ces rencontres façonnent de vraies histoires. Davantage que les images restituées sur le papier glacé des photos, ce sont toutes ces histoires qui se sont imprimées dans ma mémoire.

Pendant mes années d'études, j'économise toute l'année sur les revenus de mes petits boulots d'étudiante afin de faire un grand voyage à la fin de l'été juste avant de retourner à l'université. Bien qu'à la fin des années soixante-dix le transport aérien ne soit pas encore véritablement démocratisé, en tant que fille d'un cadre de la compagnie aérienne nationale je peux envisager des destinations lointaines car je bénéficie de tarifs particulièrement accessibles.

Mes premiers voyages sont opportunistes. L'endroit visité est celui où je suis invitée par la famille ou des amis de la famille. Un cadre bien défini, rassurant pour la très jeune fille que je suis autant que pour mes parents. Mon père commandant le billet d'avion, son accord sur la destination est indispensable. Parfois, il objecte et je manque ainsi plusieurs opportunités de découvertes, dont celle du Chili pour cause de putsch - Pinochet ayant renversé Allende - une raison totalement insuffisante de mon point de vue de jeune fille gâtée. Néanmoins, entre dix-sept et vingt et un an, accompagnée ou non de ma sœur aînée, j'ai découvert Madagascar, le Kenya, le Tchad, le Gabon, la République Dominicaine, quelques capitales européennes et une partie du pourtour de la Méditerranée.

De tous ces voyages j'ai gardé de merveilleux souvenirs de pays dont, pour les plus lointains, le tourisme de masse n'a pas encore abîmé l'authenticité. La visite des réserves kenyanes vient aux tous premiers rangs du classement de ces belles images. Reçues par un ami de la famille quelque peu déjanté, ma sœur aînée et moi avons parcouru les parcs kenyans dans son break Peugeot, approchant au plus près les éléphants, buffles et autres rhinocéros, au risque de se faire charger. Très voisin dans cette hiérarchie, un grand week-end à Lambaréné au Gabon, en pleine forêt équatoriale. Descente du fleuve Ogoué en pirogue entre des rideaux de forêt vierge, visite de l'hôpital du Dr. Schweitzer, nuit dans une mission catholique au milieu des bruits de la jungle et d'un formidable orage équatorial : je me suis sentie l'égale des plus grands explorateurs. Egrener tous ces souvenirs serait l'équivalent de la projection mentionnée en avant-propos : une succession de belles photographies n'ayant d'intérêt pour personne à part ceux avec qui ces moments ont été partagés. Ce recueil n'est pas une collection de ces fabuleuses cartes postales, mais d'expériences ayant laissé une trace d'un tout autre ordre dans ma mémoire.

Partie I

# Le Quebec

*1978-1979*

# Apprentie voyageuse

Si j'avais le goût des formules toutes faites, je pourrais qualifier de voyage fondateur celui effectué au Québec à l'été 1978. Même si j'ai déjà de nombreux séjours à l'étranger à mon actif, pour la première fois aucun résident local ne guide mes pas. Laissée à mon libre-arbitre, je réalise qu'explorer un pays sans en rencontrer les habitants ne présente qu'un intérêt limité : celui de découvrir *en vrai* les endroits dont on a rêvé et de revenir avec de beaux clichés.

A la suite de son mariage fin 1977, ma sœur aînée part vivre à Montréal. En juillet 1978, mon amie Corinne et moi-même utilisons son salon comme camp de base afin de préparer un tour du Québec complété par une incursion en Nouvelle-Angleterre. Sur les conseils de ma sœur, nous achetons un *pass* pour l'utilisation illimitée des autobus *Greyhound*. C'est une société de transport nord-américaine, quasi-monopolistique à l'époque, dont les cars sillonnent les territoires jusqu'aux petites villes les plus reculées. A l'aide d'un guide des auberges de jeunesse, nous établissons un itinéraire, allant de l'est, avec la ville de Québec, au nord jusqu'au lac Saint-Jean, avant de piquer vers l'ouest et la capitale Ottawa en passant par les Laurentides. Après cette boucle nous retournons quelques jours à Montréal, halte bienvenue afin de laver le linge avant de repartir vers le sud et la Nouvelle-Angleterre.

Dès notre première étape, la très touristique ville de Québec, nous nous interrogeons sur une façon de voyager qui nous conduit à mettre nos pas dans ceux des autres visiteurs étrangers. Nous décidons de laisser tomber l'autobus pour l'auto-stop, tant pis pour le *pass Greyhound*. Après trois jours passés dans la capitale de la *Belle Province* nous nous installons à sa sortie nord le pouce levé. Notre aventure québécoise débute vraiment.

## *Deux jolis garçons blonds*

Le premier trajet est d'un peu moins de quatre cents kilomètres, faisable en une journée selon nos estimations, bien que nous n'ayons aucune idée de la façon dont les Québécois perçoivent l'auto-stop. Un premier véhicule nous prend pour nous laisser au bord de la route 175 une demi-heure plus tard. Très vite une autre voiture s'arrête, à son bord deux jolis garçons blonds au sourire ravageur. Ils nous demandent notre destination :

- "Le Lac Saint-Jean"
- "On ne va pas si haut, mais on peut vous accompagner sur à peu près la moitié du chemin".

Coup d'œil à Corinne, on pense la même chose : dommage ! La conversation s'engage. Il s'avère que les deux beaux gosses sont des séminaristes se rendant à un camp d'été où ils seront bûcherons avant de retourner à leur vocation : prier le Seigneur. C'est un bref voyage en compagnie de deux jeunes gens enjoués, comment imaginer qu'ils vont devenir prêtres ? Même si son influence tend à décliner, à cette époque, l'église catholique reste un pilier de la société québécoise. Ils ne sont pas avares en anecdotes décrivant la place du catholicisme dans l'histoire de la province, mais en dépit de nos questions, nous n'aurons pas de réponse quant à ce qui a déterminé leur vocation. Quoiqu'il en soit, leur joie de vivre est communicative, nous les quittons à regret.

*Le lac Saint-Jean*

Un forestier nous conduit l'auberge de jeunesse du lac Saint-Jean. Nous comptons y passer deux à trois jours. C'est l'un des plus grands du Québec et la beauté des paysages de cet endroit est réputée. Peu d'étrangers ici, la région demeure authentiquement québécoise.

Le deuxième jour, nous partons le matin visiter l'une des attractions de la région, Val-Jalbert, un village fantôme, déserté par ses habitants avant la seconde guerre mondiale. Corinne marche devant quand soudain je vois des rigoles de sang se dessiner sur le haut de son dos, ensuite absorbées par le t-shirt. Alertée par mes cris elle s'arrête net. Après mes explications elle me contourne et constate que j'ai aussi quelques traces de sang sur le haut du dos et l'arrière des bras. Une famille québécoise s'arrête. Rigolard, le père nous apostrophe :
- "Vous êtes pas d'*icite*[1], vous. Vous savez pas que c'est la saison des *bibittes*[2] ?"

Il nous signale que c'est la pleine saison des mouches noires. Ces bestioles minuscules ont la caractéristique d'entailler la peau et de faire saigner, on ne sent pas immédiatement la morsure, mais au bout de quelques instants, elle commence à chauffer avant de démanger. Sa femme nous propose gentiment d'utiliser leur vaporisateur de répulsif.

Après avoir passé l'après-midi à soigner nos piqûres dans l'eau du lac, nous commençons à penser au dîner. Le choix d'un restaurant est rapide, il n'y a qu'un seul établissement à proximité de notre auberge de jeunesse. Nous conformant aux usages locaux nous allons *souper*[3] vers dix-huit heures dans cet endroit dont l'identité hésite entre le saloon façon western et la cafeteria d'autoroute. Après un festin de hamburgers, nous prolongeons la soirée autour d'une bière, il n'y a pas grand-chose d'autre à faire ici en fin de journée. Notre façon de parler a été vite repérée et nous avons tout de suite senti les regards des rares clients converger sur nous.

Après nous avoir laissé manger tranquillement, deux individus accoudés au bar, n'y tenant plus, se retournent et nous apostrophent :
-    "Vous êtes Françaises de France ?"
-    "Oui" répondons-nous en cœur.

L'un d'entre eux poursuit :
-    "C'est y vrai qu'chez vous y a qu'une seule chambre de bains pour deux ou trois appart'ments ?"

Après leur avoir fait répéter la question deux fois nous comprenons enfin sa signification. Ils font allusion aux toilettes des vieux immeubles parisiens situés sur le palier. Les légendes ont la vie dure : plus de trente ans après la fin de la seconde guerre mondiale, les souvenirs de ses vétérans alimentent toujours l'imaginaire des générations suivantes. Ils peignent le portrait d'une France quasi-moyenâgeuse auprès des gens qui, s'ils vivent à l'écart de grands centres urbains, ont accès à tout le confort de l'époque et envisagent la civilisation sous un angle unique, celui du bien-être matériel. La possession par la majorité d'une maison bien équipée et d'une voiture est pour eux le signe manifeste de la supériorité de leur société. Nous passons une heure à échanger avec ces curieux qui n'avaient jamais encore rencontré de *Françaises de France* et nous appliquons à redorer l'image de notre pays dans leur esprit et à les rassurer sur l'hygiène des Français.

Malgré la majesté du lieu, nous quittons le lac sans regret, sans doute trop bucolique pour les urbaines que nous sommes. Notre prochaine destination est au Sud-Ouest. Comme il n'existe pas beaucoup d'axes routiers, nous devons d'abord piquer vers le sud, traverser la Mauricie presque jusqu'à Trois-Rivières avant de pouvoir nous diriger vers l'Ouest. Qu'importe, la route suivant le cours de la rivière Saint-Maurice vaut d'être empruntée. Une étape intermédiaire nous mène près des Laurentides. C'est une région au nord de Montréal plus développée que celle que nous venons de quitter. Elle doit son essor au Mont-Tremblant, qui bien qu'il flirte seulement avec les mille mètres d'altitude est l'un des plus hauts sommets du sud du Québec. Sa proximité avec la grande ville, ses pistes de ski, les nombreux lacs des environs font de cette région une destination de week-end et de vacances prisée des Montréalais été comme hiver. Contrairement aux contrées que nous venons de traverser le réseau routier ici est plus dense, reliant villages et hameaux. Beaucoup d'entre eux accueillent des maisons secondaires, grands chalets construits en rondins, versions luxueuses de *ma Cabane au Canada*[4].

*Danièle*

Notre première journée dans les Laurentides est tout aussi ensoleillée et chaude que les précédentes. Corinne et moi tentons une transversale par des petites routes censées nous permettre d'atteindre Saint-Agathe des Monts, notre destination. Si la matinée nous est plutôt favorable, un automobiliste compatissant nous ayant permis de parcourir plus de la moitié du chemin, l'après-midi l'est beaucoup moins et nous marchons depuis des heures. Seize heures passées, il est temps de rallier l'auberge de jeunesse que nous avons repérée à

Sainte-Agathe mais dont nous ignorons la localisation exacte - pas de portable avec GPS en 1978.

Sur l'étroit ruban de route que nous suivons et qui serpente à travers une dense et fraîche forêt de feuillus et conifères mêlés, peu de circulation. Un peu fatiguées, nous nous asseyons sur nos sacs à dos respectifs et attendons l'occasion de lever le pouce. Une brise légère agite les feuillages, les craquements de la forêt ne sont pas encore inquiétants, ce qui l'est plus c'est la rareté des véhicules. L'air charrie des effluves de sous-bois, fraîcheur acide des feuilles vertes, douceur mielleuse de quelques fleurs sauvages sur fond poisseux de terre humide. Le temps s'écoule lentement, toujours personne à l'horizon, croiserons-nous un automobiliste qui nous rapprochera de l'auberge ? Nous n'osons pas nous l'avouer, nous sentons l'inquiétude monter. Après peut-être une demi-heure de pause sans aucun passage, nous nous remettons en route, nous finirons bien par croiser quelqu'un ! Encore un moment de marche silencieuse, avant d'arriver à un croisement. L'autre route est toute aussi modeste que celle sur laquelle nous cheminons actuellement. Un peu perdues, nous décidons de rester à cette intersection, cela doublera nos chances.

Environ dix minutes plus tard, nous pensons être victimes d'une hallucination : une *deux-chevaux* verte apparaît, brinquebalant au son caractéristique de son moteur deux temps. Nous levons les bras, pour un peu nous nous jetterions en travers de la route. Le jeune conducteur s'arrête, souriant :
- "Où allez-vous ?"
- "A l'auberge de jeunesse de Sainte-Agathe."
- "Ça tombe bien, dit-il, j'y vais aussi, c'est ma mère qui s'en occupe."

Ouf ! Nous n'étions pas si loin en réalité, il nous faut à peine un quart d'heure pour parvenir à destination.


Arrivées à l'auberge, nous sommes accueillies par une femme d'une soixantaine d'années. Petite, les cheveux courts, entièrement blancs, elle a la silhouette d'une sportive et projette une impression d'autorité et d'énergie qui en impose. Elle nous accueille avec un franc sourire :
-    "Moi, c'est Danièle".
Nous nous présentons à notre tour. L'auberge est vide, nous serons ses seules pensionnaires. Elle nous montre le dortoir et la salle de bains. Après nous être délestées de nos sacs, nous nous dépêchons de revenir à l'accueil. Il est l'heure du souper. L'auberge n'étant pas dans Saint-Agathe même, il faut nous remettre en route sans tarder si nous voulons éviter de sauter le repas du soir.


Dans l'entrée, nous trouvons notre hôtesse penchée sur un grand cahier, en train de copier nos noms à partir des passeports qu'elle avait pris soin de nous demander. A notre question sur les restaurants où nous pourrions dîner, elle répond :
-    "Je suis allée aux champignons, j'ai de quoi faire une belle omelette et j'ai des fruits. Si ça vous tente, vous pouvez souper avec mon fils et moi, cela nous ferait plaisir."
Invitation inespérée que nous nous empressons d'accepter. Après la longue marche du jour, nous sommes heureuses de nous poser pour la soirée. Une demi-heure plus tard, nous voici attablés dans la grande cuisine de l'auberge. Conçue pour accueillir largement plus que quatre personnes, elle est équipée des énormes appareils électro-ménagers caractéristiques de l'Amérique du Nord et d'une immense table en bois. Lambris,

poutres et parquet de sapin, complètent le tableau, un vrai chalet de montagne.


Danièle a préparé une copieuse omelette aux champignons que nous attaquons de bon appétit. Elle nous questionne :
-   "Alors, vous êtes Françaises ? C'est votre première fois au Québec ?"
-   "Pour Corinne, oui. Je suis déjà venue avant, mais seulement à Montréal."

Elle nous interroge sur les autres voyages que nous avons effectués, je laisse Corinne lui parler de sa passion pour l'Amérique Latine, jusqu'au moment où Jean-Guy, son fils, intervient. :
-   "Ma mère aussi est une grande voyageuse, elle rentre tout juste d'une grande aventure. Raconte Maman !"


Danièle commence alors un récit qui nous tiendra éveillées une partie de la nuit. On aurait pu s'attendre au cliché de la retraitée effectuant de longues croisières, ou, à l'instar de ses voisins américains, visitant dix pays européens en douze jours, mais Danièle attaque en disant :
-   "Je rentre tout juste de Moscou en passant par Berlin."

En ces temps de guerre froide, c'est assez étonnant, et nous restons coites. Nous ne sommes qu'au début de nos surprises. Danièle poursuit :
-   "J'avais deux rêves, visiter le Japon et voir Moscou, et j'ai eu l'idée de réaliser les deux en une seule fois."

Et nous voici embarquées dans un récit incroyable. Avec le temps certains détails se sont effacés, mais je ressens encore la même stupéfaction devant l'incroyable témérité de cette femme. Après nous avoir narré quelques étapes de son voyage au Japon, Danièle nous explique comment il est possible depuis Tokyo de rallier Vladivostok, en prenant un ferry sur la côte nord du Japon. A partir de là, elle a emprunté le Transsibérien pour un voyage d'une semaine jusqu'à Moscou. Après un arrêt de quelques jours pour visiter cette ville, elle a repris un train jusqu'à Berlin. A un moment où l'URSS n'est pas à proprement parler une destination touristique et où la Chine est quasi-totalement fermée aux étrangers, cette petite femme semble trouver banal d'avoir eu l'idée d'emprunter un train lui permettant de parcourir plus de dix mille kilomètres en Russie en longeant la frontière chinoise sur les deux mille cinq cents premiers kilomètres avant d'atteindre Moscou, puis de se rendre à Berlin. Et, plus étonnant encore, de décider d'effectuer ce périple toute seule.

De son récit j'ai gardé en mémoire ce qui l'avait particulièrement marquée, les gens et les paysages. Elle insiste sur la première partie du voyage et la diversité des passagers embarquant et débarquant de ce train. Le passage de l'Asie à l'Europe se lit sur les traits des passagers qui au fil des kilomètres deviennent quasi-exclusivement caucasiens. Au départ, la proximité avec la frontière chinoise induit une mixité de voyageurs. Elle évoque l'étonnement des Chinois qui voient très peu d'occidentaux, la curiosité teintée de peur et de respect qu'ils montrent à son égard. Communisme ou pas, il existe différentes classes sur le Transsibérien. Elle voyage en troisième classe et c'est probablement la source principale d'étonnement pour ses compagnons de voyage. Evidemment, elle n'est pas vraiment capable de communiquer avec eux mais nous conte leur générosité quand il s'agit de lui proposer de partager leurs provisions. Elle témoigne des quantités invraisemblables de thé avalées en contemplant le paysage qui défile et en tentant quelques échanges avec les autres passagers. Progressivement, les voyageurs chinois quittent le train.

Les montagnes dominent la première partie du trajet. Arrivée au lac Baïkal, tout a changé, paysages et voyageurs. Danièle est étonnée par la taille du lac, tellement vaste qu'on n'en distingue pas toujours la côte opposée, comme si, tout d'un coup, une mer avait fait irruption dans la steppe. Une mer incroyablement calme et transparente. Après la steppe le train aborde la taïga, une forêt de conifères dont la composition évolue insensiblement au rythme quasi-hypnotique des wagons. Sans qu'elle y prenne garde la forêt s'éclaircit, devient plus ondulante, bouleaux et peupliers remplacent les rigides et sombres conifères. Danièle pourtant habituée à l'immensité de son propre pays, s'est sentie submergée par l'ampleur du territoire de l'URSS et par sa beauté sauvage. La soirée se prolonge tard dans la nuit, tous embarqués à bord du transsibérien. Notre hôtesse, elle, n'en est pas encore totalement descendue et nous la suivons volontiers jusqu'au moment où la fatigue du récent voyage la rattrape et où celle de la longue marche de la journée s'abat sur nous. Nous allons nous coucher bercées par le roulis imaginaire du train.

Après deux jours à l'auberge et quelques belles promenades dans les Laurentides, nous quittons Sainte-Agathe encore sous l'émotion de notre nuit transsibérienne, le voyage dans le voyage. Comment aurions-nous pu imaginer une telle rencontre au cœur de la forêt canadienne ?

*Normand et Ghislaine*

Destination Ottawa, la capitale fédérale. Moins de deux cents kilomètres. Jour de chance, un premier véhicule nous laisse environ à mi-chemin. Nous ne restons pas longtemps sur le bord de la route, une américaine couleur bleu layette datant de la décennie précédente s'arrête bientôt. Elle a sans doute déjà

beaucoup roulé. Quoiqu'en bon état, sa carrosserie est devenue mate, seuls les chromes brillants témoignent de son prestige passé. Les sièges en simili cuir beige ont eux aussi connu des jours meilleurs et sont, par endroits, rafistolés avec du chatterton noir. Le conducteur, dont l'allure est toute aussi retro que celle de son véhicule, très jovial, se présente :
- "Normand Breton" et souligne :
- "Ce n'est pas un gag, c'est bien mon vrai nom".
Nous nous présentons à notre tour. Il remarque immédiatement notre origine et, en riant, déclare :
- "Avec mon nom, pas besoin de vous préciser que mes ancêtres étaient Français".

Il entreprend de nous raconter ses origines françaises, ses études en histoire à l'université à Montréal, ses envies de voyage. Puis il s'interrompt :
- "Je vais passer quelques jours avec ma mère à Ottawa. Je suis sûr qu'elle adorerait vous rencontrer, ça vous tente de souper chez elle ce soir ?"
Un peu prises de cours, nous nous regardons, Corinne répond :
- "Avec plaisir, mais nous risquons de la déranger."
- "Ne vous tracassez pas, j'ai besoin de remplir le réservoir, j'en profiterai pour l'appeler. Si elle a d'autres plans, elle me le dira."
C'est ainsi que nous nous retrouvons embarquées pour un dîner chez une inconnue. Normand nous laisse devant l'auberge de jeunesse à seize heures. Il viendra nous prendre à dix-huit heures au même endroit.

Nous pénétrons dans l'auberge et découvrons qu'il s'agit d'une ancienne prison dont les cellules sont devenues des chambres. Nous nous voyons attribuer l'une d'entre elles.

Petite, étroite, elle est meublée très simplement de deux lits superposés, de deux chaises et d'une petite armoire. On s'y croirait, sauf que tout a été rénové et que c'est certainement plus confortable que cela ne l'était pour les prisonniers. Pas le temps de nous attarder, nous avons décidé qu'il fallait nous rendre présentables et trouver des fleurs pour la mère de notre nouvel ami. Trouver un fleuriste ici s'avère un défi difficile à relever. Après avoir demandé à plusieurs personnes bien incapables de nous renseigner, et avoir arpenté les rues du quartier nous finissons par tomber sur une petite boutique vendant, entre autres, quelques fleurs fraîches. Le choix est assez limité et le talent du vendeur pour faire un bouquet l'est encore bien davantage. Nous ressortons avec une botte d'œillets rouges maladroitement entortillée dans un papier d'emballage ordinaire. Seul le bolduc rouge liant l'ensemble évoque l'idée d'un présent.


A l'heure dite, nous trouvons Normand très ponctuellement garé devant l'auberge. Je monte vaguement honteuse du piètre bouquet que j'ai dans les mains. Normand nous annonce :
  -  "On retourne au Québec !"

En effet, Ottawa, localisée en Ontario, occupe la rive sud de la rivière des Outaouais, de l'autre côté la ville devient Gatineau, elle se trouve au Québec, c'est là que réside sa mère. Depuis l'auberge de jeunesse c'est un court trajet.


Nous nous retrouvons sur une grande avenue, quand, sans crier gare, Normand s'arrête devant l'enseigne *Kentucky Fried Chicken*.
  -  "Attendez moi là, j'en ai pour un instant."
Interloquées nous le regardons s'engouffrer dans le fast-food. Il en ressort quelques instants plus part, un grand baquet en carton

à la main qu'il tend à Corinne assise à l'arrière. Une délicieuse odeur de graillon envahit immédiatement l'habitacle du véhicule. Je commence à me dire que notre bouquet ne colle peut-être pas si mal à la circonstance.

Quelques minutes plus tard, Normand tourne sur une rue plus étroite où de modestes maisons s'alignent sagement le long d'une droite figurée par les lignes électriques apparentes. Il s'arrête devant une petite maison blanche, légèrement en retrait, seul accident dans l'alignement de la rue souligné par un carré de pelouse bordé d'une plate-bande fleurie. Nous entrons directement dans une cuisine-séjour où nous sommes accueillies par une grande et plantureuse femme blonde dont la coiffure s'inspire de la choucroute façon BB. Elle est vêtue de jeans frangé en bas et d'une longue tunique en vichy rose supposée cacher ses rondeurs. Tout est raccord, depuis la voiture de Normand, probablement héritée de ses parents, en passant par la décoration jusqu'à la coiffure de notre hôtesse, nous baignons dans les années soixante. Normand nous présente sa mère, Ghislaine. Elle est visiblement très heureuse de nous recevoir. Elle se récrie devant notre bouquet, le pose sur la table en formica rouge, nous embrasse et nous propose de nous assoir. Puis elle se saisit du baquet de poulet frit et le verse dans un plat qu'elle enfourne immédiatement afin de tenir la viande au chaud. Enfin, elle revient aux fleurs pour leur trouver un vase, un broc convenant parfaitement à la rusticité du bouquet.

La corpulence n'exclut pas la vivacité, Ghislaine n'en manque pas. Elle se démultiplie et dresse la table en un clin d'œil, puis se tourne vers nous :
-    "Qu'est-ce que vous voulez boire ? Coca-Cola ? Seven-up ? Bière ? Eau ?"

J'opte pour le Coca-Cola, Corinne pour le Seven-up. Ghislaine nous passe les cannettes. Pendant que son fils décapsule des bières pour eux, elle sort deux barquettes : *cole-slow*[5] et carottes râpées. Ensuite elle tronçonne rapidement le pain, une baguette bien caoutchouteuse. Quel festin en perspective !

La conversation tourne autour de nos études respectives et de notre expérience du Canada. La mère et le fils sont pleins d'entrain et de curiosité et le souper se déroule agréablement. A défaut d'un grand moment de gastronomie, nous passons une excellente soirée. Au dessert, après avoir sorti un gallon de glace à la vanille du congélateur, Ghislaine entreprend de nous conter son métier : astrologue et voyante. Elle a, selon elle, une clientèle très haut de gamme, hommes politiques, cheikhs moyen-orientaux, industriels nord-américains. Le point commun de tous ces gens ? Ils sont obsédés par le succès de leurs entreprises, et perpétuellement inquiets. La plupart d'entre eux veulent connaître les périodes les plus favorables aux grandes décisions, elle est en quelque sorte la gouvernante de leurs agendas. Il n'est pas rare qu'elle soit invitée sur le yacht ou dans la propriété de l'un ou de l'autre afin de dispenser ses oracles. Elle nous raconte ainsi une croisière aux Caraïbes, quatre jours sur le yacht d'un magnat saoudien du pétrole, les repas gargantuesques, le whisky coulant à flots. Je suis étonnée du contraste entre sa description d'une vie de star des arts divinatoires et la modestie de sa maison. Comme si Elizabeth Tessier[6] résidait dans un petit pavillon de banlieue.

A la fin de la soirée Corinne et moi, curieuses, demandons si nous pourrions avoir quelques indications sur nos futurs respectifs. Ghislaine refuse catégoriquement :
-   "Je ne fais jamais de consultations pour les amis", dit-elle en matière d'excuse."

Mythomane, légèrement affabulatrice ou réelle vedette de la voyance ? Nous n'aurons jamais de certitude sur Ghislaine. Je préfère croire qu'elle est vraiment ce qu'elle prétend être, ses anecdotes sont tellement divertissantes.

Le tour d'Ottawa est vite fait, nous regagnons Montréal après quelques jours. Il était temps, les sacs sont chargés de linge sale. Si nous sommes loin d'avoir tout vu de cet immense territoire, nous avons fait le plein d'émotions. Merveilleuse nature et fabuleuses rencontres !

Retour au point de départ, Montréal, pour une courte halte afin de planifier nos deux dernières semaines de vacances. Notre plan initial reste inchangé : une incursion aux Etats-Unis s'impose. Notre objectif est d'aller à Boston en descendant le long de la côte du Maine et de remonter via le Vermont.

# De l'Inconscience

Première étape la ville de Sherbrooke où nous faisons à peine connaissance avec l'auberge de jeunesse pour repartir le lendemain matin tôt, direction le Maine. Postées à la sortie Sud-Est de la ville, nous levons le pouce pendant un moment sous un ciel mitigé. Pourvu que le temps soit plus agréable sur la côte. Si le trafic est ici nettement plus important que dans les Laurentides trouver un chauffeur compatissant n'est guère plus facile. Certains ralentissent, mais c'est juste de la curiosité, la plupart passent leur chemin. Finalement ce n'était pas forcément une bonne idée de partir tôt en ce vendredi matin, les gens sont en route pour leur travail, pourquoi prendraient-ils des passagers pour parcourir seulement quelques kilomètres ? Un pick-up s'arrête, le chauffeur nous demande où nous allons :

- "Le Maine, mais vous avez pas choisi le bon endroit les filles, il faut prendre la 141! Montez, je vous laisserai à l'entrée c'est sur ma route."

Environ une demi-heure s'écoule avant l'arrivée d'une Corvette, cette voiture typique de l'Amérique des années soixante-dix. Gris métallisé, elle est décorée de deux ailes noires sur le capot. A bord deux moustachus, cheveux mi- longs, Ray-Ban, chemise largement ouverte, on se regarde, pas besoin de se parler, on se comprend, ils sont tellement cliché, comment résister ?

Les deux hommes nous sourient :

- "Où allez-vous ?"

- "Sur la côte du Maine, vers Old Orchard Beach."
- "Ça tombe bien nous aussi, montez !"

Vu le modèle de la voiture, il est évident que nous allons devoir voyager avec les sacs à dos sur les genoux. On se tasse à l'arrière du véhicule. Les deux moustachus se présentent :

- "Rick."
- "Jo."

Deux Québécois biberonnés aux feuilletons américains sans aucun doute. En réalité, ils doivent s'appeler Éric et Joseph, mais quoi de plus américain qu'un diminutif. Nous nous présentons à notre tour. Rick demande :

- "C'est quoi que vous allez faire à Old Orchard ?"

Corinne répond :

- "On va à Boston, mais on veut profiter un peu de la côte avant, plutôt que d'y aller directement."
- "Vous allez aimer çà ! C'est le fun Old Orchard. Nous on loue un chalet dans un *campground* [1], juste à l'entrée de la ville, c'est un bon endroit, ça vous tente ?"

Il n'est pas évident de savoir s'il s'agit d'une invitation à partager leur chalet ou bien simplement à découvrir l'endroit pour éventuellement y louer un chalet aussi.

La bonhomie québécoise est telle qu'il est difficile pour les deux jeunes et naïves voyageuses que nous sommes à l'époque de distinguer ce qui relève de la vraie gentillesse et ce qui peut être attribué au calcul de mâles en goguette, émoustillés de l'aubaine : prendre en stop deux petites françaises. Contrairement aux Méditerranéens qui ont le compliment facile voire insistant, les Québécois font preuve d'une certaine réserve et se comportent naturellement comme de bons camarades. Alors sans expérience de cette culture nous avons du mal à décoder les intentions derrière la question. On se regarde, impossible de se concerter devant eux. Corinne me fait un signe discret avec la main qui indique une forme d'hésitation. Ma réponse est destinée à gagner du temps :

- "On peut toujours aller jusque-là, on verra sur place."
Cela nous donne quelques heures. Avec environ trois cents kilomètres à parcourir, on devrait être à destination en début d'après-midi, à moins que l'on fasse une pause-déjeuner.

Pour l'instant il est encore un peu tôt pour penser à manger. La conversation a un peu de mal à rebondir ; je prends l'initiative en demandant aux deux amis ce qu'ils font dans la vie. Rick, le conducteur et propriétaire de la voiture, travaille dans une grande surface de bricolage, tout en poursuivant des études de kinésithérapie. Jo est destiné à reprendre la scierie de son père dans laquelle il travaille déjà en suivant en parallèle des cours de comptabilité. Tous les deux nous expliquent qu'ils travaillent tout l'été à plein temps, ils mettent ainsi de côté de quoi prendre une semaine au soleil en plein hiver ; leurs vacances d'été se limitent à deux à trois escapades pendant les week-ends, quand il est possible de partir au moins trois jours. Une leçon que nous avons apprise depuis quelques semaines ici, ne pas juger les gens sur leur allure. En dépit de leur look de machos, limite mauvais garçons, nos compagnons de voyage semblent être des jeunes gens plutôt ordinaires, ni grands aventuriers, ni révolutionnaires, à peine rockers et plutôt travailleurs.

Très vite nous arrivons en vue de la frontière américaine, une simple formalité. La police ici est beaucoup moins pointilleuse qu'elle ne l'est à l'aéroport de New-York. Les deux colosses qui nous arrêtent nous demandent juste l'objectif et la durée de notre voyage, tamponnent nos passeports, jettent un coup d'œil à l'intérieur de la voiture et nous laissent passer sans plus de questions.

Presque logiquement, la conversation s'oriente vers nos voyages respectifs, Corinne parle de ses précédents voyages, le Mexique et le Pérou, elle est plus routarde que moi. Ces destinations intéressent Rick et Jo, surtout le Mexique, qui, pour eux, paraît se limiter au Yucatan, leur conception du voyage étant visiblement d'aller là où la mer est transparente et le sable fin… Cancún entre dans leur triptyque de rêve avec la Floride et les Caraïbes. Je n'interviens pas dans cette conversation. Je n'ai pas la curiosité de Corinne pour l'Amérique Latine, pas plus que la combinaison plage plus cocotiers ne me fait rêver. Je commence à m'inquiéter de ce que nous allons trouver à destination et pressens qu'Old Orchard Beach risque d'être plutôt un piège à touristes qu'une élégante villégiature façon Nouvelle-Angleterre.

Sans doute pour suppléer une conversation qui devient un peu languissante, Jo met une cassette dans le lecteur. Un peu de country music, pas désagréable, un genre qu'on écoute peu en France. Il nous montre fièrement le sac qu'il a préparé pour le week-end et qui doit contenir une bonne trentaine de cassettes, *le meilleur du rock and roll,* nous dit-il. On se laisse aller à écouter la musique quand tout d'un coup Rick nous lance :
  - "Ça vous dirait-y les filles de s'arrêter pour *dîner*[2] rapidement ?"
  - "Bonne idée.", répondons-nous en chœur.
Même s'il est à peine midi, nos deux compagnons de voyage, partis de Montréal le matin même dès l'aurore, commencent à sentir la faim les tenailler ; quant à nous l'ersatz de café et le

muffin aux bleuets, rapidement attrapés à l'épicerie-boulangerie jouxtant l'auberge de jeunesse sont déjà loin.

Nous voici en quête d'une sortie d'autoroute. Cela ne doit pas être la première fois que Rick et Jo font le trajet, visiblement ils ont une idée en tête et environ vingt minutes plus tard, Rick se gare sur le parking d'un *diner*[3] tel que l'iconographie des années cinquante nous les a rendus familiers. Maison basse et longue, enseigne néon disproportionnée. L'entrée nous projette vingt-cinq ans en arrière, un temps on nous n'étions pas nées. Banquettes en moleskine rouge, tables et comptoirs en formica, chromes rutilants, le *diner* compose un décor de comédie hollywoodienne. Le menu est tel qu'on l'imagine, longue liste de sandwichs et hamburgers, omelettes, frites, gaufres, pancakes et milkshakes…Bienvenue en Amérique.

Les deux garçons commandent chacun un hamburger géant accompagné de frites, j'opte pour un club sandwich et Corinne pour une omelette. La serveuse a d'autorité rempli nos tasses du jus amer brun clair que les Américains appellent café. On peut tout essayer, nature, crème, sucre, ce liquide reste imbuvable. Heureusement, de façon tout aussi autoritaire elle remplit nos verres d'eau glacée. Sans nous concerter, nous décidons de rester à l'eau. Les garçons nous expliquent qu'ils prévoient un barbecue le soir, et qu'ils feront les achats nécessaires - sous-entendu en matière de boisson aussi - juste avant d'arriver. Malgré un service très efficace, nous restons une petite heure au restaurant. Il devient probable que nous n'arriverons pas à Old Orchard Beach avant le milieu de l'après-midi, ce qui va restreindre nos capacités de choix en matière d'hébergement. Même si nos compagnons de voyage sont plutôt sympathiques quelque chose me dit qu'il serait plus raisonnable de ne pas partager l'hébergement. Je m'en ouvre rapidement à Corinne pendant que nos deux loustics filent aux toilettes. Que peut-on faire à part essayer de trouver une solution une fois sur place ? Coup d'œil au ciel qui s'éclaircit ; au moins le temps est de notre côté.

Nous reprenons la route, il nous reste probablement autour de deux heures avant d'arriver. Jo change la cassette, optant pour un autre genre, les grands classiques du rock, et nous nous mettons à chanter à tue-tête *Rock around the Clock*, *Just a Gigolo* et autres tubes déjà anciens. Au bout d'une bonne heure, après avoir jeté un coup d'œil à Jo, Rick sort brusquement de l'autoroute. Surprise, je demande :
-    "Nous ne sommes pas déjà arrivés ?"
-    "Non, répond Rick mais ici il y a un Costco, c'est moins dispendieux pour faire l'épicerie du week-end."

On se regarde avec Corinne. Je vois qu'elle doit se poser les mêmes questions que moi : le font-ils exprès ? Ont-ils une stratégie pour nous forcer à partager leur bungalow ? Est-ce qu'ils ne sont pas en train de nous piéger ? Il est évident que plus le temps passe moins nous aurons d'options à l'arrivée, d'autant qu'ils nous l'ont dit eux-mêmes, leur destination n'est pas en ville. Au fond, j'ai un peu de mal à penser que leurs intentions soient mauvaises, mais tout ça prend quand-même un tour inquiétant.

Nos deux lascars prennent un caddy et commencent à déambuler dans les allées de ce magasin géant dont le concept est de vendre de tout en grandes quantités au prix le plus bas. Pourquoi diable s'arrêter ici pour ce qui devrait être seulement un petit ravitaillement ? Corinne et moi les suivons à distance ce qui nous permet de nous concerter. Comme moi, elle s'interroge sur les intentions des deux copains. Il est possible qu'ils se conforment à leur projet initial, mais on peut aussi craindre qu'ils fassent délibérément traîner le voyage afin de ne nous laisser d'autre choix que de partager leur bungalow. Quoiqu'il en soit nous essayons de réfléchir rapidement à la façon de ne pas tomber dans le piège. Nous avons planifié nos étapes en fonction des endroits proposant des auberges de jeunesse, d'où le choix de Old Orchard comme destination. Si nous ne trouvons pas l'auberge, l'alternative serait de louer un chalet dans le même endroit, mais cela risque d'être hors budget. Sinon, il faut compter sur la chance et espérer qu'il existe un motel à proximité du camp. J'ai consigné les numéros des auberges de jeunesse dans un calepin que j'ai dans mon sac à main ; nous nous mettons en quête d'un téléphone.

Pendant ce temps les deux compères remplissent leur caddy : charbon de bois pour le barbecue, gros paquets de côtelettes de porc et de saucisses, de quoi nourrir une armée. Packs de bières en quantité. En tout cas, ils ne se préoccupent pas de savoir si nous avons envie de quoique ce soit. Soit ce sont des mufles, soit ils ne pensent pas que nous passerons la soirée avec eux, ce qui est plutôt rassurant. D'un commun accord, nous décidons de ne pas leur donner de raison de penser autrement. Ainsi, nous ne nous intéressons pas à leur shopping, ni ne proposons une participation financière, une façon de manifester notre intention de les quitter une fois arrivées à destination.

Nous arrivons en vue de la rangée de caisses, de l'autre côté se trouvent deux téléphones. Heureusement, nous avions pris la précaution de changer de l'argent avant de partir et surtout il me restait quelques précieux *quarters*[4] d'un précédent voyage, bien utiles aujourd'hui. C'est le moment de tenter notre chance et d'appeler l'auberge de jeunesse d'Old Orchard Beach. Même si on ne peut pas toujours réserver de place dans ce genre d'endroit, on saura s'il en reste et on pourra leur demander le chemin. Nous laissons les deux garçons s'aligner dans la queue et nous précipitons vers les téléphones. Pas de chance la ligne est occupée. Il y a du monde aux caisses, ce qui nous laisse le temps de réitérer l'appel plusieurs fois, mais la tonalité à l'autre bout de la ligne reste la même. Impossible de joindre l'auberge. Après avoir réglé leurs emplettes, Rick et Jo nous rejoignent.

-    "Vous appelez qui ?" demande Jo.
-    "L'auberge de jeunesse d'Old Orchard, répond Corinne, mais ça sonne toujours occupé."
-    "Vous tracassez donc pas, vous pourrez toujours rester avec nous."

C'est justement ça qui nous tracasse, mais nous ne pouvons leur dire. Retour à la voiture. Ils tassent leurs achats dans le coffre, comme on dit au Québec. Nous remontons à l'arrière de la Corvette, sacs à dos sur les genoux. Corinne ouvre discrètement la poche latérale pour me montrer son opinel avec une mimique indiquant qu'elle serait prête à se défendre si nécessaire.


Après encore quarante-cinq minutes de route, Rick sort de l'autoroute, prend une petite route sinueuse et au bout d'environ un quart d'heure ralentit pour s'engager sur un parking. Nous sommes arrivés. Au sortir de la voiture nous nous trouvons devant un terrain ceint d'une haute clôture défiant les intrus éventuels, le village de bungalows ressemble plus à un camp militaire qu'à autre chose. Nous regardons alentour, mais à part des arbres et une station-service au loin nous n'apercevons rien qui ressemble à un hôtel. Nous avançons vers l'entrée du camp près de laquelle se trouve un cottage. Sous le porche une femme se balance mollement dans un rocking-chair, deux chiens bas-rouges couchés à ses pieds. Elle s'approche de la porte, l'ouvre, et après avoir demandé si nous avions une réservation, nous intime de patienter un instant afin de vérifier le numéro du cabanon attribué à Rick et Jo. Elle revient rapidement et nous prie de la suivre sur un petit sentier gravillonné. Les deux impressionnants bas-rouges trottent à ses côtés.

Le chemin sinue sur un terrain plat, immense, parsemé de petites constructions en bois, très simples, disposées en quinconce et auxquelles il manque peu de choses pour être charmantes. L'accueil n'est pas vraiment chaleureux, notre hôtesse, l'air fermé, chemine en silence. Corinne qui, contrairement à moi, n'a pas peur des chiens, s'approche rapidement de cette femme peu amène pour lui demander s'il y a un cabanon disponible pour la nuit. Elle répond qu'elle ne loue pas à la nuit mais pour le week-end entier. De toute façon le camp est complet. En dépit de son manque d'amabilité, Corinne hasarde une autre question lui demandant si elle connaît l'auberge de jeunesse. Elle éclate d'un rire sonore :
-    "Elle est fermée depuis au moins deux ans !"
Il est déjà près de dix-sept-heure trente. Cette fois nous sommes au pied du mur, risquer de dormir dehors ou accepter le partage du chalet avec Rick et Jo. Nous marchons quelques minutes, dépassant les deux premières rangées de maisonnettes. Le décor est peu travaillé, quelques arbres, peu de fleurs, juste ce qu'il faut de buissons pour isoler chaque bungalow de ses voisins, mais rien qui invite au plaisir du farniente. A la troisième rangée, notre accompagnatrice se dirige vers l'unité réservée par Rick et Jo.

Tous les cabanons sont conçus sur le même modèle, sorte de miniature très simplifiée des traditionnelles maisons américaines en bois. Une terrasse couverte entoure souvent ces habitations, ici elle n'occupe que la partie frontale. C'est là qu'est installé le barbecue d'un côté près d'une table et de ses chaises, une balancelle se trouvant de l'autre côté, l'ensemble est ceint d'une moustiquaire. Les *maringouins*[5] doivent être aussi agressifs ici qu'au Canada ! La porte d'entrée donne sur une pièce tenant lieu de cuisine et de séjour. Elle est bien équipée : réfrigérateur assez grand pour accueillir les provisions achetées au Costco, énorme cuisinière à l'Américaine, et quelques petits électroménagers. Un comptoir assure la séparation avec l'espace salon de taille modeste, mais plutôt accueillant avec ses coussins de couleurs vives. Derrière cette pièce, un étroit couloir propose trois portes, petit coup d'œil à Corinne, il y a deux chambres. La maîtresse des lieux nous montre les deux chambres presque identiques, deux lits chacune et une commode en bois brut. Entre les deux chambres, une salle d'eau. Nous retournons dans le séjour. La propriétaire précise rapidement les règles du lieu : inventaire de la vaisselle à signer, si on casse ou subtilise quoique ce soit les prix de remplacement sont indiqués, et ce ne sont pas ceux de Walmart[6]. Pas de musique trop forte le soir, ménage à effectuer avant de partir. Retour avant onze heures après quoi le campement est fermé et les bas-rouges lâchés pour assurer la sécurité des occupants. Rassurant ! Après nous avoir demandé si nous avions des questions, la dame tourne les talons, plus adjudante qu'hôtesse d'accueil pour vacanciers.

Les deux garçons nous interpellent. Rick commence :
-    "Alors les filles vous décidez quoi ?"

Jo prend la parole :
-    "Y a pas d'auberge de jeunesse, et puis c'est pas sûr qu'y a des chambres d'hôtel libres dans le coin, vous feriez mieux de rester icitc."

Sur le fond, il a parfaitement raison, et ne voulant pas avoir l'air suspicieux, j'interviens :

-    "Mais ça ne vous dérangera pas de partager une chambre ? On ne voudrait pas gâcher votre week-end."

Rick rigole :

-    "Penses-tu, nous quand on dort, on dort."

Corinne :

-    "Bon, c'est d'accord, vous nous direz combien on vous doit."

Rick :

-    "Pas de problème, mais là on s'installe, et puis on va faire un tour à Old Orchard, vous verrez c'est vraiment le fun !"

Ils sortent devant nous, à voix basse je glisse à Corinne :

-    "Il faut prendre la chambre de droite."

Nous récupérons les sacs à dos et aidons avec les provisions. Au retour, Corinne, l'air de rien, se précipite pour jeter son sac dans la chambre de droite. La commode est plus massive ce sera mieux pour bloquer la porte si besoin est. Une fois un minimum de rangement effectué dans la cuisine nous repartons vers la ville, hâte de voir la mer.


Il y a deux pôles d'attraction à Old Orchard Beach : une immense jetée sur la mer et une non moins considérable fête foraine. La jetée, où nous nous rendons en premier, est, comme le Ponte-Vecchio de Florence, construite sur ses deux bords : les stands de beignets, de hot-dogs ou de glaces le disputant aux échoppes de souvenirs bon marché. Nous flânons un moment sur ce que les Américains nomment le *pier*, bondé de touristes. L'endroit fleure la friture plutôt que les embruns et, pour apercevoir la mer, il faut s'approcher des interstices entre deux baraques. Le tour en est vite effectué. Le lieu ne présente qu'un intérêt tout relatif, si ce n'est de nous immerger dans ce qui constitue le plaisir ultime des gens fréquentant cette station balnéaire.

C'est la fête foraine qui attire nos camarades apparemment bloqués à l'adolescence. Ils nous entraînent rapidement vers ses lumières qui commencent à s'allumer alors que le crépuscule s'annonce doucement. Nous serions plus motivées par une promenade en bord de mer, mais ce sont eux qui ont la voiture, et si nous nous éloignons nous risquons de les perdre dans la foule environnante. Nous déclinons l'invitation à les suivre sur l'un de ces manèges à sensations fortes : une capsule tourne sur elle-même à grande vitesse, en même temps qu'au bout d'un long bras. Après dix minutes, ravis de leur expérience, ils continuent leur promenade dans la fête qui s'anime à proportion que le jour décline. Nous suivons sans enthousiasme. Ce n'est pas aujourd'hui que nous découvrirons la côte du Maine. Heureusement, environ une demi-heure et deux manèges plus tard, leur estomac parle et l'appel du barbecue est le plus fort. Ils nous proposent de rentrer préparer le *souper*. Nous acquiesçons en suggérant de nous arrêter au supermarché en chemin pour acheter de quoi préparer une salade, notre contribution au festin.

Retour au camp, entre-temps la nuit est presqu'entièrement tombée, la propriétaire a disposé quelques guirlandes lumineuses entre les bungalows. L'endroit se révèle plus accueillant lorsque les barbelés s'effacent au profit des lampions. Dès l'arrivée, Rick extirpe les bières du réfrigérateur et nous en propose une. Je passe sur l'offre, réservant la boisson pour accompagner le dîner. Je sais d'ores et déjà que je n'abuserai pas. Objectif : ne pas perdre ma lucidité.

Pendant que les deux compères s'affairent à créer une belle braise au barbecue, nous préparons une salade composée avec ce que nous avons pu trouver dans le supermarché. Ce n'est pas la première fois que nous remarquons que, même en été, le choix de légumes et de fruits est limité. Ensuite nous dressons la table sur la terrasse. Le dîner est animé, Rick et Jo ont un solide appétit qui s'accompagne d'une belle descente et les bouteilles de bière défilent. J'ai fini par accepter une bouteille, au même moment Corinne ouvre sa seconde, je grimace, pas trop envie qu'elle s'enivre. J'espère qu'elle comprend le sens de ma mimique Je les félicite pour le barbecue, côtes de porc et saucisses sont très bien cuites, notre salade complète l'ensemble. Nous avons acheté de la glace pour le dessert, elle clôt agréablement ce bon repas.

Avec la nuit la température est tombée, un vent frais balaye la terrasse, quelques gouttes de pluie commencent à tomber. Il est temps de débarrasser et de rentrer dans le bungalow où Rick part à la recherche d'un jeu de cartes pendant que Jo commence à rouler un joint. Corinne et moi nous affairons à la vaisselle et au rangement, prétendant ne rien voir. Rick propose un poker.

-   "Je n'y ai pas joué souvent, il faudra me rappeler les règles.", réponds-je.

Corinne, dernière d'une grande fratrie, connaît la plupart des jeux de cartes, ses frères les lui ont enseignés. Nous convenons que l'argent sera remplacé par des allumettes. Jo, qui a fini de rouler son joint bat les cartes, pendant que Rick et Corinne me rappellent la hiérarchie des combinaisons, paire, double-paire, brelan, suite, etc. La partie commence, le joint tourne, nous passons poliment. Jo se lève, farfouille dans ses cassettes, et met un peu de musique en sourdine. La chance des débutants me sourit et au bout de quelques tours nous nous amusons beaucoup, les esprits s'échauffent un peu, les capsules de bière sautent souvent. Corinne, comme moi, fait durer sa seconde bouteille. Jo roule le second joint et la partie continue dans la bonne humeur.

Vers onze heures, je commence à bailler ostensiblement, les cadavres de bouteilles de bière s'amoncellent autour de la table du salon, le jeu ralentit, les deux garçons ne donnent pas de signes apparents d'ivresse, mais glissent de plus en plus dans leurs fauteuils et leur élocution devient plus lente. Nous profitons de l'interruption du troisième joint pour mettre un terme à la partie prétextant un départ très matinal et nous souhaitons bonne nuit aux garçons avant de nous retirer dans notre chambre. Chacune à son tour va prendre une douche, et nous préparons nos affaires pour le lendemain. Avant de nous mettre au lit, nous tournons la clé dans la serrure, et tirons la lourde commode devant la porte. Corinne sort son opinel du sac et le pose sur la table de nuit entre les deux lits, j'en fais autant avec mon canif, moins efficace sans aucun doute, mais c'est la seule arme dont je dispose. Je sors aussi ma lampe torche.

Un peu inquiètes nous restons attentives aux bruits qui viennent du séjour, on entend la conversation qui continue entre les deux copains. Leurs voix de plus en plus pâteuses autant que les cloisons assourdissent les propos et il nous est impossible d'en comprendre la teneur. Quoiqu'il en soit, ils ne semblent pas encore prêts à aller se coucher. Le sommeil nous gagne. Je ne sais qui s'endort la première, mais une chose est certaine, c'est que nous émergeons de notre torpeur au même moment, réveillées par un coup sourd sur la porte. Une voix chargée nous enjoint de l'ouvrir, tout en secouant la poignée, nous restons silencieuses, prétendant dormir. Visiblement c'est assez pour décourager les deux benêts qui n'insistent pas et occupent la salle de bains à tour de rôle. L'un d'entre eux, que l'eau a dû revigorer quelque peu, revient vers notre porte et la secoue, sans succès. Il essaye un *vous dormez* ? à peine intelligible, puis renonce. Le silence tombe sur le chalet, j'allume ma lampe torche rapidement pour vérifier l'heure, une heure passée. Après quelques minutes, Corinne chuchote :

-   "Tu crois qu'ils se sont endormis ?"
-   "Je ne sais pas, mais s'ils ont continué à fumer et à boire au même rythme, c'est probable."

Je peine à retrouver le sommeil, d'autant que nous avons la volonté de partir avant qu'ils n'émergent, mais nous ne nous servirons pas du petit réveil de voyage que j'ai dans mon sac afin de ne pas les alerter. Comme souvent dans ces cas-là, j'alterne les sommes et les réveils, jusqu'au moment où le jour pointe à travers les rideaux. Il est encore un peu tôt, Corinne n'est pas réveillée. Vers sept heures moins le quart, je la secoue doucement, je lui fais signe de se lever. Nous sommes prêtes en quelques minutes. Le défi est d'éviter le bruit en repoussant la commode placée devant la porte. Nous procédons très doucement, à un moment un grincement vrille l'épais silence du petit matin. Paralysées, nous retenons notre souffle, et si on les avait réveillés ? Nous tendons l'oreille, rien, si ce n'est l'écho assourdi d'un ronflement. Rassurées, nous recommençons doucement, et nous arrêtons dès que la porte est dégagée, tant pis si la commode n'est pas parfaitement en place !


Nous rejoignons le séjour encombré de bouteilles de bière vides dans lequel flotte une odeur de joint refroidi. Sur le comptoir de la cuisine nous laissons en évidence quatre billets de vingt dollars, correspondants au prix convenu la veille, entourés d'un papier sur lequel nous avons griffonné des remerciements, et nous voici prestement sur la terrasse. Pour l'instant tout va bien.

Une fois sur la terrasse nous constatons que le temps ne s'est pas vraiment arrangé, le ciel est bas et menaçant, pour l'instant, il ne pleut pas. Ce qui m'inquiète le plus ce sont les chiens, je regarde de tous côtés : nulle trace des molosses. Il faut y aller, dans notre précipitation nous laissons la porte de la moustiquaire claquer. Oups, pourvu que cela ne réveille pas les deux gaillards.

Malgré le lourd sac à dos qui nous encombre, nous courrons comme des folles vers la sortie, les bas-rouges sont-ils à nos trousses ? Nous ne prenons pas le temps de vérifier, nous arrivons à la première rangée de bungalows, toujours rien en vue, nous accélérons, passons devant le bungalow de l'accueil, pas de trace de la propriétaire, ni de ses chiens, nous appuyons sur le bouton qui ouvre la porte. Ouf, sauvées ! Hors d'haleine, pliées en deux, nous éclatons de rire, pas pour longtemps, les *maringouins* attaquent. Pas le temps de reprendre notre souffle, nous commençons à nous gratter énergiquement les bras et les mollets - j'aurais dû mettre un jean au lieu du bermuda. Nous empruntons la route qui mène à Old Orchard, trente à quarante minutes de marche probablement, à moins que l'on ne croise un automobiliste charitable. Plaisant avec les moustiques sur nous. Quelques minutes plus tard, le salut vient du ciel, la pluie nous débarrasse des importuns. Nous sortons rapidement les capes de pluie, et partons allègrement vers Old Orchard Beach pour voir la mer.

Après un arrêt petit-déjeuner en bord de mer, nous continuons notre chemin vers Boston, avant de finir notre boucle américaine via le Vermont et ses paysages enchanteurs.

L'année 1978 est mon année canadienne. Je me sens bien dans ce pays. Tout y est plus grand, tout y semble possible. Débutant en septembre ma dernière année de maîtrise, je commence à envisager de m'y installer. En attendant cette échéance, j'y retourne une fois encore afin de passer Noël chez ma sœur.

# De la Notoriété

Ma curiosité naturelle, ne s'est jamais appliquée aux célébrités dont la vie ne me fascine aucunement. Mais si la presse dite *people* ne fait pas partie de mes lectures favorites, je ne peux ignorer le visage de ceux qui en font les unes, elles sont placardées sur tous les kiosques. Il arrive parfois que la vie les mette sur le chemin des gens ordinaires dont je fais partie.

Vingt-huit décembre 1978, aéroport de Mirabelle à une cinquantaine kilomètres de Montréal, l'une des salles d'embarquement accueille la foule des voyageurs prêts à partir sur le vol Air-France pour Paris. Elle est baignée d'une lumière crue, blanche, se réfléchissant sur le sol de faux marbre blanc. S'il fait un froid polaire à l'extérieur, l'intérieur de l'aérogare, lui, est très bien chauffé. Avec la foule présente, la température atteint un degré tel que tous sont encombrés par les manteaux et autres pulls dont ils se sont délestés. Les quelques rangées de fauteuils en plastique gris disposées dans cette pièce ne proposent pas un nombre suffisant de sièges pour accommoder autant de voyageurs, à quoi pensent ceux qui définissent ces espaces ? Certains sont assis sur le sol, d'autres font les cent pas, s'interrompant pour tendre l'oreille à chaque annonce faite par la sono défaillante, dans l'espoir d'entendre enfin l'appel signifiant le début de l'embarquement.

J'attends aussi ce signal, peu pressée cependant de retourner à l'université. Je suis arrivée à l'aéroport suffisamment tôt pour trouver une place assise devant la porte d'embarquement. La salle s'est rapidement remplie, tous les voyageurs arrivant chargés de bagages à main, sans compter les gros manteaux. Cela va encore être une belle bataille pour trouver une place dans les compartiments à bagages. Assise depuis un moment sur ce siège inconfortable, je suis de méchante humeur. Je devrais pourtant être contente d'avoir obtenu une place dans cet avion visiblement complet. En effet, si je bénéficie d'un tarif ultra-préférentiel, en contrepartie je ne pars que s'il reste de la place dans l'avion. La fin des vacances et la perspective du retour à la maison ne m'enchantent pas plus que celle d'un vol de nuit totalement surchargé. Je bouillonne intérieurement :

-       "Mais pourquoi autant de gens voyagent-ils ? Avec la chance que j'ai je vais encore me retrouver à côté d'un géant qui va m'enfoncer son coude dans les côtes toute la nuit…

Ah, et puis zut ! On a le partiel d'économie dans quinze jours, comment vais-je faire pour réviser tout ça en si peu de temps ?

Et lui, à côté, il est en train de mettre des miettes partout ! Ils ne peuvent décidemment pas s'abstenir de manger tout le temps.

Bon tant pis, je demanderai à Christine si elle a fait des fiches d'économie pendant les vacances, Patrick pourra peut-être aussi me prêter ses notes, elles sont toujours très bien prises. Avec çà je devrais m'en sortir.

Quel bruit, vivement qu'on embarque, il y a trop de monde ici. Il fait trop chaud, on est tassés, ça devient vraiment insupportable. Ben, ils ne se gênent pas ceux-là ! Avoir autant de bagages de cabine, je croyais qu'on avait le droit d'en embarquer qu'un seul !"

Exaspérée, je lève le nez et m'apprête à tancer ceux qui ont précipité un amoncellement de bagages Vuitton sur mes pieds, lorsque, éberluée, je reconnais une princesse européenne ayant défrayé la chronique mondaine quelque mois auparavant en épousant un homme significativement plus âgé qu'elle. Ce monsieur, outre son âge, cumule deux autres défauts majeurs, il a une réputation sulfureuse de séducteur et le mauvais goût de n'être pas aristocrate. Il se tient aux côtés de la princesse, deux yorkshires dans les bras.

Ma surprise est telle que je ne trouve rien à dire, je me contente de les fusiller du regard, tout en satisfaisant ma curiosité. Après tout, il n'est pas si fréquent de rencontrer les gens qui font la une des magazines. Je me demande bien ce qui a pu la séduire chez cet homme dont le physique n'a rien d'exceptionnel et à qui je trouve un côté *vieux beau* prononcé. Qu'on veuille se marier si jeune dépasse mon entendement - à quelque mois près j'ai le même âge que ladite princesse, et je suis d'autant plus dubitative que je ne vois rien dans son conjoint qui puisse déclencher une folle passion. Mais après tout, je ne le connais pas.

En tout cas, cet intermède m'a sortie de mes réflexions sur la rentrée, c'est déjà bien. Son Altesse, le mari et les chiens sont priés d'embarquer avec tous les honneurs dus à leur rang. A Mirabelle, des passerelles mobiles, sorte de compromis entre les passerelles télescopiques d'aujourd'hui et les bus d'autrefois, sont utilisées. Les passagers de première classe ne sont pas mélangés à la plèbe, et bénéficient du premier véhicule. Les autres passagers doivent encore patienter, mais ce ne sera plus très long. Après quelques minutes, nous voici appelés par numéro de siège. Le fond de l'avion embarquant en premier, je fais partie des premiers chanceux qui peuvent quitter la chaleur bruyante de cet endroit. Le trajet est très court, le bus remonte rapidement à la hauteur de la porte de l'avion. Je ne peux m'empêcher de penser à ceux qui imaginent de tels dispositifs, j'envie leur créativité et leur ingéniosité.

J'embarque. Ma place est située tout au fond de la cabine, avant-dernière rangée. Ma voisine de siège, déjà installée, est une jeune fille à l'air très sérieux. Son allure est celle des jeunes de cette génération, jeans, pull informe, cheveux châtains mi-longs. Même si son visage reste très juvénil, elle a un côté mature, presque austère, difficile de lui donner un âge. Elle me semble à peine plus jeune que moi, et je me réjouis d'avance d'avoir, pour une fois, une voisine de siège avec qui je pourrai discuter. Je la salue avec entrain. Elle me répond gentiment, et visiblement peu encline à débuter une conversation, elle se replonge dans la lecture du magazine Air-France. Elle doit être française. Les Canadiens ont le contact facile et une Québécoise aurait sûrement ponctué son salut d'un *ça va ?* permettant d'engager l'échange. Là, au contraire, je me sens invitée au silence. J'obtempère et m'installe, bataillant pour trouver une place pour mon manteau dans le coffre à bagages déjà très plein.

En attendant la fin de l'embarquement, des chants de Noël sont diffusés en sourdine dans la cabine dans laquelle flotte encore l'odeur des produits d'entretien utilisés pour le nettoyage rapide effectué après le vol aller. J'entends le personnel navigant en train de s'activer dans le galet[1] situé derrière la dernière rangée de sièges. Un dîner sera servi juste après le décollage, ils préparent les chariots, tout en plaisantant. J'entends leurs rires, mais j'ai du mal à capter la teneur de la conversation, dommage pour la curieuse que je suis.

Etant au bord de l'allée, j'observe l'embarquement qui se poursuit avec lenteur. Les gens sont incroyablement chargés. Des batailles muettes s'engagent pour l'occupation des coffres à bagages. Une douzaine de rangées devant, une grosse femme tente de faire rentrer son énorme sac par-dessus un autre bagage et des manteaux. La voisine, à qui doivent appartenir ces affaires, semble préoccupée, se lève, essaye de faire une petite place au gros sac, cela ne fonctionne pas. J'admire le ballet qu'elles exécutent en alternance, sans arriver à résoudre la question, puisque le volume à faire entrer dans le coffre est largement supérieur à sa capacité. Pendant ce temps, la file s'allonge derrière elles. Je suis au spectacle, heureuse d'avoir échappé à ce cirque, tellement fréquent puisque la compagnie, incapable de faire respecter les règles qu'elle édicte, laisse des gens surchargés monter à bord. Au bout de quelques instants, une hôtesse intervient, trouve une solution ailleurs et la progression des passagers dans la cabine peut reprendre.

Le micro crachote, la cheffe de cabine se présente, nous décrit le vol et nous annonce les réjouissances, le dîner, le film *-Les Duellistes*, le petit-déjeuner avant l'arrivée à Paris. Classique, j'ai pris l'habitude, cela fait mon troisième aller-retour à Montréal en un an. Embarquement enfin terminé, les portes de l'avion se ferment. On va commencer à rouler et nous avons droit aux démonstrations de sécurité, toujours les mêmes. Je me demande à quoi servent les gilets de sauvetage, a-t-on déjà vu des survivants nager autour d'un avion qui serait tombé à l'eau ? Je fais part de cette réflexion à ma voisine qui esquisse un sourire, mais ne commente pas. Je reconnais que la remarque n'était pas de très bon goût, mais elle ne semble pas facile à dérider. Comme souvent, il y a un peu d'attente au moment du roulage, les avions font la queue et décollent à une ou deux minutes d'intervalle les uns des autres, ce qui m'inquiète toujours, mais je m'abstiens d'un autre commentaire alarmiste. Enfin en l'air, presqu'à l'heure, malgré tous les petits incidents qui ont émaillé le processus d'embarquement. Le relâchement est presque palpable dans la cabine, les gens sont heureux que le voyage commence enfin après cet avant toujours chaotique et interminable.

Les hôtesses circulent dans l'avion afin de distribuer le menu et les écouteurs pour le film, puis reviennent très peu de temps après avec le chariot proposant l'apéritif. Pour achever dignement mes vacances, je demande un verre de champagne, pendant que ma voisine commande un verre de jus de fruit. Cela ne m'empêche pas de lui proposer un toast à la future nouvelle année qui arrivera dans quelques jours. Elle acquiesce sans grand enthousiasme, mais je sens que je commence à rompre la glace. Elle est peut-être timide, tout simplement. Au bout d'un moment les repas sont servis, ma voisine et moi avons toutes les deux choisi le poulet, le choix le plus sage. A défaut d'être bon, c'est toujours mangeable. Je lui demande si elle va regarder le film, elle répond par l'affirmative, et nous commençons à parler des films que nous avons vu récemment. Elle me parle de Grease - *Brillantine* au Québec - qu'elle a vu peu de temps auparavant et qui lui a beaucoup plu. Pour moi, dans un genre très différent, Annie Hall et Violette Nozière sont les deux derniers films que j'ai aimés. J'en reviens au film de ce soir :

- "Je suis très contente du film programmé j'ai vu sa bande-annonce au moment où il est sorti en France l'année dernière mais je ne l'ai pas vu, même si ça me tentait."

Ma voisine répond :

- "Je ne connaissais pas ce film, mais je viens de lire le résumé dans le magazine Air-France, ça a l'air bien."

J'ai l'impression qu'elle est au Québec depuis un bon moment, mais je n'ose pas lui poser la question, en tout cas, elle ne semble pas très au courant de l'actualité du cinéma. Le repas se passe sans que la conversation ne soit réellement soutenue. Je vois bien que ma camarade de voyage n'est pas très à l'aise. Après avoir servi le café, les hôtesses viennent débarrasser nos plateaux. Le personnel navigant baisse les lumières dans la cabine, la projection peut commencer.

C'est un peu comme au cinéma, sauf que l'écran est beaucoup plus petit et que lorsque, comme moi, on n'est pas très grand(e), on attrape vite un torticolis à force de tendre le cou pour que l'image ne soit pas coupée par le haut des fauteuils et les têtes qui en dépassent. Bercée par le ronron des réacteurs, j'ai du mal à rester éveillée jusqu'à la fin du film, je jette un coup d'œil à ma voisine, elle a déjà piqué du nez. Je résiste jusqu'à la fin, mais je m'endors quasiment instantanément après que les mots *THE END* se sont inscrits sur l'écran.

S'endormir est un bien grand mot. Dans l'avion on sommeille plus que l'on ne dort, le bruit des réacteurs, les déplacements des passagers, les cris de bébé, le bruit des chasses d'eau qui se tirent à intervalles fréquents, l'inconfort des sièges… tout concourt à rendre l'endormissement peu profond, mais il a néanmoins le mérite d'accélérer le passage du temps. Au bout de ce qui semble n'être qu'un court laps de temps, le micro se met à grésiller :
- "Mesdames et Messieurs dans quelques instants un petit-déjeuner vous sera servi."
Je me réveille tout à fait et m'étire. Ma voisine en fait autant, on se sourit.
- "Bien dormi ?"

Elle me répond par une moue.

Le petit-déjeuner est consistant - rien à voir avec ce qui est servi aujourd'hui - omelette, pain, croissant, salade de fruits. C'est un véritable repas qui explique pourquoi nous sommes réveillés bien avant l'atterrissage. Je demande à ma voisine si elle aimé le film, sa réponse est encore une fois une mimique indiquant qu'elle a été plus ou moins séduite. Je crois bien que je n'aurai pas l'occasion d'avoir une vraie conversation avec elle. Enfermée dans sa timidité, à moins qu'elle n'aime cultiver le mystère. Dès les plateaux collectés par le personnel navigant, la descente vers Paris commence, le vol touche à sa fin. Chacun se prépare à sa façon, mettant de l'ordre dans ses cheveux ou ses affaires, se rechaussant. L'atterrissage imminent est enfin annoncé, il intervient quelques instants plus tard sans à-coup.

Etant au fond de l'avion, il nous faut patienter avant de sortir. Après de longues minutes nous commençons enfin à bouger. Ma voisine m'emboîte le pas. Arrivées dans le satellite nous ne sommes pas encore au bout du voyage. Les architectes de l'aéroport Charles de Gaulle, construit en étoile, ont conçu l'aérogare de telle sorte que pour rejoindre la sortie il faut emprunter un long couloir souterrain doté d'un tapis roulant unique dans chaque sens. Ma voisine et moi l'empruntons d'un pas alerte, heureuses de pouvoir enfin nous dégourdir les jambes. Ce faisant nous dépassons tous ceux qui, encombrés de bagages à mains, se laissent porter par ce dispositif.

Il y a foule aux guichets de contrôle de police. Comme d'habitude, et malgré le fait que l'heure matinale accueille de nombreux vols en provenance d'Amérique du Nord ou d'Afrique, seule une minorité de guichets est ouverte. Nous avons toutes les deux la même attitude, hésitant sur la direction à prendre, puis optant pour la queue qui semble avancer le plus vite. Là, je m'aperçois que le couple précédant la personne devant nous est celui que forment la princesse et son mari. Je glisse à ma voisine :

-	"Saviez-vous que nous avons voyagé en bonne compagnie, vous avez reconnu le couple juste devant ?"

Elle se penche un peu, et, les reconnaissant, me répond :

-	"Eux au moins, ils seront bien accueillis et n'auront aucune difficulté à franchir le guichet, j'aimerais pouvoir en dire autant."

Interloquée par ses propos je ne peux m'empêcher de lui demander pourquoi. Elle me révèle alors son nom. La surprise est de taille. Elle porte le nom de l'ennemi public numéro un français, roi de l'évasion. Ce personnage hors norme, endossant un rôle de *Robin des Bois* moderne, s'est attiré une certaine sympathie du public en dénonçant la condition carcérale et surtout les quartiers dits de *haute sécurité* où les détenus sont maintenus à l'isolement. En cavale depuis le mois de mai de l'année sur le point de se terminer, et bête noire de la police, il est abattu quelques mois plus tard lors d'une opération mémorable, applaudie par certains, contestée par beaucoup. Pour l'heure, il se passe rarement quelques jours sans que son nom ne fasse la une des journaux, soit qu'on pense l'avoir aperçu quelque part, soit qu'on lui attribue quelque méfait. Après m'avoir lâché cette information, la jeune fille précise :

-	"Je suis sa fille."


Je reste sans voix ! Beaucoup de choses se bousculent dans ma tête. Evidemment, son identité explique sa discrétion et sa répugnance à entrer en contact avec d'autres. Elle doit entendre tellement de remarques entre réprobation et apitoiement. Ne sachant que dire, mais voyant bien que je ne peux rester silencieuse, je murmure :

-    "Je suis sûre que tout se passera bien."

De fait, quand notre tour arrive, je passe sans encombre, elle me suit quelques instants plus tard sans rencontrer davantage d'obstacles. J'ai attendu pour m'en assurer, je lui souris et lui dis :

"Vous voyez, aucun problème."

A son sourire hésitant, je vois bien que ce n'est pas toujours aussi facile. Nous nous mettons en marche vers la salle des bagages, sans un mot.


L'attente des bagages à Roissy est toujours interminable, à part pour ceux des passagers de première classe qui, portant l'étiquette *prioritaire*, sont livrés rapidement. J'observe le mari de la princesse récupérant rapidement ses valises, grandes sœurs des sacs qui me tombèrent sur les pieds à Mirabelle. Elle n'est pas présente à ses côtés. Je présume qu'elle est sortie très vite afin de se dissimuler derrière les vitres fumées de la limousine qui doit les attendre. En patientant, je médite au contraste entre ces deux notoriétés. L'une de conte de fées, faite de luxe et de paillettes, l'autre beaucoup plus sombre mais qui enflamme tout autant l'imagination du public et derrière cela de vraies personnes que j'ai approchées à l'occasion de ce voyage. Pour les premières, je ne peux prétendre les avoir rencontrées, mais je ne suis pas sûre que leur sort soit beaucoup plus enviable que celui de la seconde que j'ai côtoyée et qui se tient près de moi, solitaire, dans ses pensées.


Si pour la princesse la vie est infiniment plus confortable que pour ma voisine, est-elle pour autant beaucoup plus heureuse ? Ne s'est-elle pas mariée par provocation ou pour tenter d'échapper à une vie d'un autre siècle qu'elle n'avait pas désirée ? Evidemment, je spécule… Son divorce deux ans plus tard rend néanmoins ces hypothèses plausibles. Pour ma voisine, le quotidien doit être beaucoup plus difficile, comment porter un nom aussi chargé ? Comment vivre avec un père en cavale quand il n'est pas en prison ? Comment envisager l'avenir quand le présent est aussi compliqué et instable ?

J'en suis là de mes réflexions, lorsque j'aperçois ma valise sur le tapis roulant des bagages. Je l'empoigne et salue ma compagne de voyage qui ne m'a même pas dit son prénom, je lui souhaite le meilleur pour l'année qui s'annonce sans savoir, qu'hélas, c'est le pire qui l'attend. Je vais prendre le bus qui me ramènera vers Paris dans l'anonymat le plus total…

Partie II

# LE REVE AMERICAIN

*1980-1982*

Jacques Chirac disait : "Les emmerdes, ça vole toujours en escadrille.".

Pour moi, les années 1978 et 79 vérifient l'adage. D'abord le décès de mon grand-père que j'adorais, puis celui de mon chat, consolateur de mes chagrins depuis des années. Enfin mon amoureux, en coopération dans les Caraïbes, met élégamment fin à notre relation par courrier - version d'alors de la rupture par sms, courante aujourd'hui. Pour en finir avec cette série, après l'obtention de ma maîtrise d'économie en juillet 1979, je décide de partir travailler au Québec où j'ai deux possibilités d'emploi. Le sort s'acharnant, je n'obtiens pas le permis de travail. Je ne trouve pas non plus d'emploi en France où les recruteurs regardent mon curriculum vitae avec condescendance avant de me demander si je sais taper à la machine. Me revient alors en mémoire la mention faite par mon ex-petit ami des programmes de MBA aux Etats-Unis…

# Le Saut dans l'Inconnu

Quelques mois plus tard, fin mai 1980, mes parents et moi prenons un verre dans un petit café situé au pied du tapis roulant menant aux salles d'embarquement de l'aéroport de Roissy. Une explosion retentit. Mon neveu, que ma mère garde pour quelques jours, se met instantanément à hurler depuis sa poussette. Affolement général autour de nous, la déflagration vient de notre côté. Les clients se lèvent, hésitant à aller se mettre à couvert. Deux policiers arrivent en courant. Se doutant de l'origine de l'incident, ma mère se penche vers le grand panier contenant les affaires du bébé. Elle l'a posé à côté du bac à plantes, près de notre table. L'antique bouteille thermos, dans laquelle elle avait pris soin de placer un petit pot pour bébé préalablement chauffé, vient d'exploser. Elle relève la tête en annonçant à la cantonade :

- "Ce n'est rien, juste un problème de thermos."

Puis se tournant vers nous, plus bas :

- "Heureusement le petit pot est intact."

Elle est soulagée. Elle pourra faire déjeuner le tyran en couche-culotte qui ne tolère pas le moindre retard à cet égard. Le panier, lui, est rempli des débris du thermos. Mon père râle. Les policiers interviennent. J'en profite pour écourter les adieux. Je pars aujourd'hui pour deux ans en Caroline du Sud où j'ai été acceptée dans un programme de MBA spécialisé en affaires internationales à l'Université de Columbia.

Mes parents m'ont accompagnée à l'aéroport car, pour une fois, mon père a voulu s'assurer que je monterai bien dans l'avion. Je passe par New-York, probablement la destination la plus prisée des personnels d'Air-France et de leurs ayants-droits. Il veut s'assurer que je ne serai pas victime des nombreuses magouilles entachant l'attribution des sièges, en théorie faite sur la base du premier arrivé. Mon vol pour Columbia est prévu le lendemain matin. Je passerai la nuit dans un hôtel près de l'aéroport. Pour l'heure, je quitte mes parents, soulagée d'échapper aux recommandations et larmoyantes embrassades de ma mère voyant sa dernière fille quitter le nid.

Atterrissage à New-York en début d'après-midi. En guise de bienvenue, une immense queue serpente dans l'aérogare avant de rejoindre les guichets de la police des frontières. Pas loin d'une heure à patienter debout avant de pouvoir tendre mon passeport et mon permis d'études à un colosse qui les examine d'un œil soupçonneux. Au bout de quelques instants, comme à regret, il tamponne le passeport et me fait signe de passer. Il ne me reste plus qu'à récupérer mes bagages et à trouver mon hôtel.

Vers dix-sept heures, heure locale, la navette me dépose devant l'hôtel. Pour moi il l'heure de dormir, mais je sais que pour me caler sur l'heure américaine, je dois rester éveillée encore quelques heures. Je dépose mes affaires dans ma chambre pour entreprendre l'exploration du bâtiment. L'établissement est sinistre, rien à part les chambres, ni bar, ni restaurant. Je finis par trouver un distributeur automatique de boissons gazeuses et de divers produits salés et sucrés. Un coca-cola, un paquet de chips et une barre chocolatée me serviront de dîner. Je m'installe devant la télévision avec ce festin, luttant pour ne pas sombrer trop tôt dans le sommeil. Mon vol est à huit heures le lendemain matin.

La peur de ne pas me réveiller me faisant ouvrir l'œil toutes les heures, c'est un peu vaseuse que je sors de l'hôtel dès potron-minet pour prendre une navette qui me conduira au terminal de la compagnie American Airlines sur laquelle je voyage. Je m'attends à un petit-déjeuner à bord, mais pas du tout. Je n'ai pas réalisé qu'ici l'avion remplace le train, le service y est médiocre et payant, à part le café, si l'on peut donner ce nom au jus amer qui nous est servi. J'achète un muffin étouffe-chrétien pour accompagner ce breuvage. Ainsi lestée, je tiens jusqu'à destination. Après ces agapes matinales, je sommeille une grande partie du vol, et c'est plus en forme que j'arrive à Columbia, inquiète de découvrir l'accueil qui me sera réservé. En effet, appréhendant ce saut dans l'inconnu sans totalement me l'avouer, j'ai coché la case *Host-Family*[1] sur le dossier d'inscription de l'université. C'est un dispositif proposé aux étudiants étrangers : une famille les accueille à l'arrivée et leur offre un soutien moral tout au long de leurs études. Cela tranquillisait mes parents, et moi-même au passage. La perspective de ne pas savoir où l'on va dormir le soir même de son arrivée n'est pas franchement rassurante.

L'aéroport est tout petit, pas de formalités de police, on passe directement dans la salle de livraison des bagages où ceux-ci arrivent très rapidement. Poussant le chariot sur lequel sont posés ma valise et mon gros sac, je me mets en quête de la personne censée m'accueillir. J'imagine qu'elle tient une pancarte à mon nom. Rien de tel, ça commence bien ! J'avise une dame portant un dossier aux couleurs de l'université. Je me précipite vers elle et dans un anglais que je crois très compréhensible lui dis :

- "Bonjour, je viens pour étudier à l'université, je cherche
    ma famille d'accueil. Sauriez-vous qui doit être là ?"

Après m'avoir fait répéter plusieurs fois ma phrase, elle me demande mon nom, se plonge dans ses papiers et découvre qu'effectivement une personne devait venir m'accueillir. Elle me fait signe de rester où je suis et va s'occuper de deux à trois autres étudiants qui, eux, trouvent leur correspondant local. Au bout de quelques instants l'aérogare s'est vidée, le calme est impressionnant, nous sommes quasiment les deux seules personnes alentour.

La dame se dirige vers un téléphone - pas de téléphone portable en 1980. Je comprends qu'elle essaye de joindre la famille censée m'accueillir, et visiblement personne ne répond. Elle revient vers moi, contrariée, me dit :
- "Je n'arrive pas à joindre ta famille d'accueil, attendons
    encore quelques instants, ils sont peut-être en chemin."

Au bout d'un quart d'heure environ :
- "Suis-moi, nous allons déjeuner chez moi. On avisera
    après. Au fait, je m'appelle Jane Manning."

Miss Manning a un côté dame patronnesse prononcé, robe jaune pâle rappelant les années cinquante, permanente bien laquée et lunettes sages. Une touche de rouge à lèvres et un sourire bienveillant égayent cette apparence sévère. Premier contact avec une *sudiste*. Je ne sais pas encore que la plupart des femmes, dans le Sud des Etats-Unis, sont restées bloquées à une autre époque tant sur le plan de l'apparence que des valeurs.

En chemin, le dialogue n'est pas facile, j'ai du mal à comprendre ce que me dit Miss Manning, et la réciproque est vraie. Néanmoins, je saisis qu'elle est la responsable de l'association qui établit le lien entre l'université et les familles d'accueil, ce qui explique sa présence à l'aéroport afin de s'assurer que les étudiants trouvent bien leurs hôtes. Heureusement pour moi. Tout en l'écoutant, je conserve les yeux grands ouverts, curieuse de découvrir le paysage de ma nouvelle vie. Pas très enthousiasmant pour l'instant. Des fils électriques barrent l'horizon. Sur des kilomètres se succèdent des cubes en briques gris-beige posés sur des parkings remplis d'énormes automobiles. Rien ou presque ne les distingue les uns des autres, sauf les enseignes, c'est la seule touche de créativité et de couleur. La plupart d'entre elles ne me sont pas familières à l'exception de McDonald's : Harby's, Taco Bell, Dunkin Donuts, Pizza Hut, Piggly Wiggly, Walmart, Ford, etc, les fast-foods le disputent aux supermarchés, aux stations-services et autres concessions automobiles. Pour me rassurer, je me dis que le trajet Roissy-Paris manque aussi de charme.

Après quelques kilomètres, nous sortons de la grande artère qui conduit vers la ville et abordons un quartier résidentiel. Le tableau est très différent, de belles maisons en bois, imposantes par la taille, entourées de porches couverts à colonnades, de grands arbres, des pelouses bien entretenues, de magnifiques massifs de fleurs. On change d'univers. Après quelques tours dans ce quartier, Miss Manning s'engage dans une entrée de garage. Sa maison est sans doute l'une des plus modestes du voisinage, moins *vieux sud* que les autres, elle est en briques beiges, avec de larges baies vitrées. Elle doit avoir la main verte, le jardin devant la maison est splendide. Elle laisse la voiture dehors et me dit :
-    "On va laisser tes bagages dans le coffre."
Je n'avais pas trop prêté attention à la chaleur au sortir de l'aéroport, mais après le trajet dans une voiture transformée en glacière, une moiteur brûlante me saute au visage. Je suis bien arrivée dans le Sud. Nous entrons rapidement dans la maison.

Miss Manning m'indique les toilettes d'invités au cas où je veuille me rafraîchir, en me disant quelque chose comme :

-   "Fais comme chez toi."

Si j'étais chez moi, je pense que je me précipiterais sous la douche, mais là, je mets rapidement de l'ordre dans ma tenue, me lave les mains, et file proposer mon aide à mon hôtesse pour la préparation du déjeuner. Quand j'arrive dans la cuisine je la trouve en conversation avec un adolescent dont je suppose qu'il est son fils. Elle me tend trois assiettes et m'indique la salle à manger. Je mets le couvert pendant qu'elle prépare des sandwiches et une salade. Avant que nous nous asseyions, je la vois me tendre la main droite pendant que sa main gauche attrape celle de son fils, lequel me tend son autre main. Polie, je prends les deux mains tendues et les écoute réciter ce qui doit être un *bénédicité*. Après un sonore *amen* prononcé par Miss Manning, nous sommes invités à nous asseoir et à nous servir. Très vite elle me pose une question qui semble lui brûler les lèvres :

-   "Tu es Française ? Donc tu es catholique ?"

Avec beaucoup de spontanéité je réponds :

-   "Théoriquement, oui, je suis baptisée, mais bon…"

Et je m'arrête avant de dire que je suis au mieux agnostique, voire athée, selon les jours, car dès les premiers mots prononcés, je vois qu'elle est choquée.

-   "C'est bien ma chance, pensé-je, je suis tombée chez une grenouille de bénitier."

En fait, je comprends vite qu'aux Etats-Unis, et surtout dans le Sud, avouer ne pas avoir de religion est beaucoup plus perturbant pour son interlocuteur que ne pas avoir la même religion que lui.

Cet incident m'invite à la prudence et compte-tenu de la difficulté que nous avons à nous comprendre, la conversation se limite à quelques banalités. Le déjeuner est vite expédié. Miss Manning m'indique de poser la vaisselle sale dans l'évier. Nous repartons derechef pour le campus. Elle m'en fait faire un tour rapide, je suis enchantée, mais un peu paniquée, il a l'air très étendu. C'est comme un grand parc, très verdoyant, parsemé de bâtiments dont la construction s'est faite au fur et à mesure de l'expansion de l'université, certains sont assez anciens et très charmants, d'autres datent des années cinquante/soixante, d'autres encore sont très récents ; un point commun, la brique rouge, sauf pour les plus récents qui sont en béton. A chaque fois que nous passons devant un bâtiment Miss Manning mentionne son nom, sa fonction. Comment vais-je retenir tout ça et m'y retrouver, moi qui, en matière de campus, n'ai l'expérience que de l'unique bâtiment de la faculté parisienne où j'ai étudié ?

Elle se gare devant ce qui paraît être l'épicentre de l'université, un bâtiment bas, abritant une librairie et une boutique de souvenirs à l'effigie de l'école que j'aperçois à travers la vitrine. Miss Manning m'entraîne vers le bureau d'accueil des étudiants étrangers. Nous nous retrouvons en face d'un jeune homme affable qui écoute mon histoire, version Miss Manning, laquelle donne l'impression d'être pressée de se débarrasser de moi. La question urgente est : où peut-on me loger ? Le jeune homme indique qu'il vient de trouver un logement à deux étudiantes et qu'il y a une chambre disponible dans l'endroit en question. Il nous note l'adresse sur un papier, et nous voilà aussitôt reparties. Je suis surprise de cette solution instantanément sortie du chapeau. On ne m'a pas expliqué les conditions de cette possible colocation, ni les autres options éventuelles. Pour les deux, le jeune homme et mon accompagnatrice, mon opinion semble n'avoir que très peu d'importance, pourvu qu'on trouve une solution au problème de ma présence.

Nous revenons à la voiture qui, restée au soleil, s'est transformée en four. Climatisation à fond, au bout de quelques minutes, je grelotte et m'inquiète car je vois que nous nous éloignons beaucoup du campus. Après une quinzaine de minutes, nous arrivons dans un endroit plutôt effrayant : quelques maisons posées dans ce qui ressemble à un immense terrain vague où les engins de chantier témoignent de projets immobiliers en cours. Pour l'instant, c'est isolé et sinistre. Je vois que mon accompagnatrice est un peu déstabilisée, mais elle va néanmoins sonner à l'adresse indiquée. La porte s'ouvre sur une jeune asiatique et Miss Manning commence à lui expliquer que nous sommes envoyées par le bureau des étudiants étrangers. Le regard de la jeune fille constitue à lui seul un immense point d'interrogation. Elle ne comprend rien ! Une deuxième jeune fille arrive en renfort. Avec notre anglais approximatif nous arrivons à plus ou moins nous comprendre, et les deux copines proposent de me montrer la chambre disponible. L'endroit est une construction récente. C'est propre et moderne mais petit, et la chambre en question tient un peu du placard. En une fraction de seconde, je m'envisage abandonnée au milieu de nulle part, très loin du campus, sans moyen de transport, dans un environnement plutôt hostile, avec deux colocataires que je ne connais pas et comprends à peine. Une immense panique m'envahit. Je ne demande même pas le montant du loyer et, me tournant vers Miss Manning, lui dis :

- "Je ne crois pas que je pourrai vivre ici, c'est trop loin de l'école."

Je pense qu'elle s'attendait à ma réaction et qu'elle n'est pas loin de partager mon rejet du lieu. Me voyant au bord des larmes, malgré son évidente envie de se débarrasser de moi, elle n'insiste pas. Nous remercions les deux gamines et retournons à la voiture. En démarrant elle me dit :

-   "Ma nièce vit dans une maison tout près du campus. Elle doit pouvoir t'héberger ce soir et comme ça, tu pourras retourner au bureau des étudiants étrangers tôt demain matin, ça te va ?"

Heureuse d'avoir échappé au pire, j'acquiesce. En chemin, elle me parle de Lee-Ann, sa nièce, qui prépare un master en anthropologie et a beaucoup de talents, dont celui d'être une bonne cuisinière. Je m'en réjouis car je commence à avoir faim. Nous arrivons chez elle vers dix-sept heures trente. Elle est un peu surprise de voir sa tante débarquer à l'improviste accompagnée d'une étrangère. Miss Manning lui raconte rapidement que j'arrive de Paris pour intégrer un programme de Master et que la famille censée m'accueillir s'est évaporée. Incrédule, Lee-Ann lâche :

-   "Tu es Française" ?

Ma réponse positive amène immédiatement un large sourire sur son visage, je devine qu'elle n'a probablement jamais rencontré de Français. Notre présence chez elle pimente quelque peu sa journée. Elle partage cette maison avec deux colocataires, absents pour l'instant. De ce fait, elle confirme pouvoir m'héberger pour la nuit avant d'aller à la cuisine nous servir deux verres de thé glacé. Ensuite, tante et nièce échangent quelques nouvelles. Miss Manning ne s'attarde pas. Nous récupérons mes bagages dans sa voiture et elle part après que je l'ai chaudement remerciée pour son aide. Je n'aurai jamais d'explication sur l'absence de la famille d'accueil pas plus que je ne reverrai Miss Manning qui, retournée promptement à ses occupations, a sans doute oublié mon existence dès le lendemain.

Lee-Ann, me propose la chambre de l'un des colocataires, attrape une paire de draps dans un placard, me la jette :

- "Installe-toi ! tu as faim ? Je m'apprêtais à préparer à dîner quand vous avez sonné".

Je la comprends mieux que sa tante, son accent est beaucoup moins prononcé. Je l'entends s'agiter dans la cuisine, faire claquer les portes de placard, siffloter. Je me dépêche de faire le lit pour la rejoindre. Elle m'explique qu'elle veut essayer une recette qu'une amie lui a donnée. Elle commence alors à ouvrir trois à quatre boîtes de conserve, puis les vide dans une cocotte contenant des morceaux de poulet et un peu du bouillon de leur cuisson. Elle ajoute ainsi des petit-pois, du maïs en grain, des champignons, des carottes. Enfin, elle verse de la crème sur l'ensemble, quelques aromates et fait mijoter le tout pendant quinze à vingt minutes. Je suis ébahie par cette conception de la cuisine à base de boîtes de conserve. Sa préparation constitue une sorte de *gloubi-boulga* peu appétissant. J'accepte de goûter avec un enthousiasme que j'espère avoir réussi à feindre. Le goût du plat est conforme à son apparence : fade, collant, écœurant. Lee-Ann elle-même semble un peu déçue du résultat, je la rassure :

- "C'est très bon !"

Heureusement que c'est une bonne cuisinière ! Le dîner n'a pas douché son enthousiasme, il n'est que dix-neuf heures, elle me propose de la suivre, elle doit rejoindre des amis dans l'un des bars à la mode de Columbia. Après cette journée chargée en émotions, et avec le décalage horaire pas totalement effacé, je me serais bien couchée, mais, j'ai peur de la vexer si je refuse, d'autant que je la crois heureuse de la perspective d'exhiber sa nouvelle amie française – la suite montrera que l'arrivée d'une Française à Columbia constitue effectivement un petit évènement. Par ailleurs, je n'ai pas envie de rester seule dans cette grande maison.

Lee-Ann est une grande blonde, un peu plantureuse, avec une chevelure magnifique. Elle me demande de l'attendre quelques minutes, le temps de se préparer. J'imagine qu'elle va troquer son minishort et son t-shirt informe contre une tenue un peu plus habillée et j'hésite à me changer, surtout que je me sens collante et poussiéreuse. Pas sûre d'avoir le temps de prendre une douche, je me contente de me rafraîchir et de me recoiffer. Heureusement que je n'ai pas sorti l'un des jolis ensembles achetés avant de partir. Lorsqu'elle revient, Lee-Ann, ne s'est pas changée, elle a juste maquillé ses yeux, tressé ses cheveux et porte à la main des sandales qu'elle ne prend pas la peine d'enfiler pour sortir de la maison. Nous prenons sa voiture, une vieille américaine en piètre état. Le bar où nous nous rendons ne me semble pas si loin, l'essentiel du temps de trajet est celui passé à chercher une place de parking pour la voiture. J'ai l'impression qu'aller à pied aurait été plus simple. Contrairement aux cafés français et à leurs terrasses, le bar qui nous accueille est à peine repérable au milieu des maisons. Seul le néon à l'effigie d'un logo de bière s'encadrant dans le bow-window, ainsi qu'une entrée en avancée dotée d'une porte vitrée, le distingue des maisons voisines. Sur la porte, une pancarte indique : *ici le port de la chemise et des chaussures est obligatoire.* Surprenant ! Lee-Ann chausse ses sandales.


L'endroit est sombre, deux écrans de télévision diffusant un match de baseball en mode silencieux assurent une bonne partie de l'éclairage, une musique rock-country couvre les conversations. Nous rejoignons trois personnes déjà installées, présentations rapides, la Parisienne fait son petit effet… pendant un court instant, puis on passe à la commande. On me propose ce qui est visiblement la boisson à la mode, le Daïquiri-Fraise, pourquoi pas ? En fait, c'est un granité à la fraise - arôme artificiel, additionné de glaçons sur lequel le barman verse un peu de rhum avant de mélanger le tout énergiquement. Je sirote mon cocktail en essayant de suivre la conversation ce qui n'est guère facile compte-tenu de la musique. Dès nos boissons finies le petit groupe se lève et m'entraîne dans un autre bar. Même affiche à l'entrée. Nous ferons ainsi le tour de trois bars avant que Lee-Ann ne déclare qu'elle doit se coucher tôt ayant un rendez-vous le lendemain matin. Ouf ! La journée a été longue. Heureuse de pouvoir enfin me coucher. Inquiète pour la suite, mais terrassée par la fatigue, je sombre.

Le lendemain, un rayon de soleil me réveille, il fait déjà chaud dans la chambre où je n'ai pas allumé le climatiseur. La maison est silencieuse, il doit être tôt. Ma montre me confirme le diagnostic, six heures trente. Très doucement, j'ouvre la porte de ma chambre et me faufile dans la salle de bains pour me doucher. La chambre de Lee-Ann est à l'autre bout du palier, j'espère qu'elle n'entend rien. Une fois douchée, habillée de vêtements propres, je range mes affaires et descends dans la cuisine. J'y trouve Lee-Ann installée devant une tasse de thé, en train de se vernir les ongles des pieds. Elle me fait un grand sourire :
-	"Bien dormi ? Alors quels sont tes plans aujourd'hui ?"
-	"Je dois retourner au bureau des étudiants étrangers, j'espère qu'ils vont m'aider à trouver une solution d'hébergement. Il faut également que je me rende au bureau de la direction de mon programme. La session d'été débute dans trois jours et je n'ai aucune idée des cours que je vais suivre".

Elle me propose de laisser mes affaires chez elle et de repasser en fin de journée pour les reprendre si j'ai trouvé un toit. Sinon, elle pourra encore me loger ce soir, mais après, il faudra que je parte. C'est à la fois rassurant et paniquant. Je ne serai pas à la rue ce soir, mais j'ai trente-six heures pour trouver où me loger dans une ville totalement inconnue.

Suivant ses conseils, je pars tôt afin d'arriver à l'ouverture du bureau d'accueil des étudiants étrangers. Elle m'en a indiqué le chemin, c'est très proche de chez elle. J'arrive en avance, mais le jeune homme de la veille ne tarde pas à se montrer. Il est surpris de me retrouver là.

- "Qu'est-ce qui t'amène ?"me dit-il.
- "Je voudrais savoir s'il n'y a pas d'autres solutions de logement."
- "Pourquoi ? Tu n'as pas voulu du logement que je t'avais proposé ?"

J'ai beau ne pas être diplomate, je sens bien qu'il vaut mieux ne pas lui dire ce que je pense de sa recommandation. Je me contente de répondre :

- "C'est beaucoup trop loin du campus."
- "Bon, si tu veux être sur le campus, j'ai quelque chose pour toi, mais il faut y aller tout de suite, et ce sera seulement pour les six semaines qui viennent."

Il prend la peine de m'expliquer que le dortoir réservé aux étudiantes entrant au *Collège*[2] est loué aux étudiantes des *Graduate Schools*[3] pendant la session d'été, les premières n'arrivant qu'en août. Je comprends qu'il n'a pas tellement envie de chercher d'autres alternatives et que je ferais mieux de sauter sur cette occasion. Six semaines pour me familiariser avec la ville et chercher un hébergement plus durable c'est plus rassurant que de m'engager dans une colocation avec de totales inconnues. Il me tend un plan du campus met une croix sur l'emplacement de son bureau, et une sur celui de l'endroit où je dois me rendre pour faire une demande de place dans le dortoir. Je lui demande aussi où se situe l'administration du programme que je vais suivre. Il reprend le plan du campus et ajoute une croix sur le bâtiment concerné. Considérant qu'il a rempli sa mission, il me fait un grand sourire et me souhaite bonne chance. Pour lui, je suis sans doute une étudiante parmi tant d'autres, l'accueil est poli, mécanique, efficace, mais je sens bien que mon sort ne l'intéresse pas un instant.

Rude journée, pendant laquelle je sillonne le campus à pied sous un soleil de plomb, mais les objectifs de la journée sont atteints. Lorsque je reviens chez Lee-Ann vers dix-huit heures j'ai réussi à obtenir une chambre dans le *Dormitory*[4] où je peux emménager dès aujourd'hui. Je caresse la clef de ma chambre, dans ma poche, comme un talisman. Par ailleurs, j'ai pu finaliser mon inscription à la session d'été, un cours d'anglais intensif, deux autres cours. Cela ne fait pas réellement partie du programme, c'est une façon de familiariser les étudiants étrangers avec la langue et le système - et accessoirement de leur ponctionner les frais d'une session supplémentaire. Lee-Ann me propose un thé glacé pendant que je lui raconte ma journée. Je sens qu'elle a d'autres plans pour la soirée, et comme je dois encore traverser une partie du campus avec mes bagages, je me dépêche de me mettre en route après m'être confondue en remerciements. Je suis consciente de la chance que j'ai eue en atterrissant chez elle. Je suis passée la voir à la fin de la session d'été, mais elle n'habitait plus à cette adresse. Ainsi va la vie sur les campus américains, les colocations se font et se défont au gré des opportunités. Je ne reverrai jamais mon éphémère première colocataire. Aujourd'hui nous serions restées en contact sur l'un ou l'autre des réseaux sociaux à la mode et aurions, de loin en loin, échangé des nouvelles.

# Le Dorm

J'avance doucement dans les allées du campus. Même si le soleil ne tardera pas à disparaître derrière l'horizon et se fait moins mordant, il fait encore chaud et mes bagages ne sont pas légers. J'ai pris le soin de faire des repérages pendant la journée et je sais précisément où je vais. La distance n'est pas énorme, mais avec des poses fréquentes, le trajet prend un bon moment.

J'arrive au *dorm* à la nuit tombante et devant la porte je vois une petite chinoise - je suppose qu'elle est chinoise - gesticulant devant une grande brune dont la coupe au bol n'est pas sans rappeler celle de Mireille Matthieu. Elles s'interrompent en me voyant arriver. La grande brune me dit :

- "Hey ! Tu vas à quel étage ?"
- "Hey ! sixième."
- "Moi aussi. Je m'appelle Linda, et se tournant vers la chinoise, au fait quel est ton nom ?"
- "Amy, je suis au sixième aussi."
- "Moi, c'est Alice."
- "D'où viens-tu Alice ?" demande Linda.
- "De Paris, France."
- "Ah, d'où l'accent. Moi je viens du Mississipi, et toi Amy ?"
- "J'arrive de Floride où j'étais au *College*, mais je suis originaire de Hong-Kong."

Nous montons ensemble repérer nos chambres respectives. Dans l'ascenseur, les deux reviennent sur l'incident ayant déclenché les vociférations d'Amy. Afin de pouvoir vider le coffre de sa voiture, elle a ôté son vélo et l'a posé contre le véhicule, omettant de mettre l'antivol. Le temps d'un aller-retour afin de déposer une partie de ses affaires dans le hall de l'immeuble, le vélo avait disparu. Linda commente :

-    "Bienvenue à Columbia ! Maintenant on sait à quoi s'en
     tenir."

Je ne le sais pas encore, je viens de rencontrer celles qui deviendront mes plus proches amies pendant ces deux années, amitié qui a résisté au temps passé depuis.


Arrivées au sixième nous découvrons un grand couloir de part et d'autre des ascenseurs. Il dessert d'un côté les chambres dont les portes s'alignent régulièrement, de l'autre côté des portes beaucoup moins nombreuses. Suivant les indications affichées, Amy et Linda se dirigent vers la droite et moi vers la gauche. Avant que nous nous séparions, Linda lance :

-    "Vous avez de quoi dîner ? Non ? Moi non plus,
     retrouvons-nous ici dans une demi-heure."

Très bonne idée ! J'ai grignoté un minuscule sandwich à midi et je n'ai pas repéré de quoi faire des courses alimentaires sur le campus. Je me dirige vers ma chambre. Elle est tout au fond du couloir.


J'imagine que toutes sont sur le même modèle : raisonnablement spacieuses avec, sur chacun des murs latéraux, un placard - penderie, tiroirs, etc.- assez grand pour ranger pas mal de choses, puis un lit d'une place. Au pied du lit, perpendiculaire à celui-ci, un petit bureau et une chaise. Le mur du fond accueille de grandes fenêtres, sous lesquelles un climatiseur est installé. Ma colocataire n'étant pas encore arrivée, j'ai le choix et jette mon dévolu sur le côté droit. Je pose mes bagages et commence par vider le sac où se trouve le linge que j'ai amené, une paire de draps, ma couverture marocaine chérie - achetée au souk de Taroudant trois ans auparavant, du linge de toilette. Je m'aperçois que les oreillers ne sont pas fournis. Je laisse la valise pour aller explorer les lieux. Les portes de l'autre côté du couloir sont celles des salles de bains communes, vastes salles comportant des lavabos et des stalles de douche individuelles. Plus loin les WC. Je continue de parcourir le couloir au bout duquel se situe la cuisine commune également, dans laquelle je trouve Linda en pleine inspection des équipements, grands réfrigérateurs et cuisinières à gaz. Sur le mur une affiche précise les règles d'utilisation du lieu. Dans l'ensemble, la cuisine est en bon état et propre. Je me sens heureuse d'avoir pu obtenir une chambre ici et vois se dessiner la vie de campus telle que je l'avais rêvée.

A côté de la cuisine se trouve le bureau du superviseur de l'étage, vide à cette heure. Pour l'instant le *dorm* est très calme. Nous sommes parmi les premières à nous y installer. Quelques jeunes filles, traînant d'énormes bagages, apparaissent puis disparaissent, comme happées par les portes des chambres se refermant sur elles. Linda et moi nous dirigeons vers l'ascenseur, Amy nous y attend. Je leur demande si elles ont un oreiller, ce qui les fait beaucoup rire. Pour elles, il n'est pas concevable d'imaginer que les oreillers soient fournis, chacune amène le sien, question d'hygiène. Nous faisons le point de ce que nous devons acheter. Mes nouvelles amies ont bien compris que j'avais besoin de beaucoup de choses, et d'un commun accord, nous décidons d'aller au Walmart, un magasin qui propose des produits pour la maison en plus de l'alimentation, le tout à des prix cassés. Outre l'oreiller, je dépose dans le caddy un minimum d'équipement de cuisine, car en dehors de couverts en acier, je n'ai rien. Ensuite, nous passons à l'alimentaire. Heureusement mes expériences canadiennes m'ont un peu familiarisée avec les supermarchés de ce côté de l'Atlantique, mais je demeure effarée de la taille des emballages, ici impossible d'acheter en petites quantités. Chacune prend de quoi se constituer un petit fond d'épicerie et assurer le petit-déjeuner du lendemain, sans oublier quelques produits d'entretien et de toilette. Notre expédition finie, nous nous arrêtons en chemin manger une salade dans un fast-food. L'heure du dîner est largement passée - ici on dîne vers dix-huit heures, l'endroit est vide, le repas vite terminé. La discussion nous permet de faire plus ample connaissance : Amy va suivre le même programme que moi. Quelle chance d'avoir déjà rencontré l'une de mes futures camarades dès le premier jour. Linda, elle, intègre un master en littérature. Fatiguées, elles d'avoir conduit pendant de longues heures et moi d'avoir sillonné le campus en tous sens, nous rentrons rapidement, encombrées de nos emplettes. Demain la vie d'étudiante commence !


Le week-end se passe à parfaire l'installation, aucune trace de ma colocataire. Je me prends à rêver que le deuxième lit n'ait pas trouvé preneur. Mes deux nouvelles copines, elles, voient leurs compagnes de chambre arriver. Amy partage sa chambre avec une Américaine venue de Virginie, Kelly. Physiquement, elle n'est pas sans rappeler un personnage des bandes dessinées de mon enfance, Léa Glouton, une grande blonde obèse, l'antithèse de la petite et svelte Amy. Quant à Linda, elle accueille une femme qui me paraît âgée - elle doit avoir autour de trente-cinq ans, une infirmière à l'air austère venue du Michigan pour reprendre ses études afin de se spécialiser en anesthésie. Nous organisons une forme de réunion de bienvenue chez le marchand de glaces de *Five Points*, un quartier à la frontière Est du campus, où se concentrent quelques petits commerçants, une rareté ici.

Je ne verrai ma colocataire arriver que trois jours plus tard. Le matin vers dix heures, la porte s'ouvre sur une jeune fille noire, pas très grande, assez mignonne.
- "Hey, lui dis-je, je m'appelle Alice, et toi ?"
Elle me regarde d'un air renfrogné, et finit par lâcher :
- "Joy."

Si je suis un peu surprise c'est que jusque-là, je n'ai croisé aucune Afro-Américaine dans le dortoir et très peu sur le campus. Mes voyages m'ayant habituée à avoir des camarades de toutes origines et religions, je ne fais pas grand cas de cette différence. Au vu de sa moue, je ne suis pas sûre que la réciproque soit vraie. La suite me confirmera qu'elle ne l'était pas.

# The French Girl

Lundi matin, premier cours de maths, il devient clair que la session d'été est une sorte de tour de chauffe, pour moi c'est retour en classe de troisième. Amy, suit le même cours, mais ce sera le seul cours que nous prendrons en commun. Lundi après-midi, premier cours d'Anglais, mon professeur est… Linda ! Je lui demande plus tard pourquoi elle ne m'a pas prévenue. Elle ne pensait pas que je serai dans son cours.

Le mardi, pas de cours, mais une conférence qui réunira les deux promotions, celle qui arrive, et celle sur le point de partir en stage. Le programme invite régulièrement des cadres de haut niveau de multinationales afin qu'ils nous présentent leur société, ses objectifs, les grands enjeux de leur secteur d'activité et éventuellement d'établir des contacts avec de jeunes recrues potentielles. Une vraie nouveauté pour moi diplômée d'économie d'une université française totalement déconnectée de l'économie réelle. A l'issue de la conférence une *party* est organisée. Je me réjouis de rencontrer les autres étudiants à cette occasion. Toutes les informations sont postées sur le panneau d'affichage que nous sommes priés de consulter régulièrement à l'étage de direction. Je note scrupuleusement le lieu de la conférence, un bâtiment différent de celui alloué à notre programme car doté d'un auditorium ayant la capacité d'accueillir les deux promotions. La conférence débute à quinze heures trente, elle doit durer une heure et demie. La réception se tient ailleurs.

Le lendemain, je quitte le dortoir vers quinze heures, persuadée d'avoir amplement le temps de trouver le lieu de la conférence qui, sur le papier, n'est pas très éloigné du bâtiment habituel. Malheureusement, je me trompe et dois revenir sur mes pas. Une fois arrivée sur les lieux, j'ai du mal à trouver l'entrée de l'amphithéâtre. Bref, j'arrive avec dix minutes de retard, au moment où l'intervenant prend la parole. J'essaye d'entrer discrètement, la porte grince légèrement. Quelques têtes se tournent vers moi. Les autres suivent, comme une vague irrésistible, alors qu'un murmure se répand : *The French Girl…The French Girl…The French Girl…* Je dois être écarlate. Le directeur se saisit du micro à portée de sa main et lance un tonitruant : *Welcome Alice!* Comme entrée discrète, on fait mieux. Point positif, je n'aurai pas besoin de me présenter, tout le monde connaît mon nom maintenant. J'esquisse un sourire contrit, et m'assois sur le premier siège à ma portée.

L'intervenant, l'un des dirigeants d'IBM, qui, contrairement à l'audience, n'est pas intéressé par mes origines, continue sa présentation. A l'issue de celle-ci et de la session de questions, le directeur nous rappelle le lieu de la réception. Comme une volée d'étourneaux, les étudiants s'échappent de la salle. Je vois quelques filles retourner vers le *dorm*, j'en conclus qu'elles vont revêtir une tenue plus habillée. J'en fais autant, et troque jeans et polo contre un petit ensemble rose fuchsia avec de jolis souliers blancs à talons. Quand j'arrive sur le lieu de la *party*, un jardin desséché et sans charme derrière une maison située tout près du campus, je réalise mon erreur. Oui, il s'agissait de changer de tenue, mais pour se mettre en short, enlever ses chaussures, et, pour beaucoup de garçons, sa chemise. Je me sens totalement ridicule, mais je comprends enfin la raison de l'affiche remarquée le soir de mon arrivée à la porte des bars.

Le conférencier et le directeur ont tombé la cravate et tout le monde s'agglutine autour d'un tonneau de bière. Perturbée par cette conception de la fête, je m'aperçois vite que les barrières protocolaires tombent également, avec une familiarité entre les étudiants, le directeur du programme, les professeurs présents et l'intervenant qui me surprend autant qu'elle me choque. Le directeur s'approche de moi, goguenard et me lance :

- "Alors, tu as soigné ton entrée ?"
- "Non, j'ai mal évalué le temps qu'il me faudrait pour arriver, je suis désolée."
- "Comme tu as pu le constater, tu étais attendue, tu sais que tu es la première Française à venir étudier sur ce campus ?"

J'ai bien envie de rétorquer "et alors ?", mais je sens comme une fierté chez lui. Je me contente de sourire. Je réalise plus tard, que la Caroline du Sud est une province assez pauvre. L'université est au cœur d'un dispositif visant à favoriser son développement économique. Le cursus, très récent, dans lequel je suis inscrite est le fer de lance de cette stratégie de développement. Alors, l'arrivée de la première Française dans ce programme est probablement vécue par son directeur comme un signe de réussite.

Dès que j'ai fini de discuter avec lui, je vois plusieurs garçons s'approcher. Il faut dire qu'ils sont une majorité de l'effectif présent dans ce jardin, à première vue, environ quatre-vingt pour cent. Je leur souris. Quelques-uns d'entre eux tiennent un petit papier dans la main. Ils se présentent, toujours un peu de la même façon :

- "Salut, je m'appelle Mike (Kevin, Steve,…), je suis dans le cursus *Français* - les étudiants américains choisissent une langue et effectuent un stage longue durée dans le pays dont ils ont choisi la langue - j'aimerais pratiquer la conversation française, je te laisse mon numéro de téléphone, tu m'appelles ?"

Ensuite, ils tournent les talons, retournant vers le tonneau de bière. Que penser ? A part, que je ne suis pas ici pour parler le français, mais, entre autres, pour améliorer ma pratique de l'anglais. Autant dire que je ne me dépêche pas de rappeler ces garçons que je ne connais pas. Quelques semaines plus tard, je comprends que la conversation française n'était pas nécessairement leur motivation première. Après, ces quelques très surprenantes et brèves discussions, je circule un peu dans le jardin, tombe sur une joyeuse bande de Latino-Américains de la promotion précédente avec lesquels nous décidons d'aller dîner et je passe une vraie soirée de fête.


Dans les jours qui suivront mon entrée remarquée dans le programme, à chaque passage à l'administration du programme, je trouve dans mon casier une invitation pour ici un barbecue, là une *party*. Ces invitations sont lancées par des associations culturelles ou caritatives. La nouvelle de ma présence a réellement fait le tour du campus. Ne voulant pas décevoir, ni donner une mauvaise image de mes compatriotes, je me rends à quelques-unes de ces manifestations. Encore une fois, les gens sont chaleureux et beaucoup me donnent leur numéro de téléphone. Je suis enchantée de voir mon carnet d'adresse se remplir si vite. En fait, une fois leur curiosité satisfaite, la plupart d'entre eux passent à autre chose. Lorsque je rappelle l'un ou l'autre ils ne savent plus qui je suis.

# Acculturation

Après les quelques premiers jours trépidants, la vie sur le campus se met en place. Entre des cours peu exigeants et la vie au dortoir, je profite des *parties* organisées par la bande rencontrée à la première soirée qui, s'apprêtant à partir en stage pour six mois, n'en finit pas de célébrer la fin d'une première année décrite comme intense.

Tout serait parfait si ma colocataire, bien installée maintenant, n'avait pas décidé que sa loi règnerait sur notre chambre. Venant de Géorgie, état voisin, elle est arrivée en voiture avec un invraisemblable bric-à-brac dont une petite télévision qu'elle a posée sur son bureau, à côté d'une machine à écrire. Il s'avère qu'elle est étudiante en journalisme. Apparemment, elle a déjà beaucoup de devoirs à rendre qu'elle entreprend de dactylographier pendant la nuit tout en regardant la télévision.

Par ailleurs, elle semble peu incommodée par la chaleur - le thermomètre est bloqué entre 35°C et 40°C depuis notre arrivée - et refuse obstinément de mettre la climatisation en marche au prétexte d'y être allergique. En dehors de la température infernale qui règne dans la chambre, cela nous garantit la compagnie d'énormes cafards. J'essaye de lui faire valoir mon point de vue, mais rien n'y fait. Le conflit est larvé. Elle a décidé dès le début qu'elle me parlerait le moins possible, elle ignore toutes mes demandes, ne répond à rien, me tourne simplement le dos en continuant à taper sur son clavier comme si l'information des citoyens américains en dépendait. Au bout d'un moment, suivant les recommandations de mes camarades de dortoir, et bien que la délation me répugne, je me décide à aller me plaindre au bureau du superviseur. C'est une femme plutôt compatissante, elle m'assure qu'elle demandera à ma compagne de chambre de faire un effort.

Le résultat de mon intervention n'est pas tout à fait celui escompté. Joy ne change rien à ses habitudes, bien au contraire. Il semble qu'elle prenne un malin plaisir à martyriser sa machine à écrire sur laquelle elle tape violemment jusqu'à des heures avancées. Elle m'ignore toujours, mais je sens qu'elle n'a pas apprécié mon intervention auprès de la responsable, son hostilité est palpable. Quelques jours plus tard, en rentrant dans la chambre vers vingt et une heures, je trouve deux garçons, Afro-Américains venus, sans aucun doute, voler au secours de leur amie aux pièces avec une étrangère, blanche de surcroît, donc une ennemie ! Ils sont assis sur mon lit. Ce ne sont pas des petits gabarits. L'un d'entre eux arbore le T-shirt d'une équipe de base-ball et la batte assortie. Peut-être sort-il tout juste d'un entrainement ? Je pense plutôt qu'il s'agit de m'intimider. Quand je leur demande poliment de partir, ils ne bougent pas, bien décidés à ne pas lever le camp. La responsable de l'étage n'est plus présente à cette heure. Que faire ? Je bats en retraite et vais toquer à la porte de la chambre des copines. Bientôt, une bonne partie de l'étage est au courant et s'indigne. Un petit groupe d'une quinzaine de filles m'accompagne pour faire entendre raison aux deux intrus. Ils ont l'air assez surpris, sans doute par la rapidité et l'ampleur de la solidarité. J'ai l'impression que, dans leur détestation de l'étrangère que je suis, ils ont peut-être pensé que je serais très isolée, ou simplement, le plus probable, ils n'y ont pas réfléchi. Marjorie, colocataire de Linda, doyenne de l'étage dotée un certain charisme, prend la parole :

- "Vous n'avez pas le droit d'être ici, vous devez partir, sinon nous allons être obligées d'appeler la police !"

Sachant très bien que la police ici ne leur ferait aucun cadeau, les deux garçons se lèvent en traînant les pieds, le petit groupe s'écarte. Le plus grand lance, mezza-voce :

- "Racist bitches[1]".

C'est un comble ! Le lendemain, je vais rapporter l'incident à la responsable de l'étage. Cette fois, elle a dû avoir un discours beaucoup plus ferme car Joy, de mauvaise grâce, finit par accepter de climatiser la chambre - a minima, mais cela devient enfin vivable - et d'arrêter de taper à la machine après onze heures le soir. Je revis, je commençais à sérieusement sentir les effets des nuits sans sommeil et de la guerre des nerfs lancée par Joy.

Cet épisode a eu le mérite de me faire rencontrer d'autres protagonistes du *Dorm*. Elles ont pour noms Suzy, Lily, Kathy, Mandy, Dottie, Angie, etc. Tous ces diminutifs en *i* me font tourner la tête, je n'arrive pas à mémoriser quelles deux syllabes sont attribuables à qui. Un petit groupe, prenant conscience que l'étrangère a sans doute besoin d'être *éduquée* plus amplement sur les mœurs locales, m'invite à partager un dîner improvisé dans la chambre de deux d'entre elles. A l'ordre du jour la question cruciale du comportement à adopter avec le mâle américain. Ici, les Français ont la réputation d'être de grands séducteurs et probablement pensent-elles que les jeunes filles françaises sont victimes de ces serials dragueurs. Il faut me faire comprendre qu'en Amérique les femmes sont aux commandes. C'est donc dans une optique charitable, à moins que ce ne soit pour s'assurer que je ne vienne pas casser leurs jouets, que ces demoiselles ont décidé de partager avec moi le code de conduite à tenir avec leurs compatriotes masculins. Après le pop-corn, sans sel pour respecter le régime de certaines, et les sandwiches, le plat de résistance consiste en une explication détaillée, étape par étape, des règles à respecter avant d'ébaucher une relation amoureuse dans ce pays.

Tout d'abord, être attentive aux signes qu'envoient les garçons. Un bon candidat ne drague pas ouvertement. S'il le fait c'est à ses risques et périls, attention aux plaintes pour harcèlement sexuel, déjà très en vogue à l'époque. Les signes sont souvent subliminaux. Le garçon prend en général un prétexte anodin - une question sur un devoir, une proposition d'aide pour porter une charge, etc. - pour aborder la demoiselle qu'il veut séduire. A ce stade, je réalise la signification des numéros de téléphone recueillis le premier jour au prétexte d'éventuelles sessions de conversation française. Je me rends alors compte que j'ai dû vexer un certain nombre de mes futurs camarades de classe. Une fois que l'on a remarqué l'attention qu'un jeune homme nous porte, s'il nous intéresse, on peut lui tendre une perche en retour. Par exemple mentionner, l'air de rien, la sortie d'un nouveau film, est idéal. Le garçon peut alors confirmer son intérêt en lançant une invitation pour le premier *date*[2], et là, il est prié de sortir le grand jeu. Naturellement, il offre le cinéma et le dîner, mais il doit aussi se montrer galant et attentif. Hors de question de consentir à un baiser le premier soir ! S'ensuivent pas mal de recommandations quant à la façon de laisser l'histoire se développer, notamment comment la fille, au moment qu'elle choisit, avance la main sur la table du dîner - ou du déjeuner, afin d'indiquer au garçon qu'il est autorisé à la lui tenir. En résumé, la fille décide de tout, le garçon doit se montrer patient et prêt à beaucoup investir - au propre comme au figuré. Je reste bouche bée. Pour une Française, à cette époque, faire le premier pas est difficilement concevable. Par ailleurs, les étudiants ayant souvent de petits budgets, chacun paye ses sorties. Même si la tradition veut que le garçon invite, ce sont les moyens de chacun qui déterminent la façon dont les choses vont se passer. Les jeunes Françaises ne s'attendent pas à être traitées comme des princesses. Les Américaines, si. Ici, le garçon passe par une longue série d'épreuves, il n'est jamais assuré de gagner le cœur et surtout les faveurs de sa belle, et, s'il échoue, il doit s'effacer avec grâce et sans récriminations. J'imagine faire subir cet interminable parcours à un Français, pour ensuite le congédier sans avoir concédé ne serait-ce qu'un baiser, et j'entends déjà les noms d'oiseau voler. Je sors de cette petite réunion très perplexe, me demandant si mes camarades n'en ont pas un peu rajouté. Timide, complexée, et peu à l'aise avec les garçons, je suis assez d'accord avec le principe du *pas de baiser le premier soir*. Prendre le temps de se connaître me va bien. Je suis néanmoins très perturbée par l'absence de spontanéité de ce qui m'a été exposé, où sont les émotions là-dedans ? Je trouve cette version moderne de l'amour courtois, insistant fortement sur le volet matériel, assez malsaine. Néanmoins, j'appliquerai plus tard les recommandations de mes camarades, et je m'apercevrai qu'elles n'avaient rien exagéré. Ce n'est pas le comportement dont je suis la plus fière.

Ainsi, rythmée par les cours, les sorties, les réunions dans la chambre de l'une ou de l'autre - à part la mienne, la session d'été s'écoule assez rapidement. Ma colocataire ne se déride pas. Sans certitude aucune, je la soupçonne de s'être vengée d'avoir dû céder à mes demandes en me volant quelques affaires. En effet, afin d'éviter que mes plus jolis vêtements ne soient détruits par les énormes laveuses et sécheuses en libre-service au sous-sol, je préfère les laver à la main. Pas idéal, d'autant que je les étends dans la grande salle de bain sans fenêtre, mais c'est la seule façon de préserver mes tenues favorites. C'est ainsi que la jupe de mon bel ensemble fuchsia et un t-shirt, laissés à sécher dans la salle de bains, disparaissent sans laisser de trace. Etant donné qu'avec Amy nous sommes de loin les deux plus petites et les plus minces du *Dorm*, je ne vois pas qui aurait intérêt à voler des affaires qui ne pourront être portées. Je soupçonne fortement Joy d'être à l'origine de ce larcin. Je n'en aurai jamais la certitude. Nous nous séparerons en fin de session sans un adieu.

Qu'est-elle devenue ? Je ne le sais pas. Lors de mes premiers séjours aux Etats-Unis après mon retour en France, j'ai souvent scruté le visage des journalistes de télévision essayant d'y deviner ses traits, sans succès.

# Hermitage House, 619 King Street

Vers la fin de la session d'été, tout le monde se met en chasse pour trouver un nouvel hébergement. La plupart des maisons autour du campus, souvent divisées en appartements, sont charmantes vues de l'extérieur mais généralement vétustes et mal équipées d'après ce que j'ai pu constater. Par ailleurs, la proximité de l'université rend les loyers coûteux. En conséquence, la majorité des étudiants disposant d'une voiture préfèrent se loger assez loin du campus. Ils bénéficient ainsi de loyers plus abordables et de logements en meilleur état, mais pour moi cela signifierait être totalement dépendante de ma/mes colocataires pour le transport. Je m'inquiète d'autant plus que, consultant régulièrement les petites annonces diffusées par voie d'affichage à l'école, je ne trouve pas beaucoup de logements à visiter. Kelly la colocataire d'Amy et Marjorie celle de Linda ont décidé de s'installer ensemble et ont trouvé un appartement dans un immeuble de l'autre côté du quartier de *Five Points*, situé près de l'université. C'est l'un des rares immeubles modernes à distance raisonnable du campus. Amy partie visiter leur trouvaille avec Kelly, revient enthousiaste et me propose de partager l'autre appartement encore disponible dans le bâtiment, mais il faut se décider très vite. Je ne tergiverse pas, c'est dans mon budget, j'accepte sans avoir vu l'appartement au préalable. Deux jours après, nous nous rendons sur place signer le bail, faire l'état des lieux d'entrée, et, pour moi, découvrir mon futur logement. C'est un trois pièces sans grand charme mais très fonctionnel, avec une cuisine entièrement équipée. Amy bénéficiant de la place de parking, elle me propose d'occuper la plus grande chambre qui dispose d'un cabinet de toilette. Si ce n'était la moquette couleur vert épinard du plus bel effet, je trouverais mon premier appartement en tout point formidable.

Il s'agit maintenant de meubler notre prochain domicile. Amy, que je soupçonne d'avoir beaucoup d'argent, joue le jeu de l'étudiante fauchée et nous décidons de visiter les nombreuses *garage sales*[1] qui sont organisées pendant l'été. Nous courrons de l'une à l'autre afin de meubler le séjour - pour les chambres, nous avons récupéré des lits d'étudiants de la promo précédente. Nous dénichons ainsi un canapé club en simili cuir marron, une table grise en formica imitation marbre, des chaises en plastique vaguement assorties, et finissons nos emplettes par un lampadaire beige, un peu brinquebalant. L'ensemble ne nous coûte pas très cher, et le résultat est à la hauteur des sommes investies, totalement kitsch et d'un remarquable mauvais goût conférant un certain cachet à l'appartement.

Nous quittons le *Dorm* le dix-huit juillet afin d'intégrer notre nouveau chez nous, nos deux camarades Kelly et Marjorie sont à l'étage inférieur. Linda, elle, a décidé de ne pas avoir recours à la colocation et a trouvé un petit appartement au rez-de-chaussée d'une maison non loin du campus. Je m'étais habituée à cette vie en communauté et c'est avec un peu de tristesse que je tourne cette page, pas fâchée néanmoins d'être privée de la présence de Joy.

La session d'été a pris fin, les cours ne reprennent pas avant six semaines. Ma nouvelle colocataire et moi passons quelques jours à parfaire notre installation. Pour dix dollars j'achète deux anciennes polices d'assurance calligraphiées et ornées de sceaux originaux qui décorent sobrement les murs de ma chambre. En attendant la rentrée, Amy ira en Floride chez l'une de ses sœurs, je retournerai en France. Avant de partir je prends la mesure de nos fenêtres et promets à ma nouvelle colocataire que je reviendrai avec des rideaux. Mon plan est d'aller au marché Saint-Pierre à Paris où l'on trouve des tissus bon marché et de demander à ma mère de nous confectionner les rideaux à la bonne dimension. Ainsi fut fait, lorsque je reviens une semaine avant la rentrée, les rideaux sont au fond de ma valise. Amy, déjà revenue, m'aide à les installer. Nous achetons une belle plante pour le salon. A défaut de pouvoir prétendre à la une d'un magazine de décoration, l'appartement est maintenant très chaleureux.

Les cours commencent et je comprends très vite pourquoi les élèves de la promotion précédente célébraient la fin de la première année aussi ardemment. Pas de démarrage en douceur. Trois matières par semaine, pas de cours magistraux, mais nous sommes censés avoir lu tout ce qui sera évoqué pendant le cours et arriver avec des questions. Cela fait plusieurs centaines de pages de cours à lire par jour ! Très vite travaux de groupe, exercices et devoirs pleuvent. Sans compter qu'on nous annonce trois heures d'examen tous les lundis matin, dès la troisième semaine. Toute note en dessous de C conduit à l'exclusion du programme et de l'université. En bref, la pression est forte et le stress intense. Amy ne semble pas trop affectée par ces conditions et demeure d'un calme olympien, je suis moins sereine.

Un jour, vers la fin du mois de septembre, assommée à la fois par les lectures prolongées jusqu'à très tard dans la nuit et les cours dispensés par le professeur de comptabilité, natif de l'état, dont l'anglais est totalement incompréhensible, je me couche au retour de l'école. Amy décide de ressortir faire du shopping. Deux heures plus tard, émergeant d'une sieste réparatrice, je la vois revenir, la mine réjouie, sous le bras un paquet de forme allongée. Elle déballe deux petits tableaux de peinture acrylique. L'un d'entre eux est bleu électrique et l'autre orange fluo. Les motifs sont abstraits. Je les trouve tellement laids que je crois à un gag et j'éclate de rire. Quand Amy prétend les installer au salon, je m'insurge et lui fais valoir qu'il y a déjà assez de couleurs dissonantes qu'il vaudrait mieux éviter d'en rajouter. J'arrive à négocier que les deux croûtes soient accrochées dans le couloir. Ce faisant, je me suis comportée stupidement. Je n'ai pas compris que ce que je peux dire à l'une de mes sœurs ou une amie française sans déclencher de cataclysme, je ne peux pas l'exprimer à une Chinoise que j'ai blessée, et pire, à qui j'ai fait perdre la face.

Le lendemain, je vois Amy partir à l'école bien avant l'heure habituelle, sans m'avoir dit un mot. J'en conclus que je vais être obligée d'y aller à pied, et je me dépêche donc pour ne pas arriver en retard. Ce que je ne sais pas c'est que ma punition ne fait que commencer. J'ai bien réalisé mon erreur, mais trop tard. Mes excuses, le soir dans la cuisine, glissent sur Amy comme le café que je viens de renverser sur le pseudo-cuir du canapé. Elle fait semblant de ne rien entendre, son visage lisse est impénétrable, il ne trahit aucune émotion. Jusqu'à la fin du trimestre, elle ne m'adressera plus la parole et je devrai aller en cours à pied. Le pire n'est pas tellement le trajet pour l'école mais le fait de ne plus pouvoir bénéficier de la voiture pour faire les courses. Ici tout est loin, il est impossible de se passer de voiture pour aller au supermarché. Linda que nous voyons chacune à notre tour régulièrement se désole de la situation, elle tente d'opérer une médiation mais rien n'y fait.

Considérant qu'avoir fait des excuses aurait dû être suffisant, je vois clair dans le jeu d'Amy. Pour elle tout est affaire de leadership. Si ma réaction devant ses tableaux l'a blessée, ce qui l'a probablement le plus touchée, c'est le fait de n'avoir pas eu le dernier mot et de n'avoir pas pu en faire ce qu'elle voulait. La façon dont elle se comporte à l'école et dans les différents sous-groupes qui se constituent dans la promotion le démontre. Elle aime proposer, être celle qui est au cœur de l'action et donne l'impression d'en être l'initiatrice, même si ce n'est pas le cas. Je suis plus effacée, je ne me préoccupe guère d'autre chose que de mes études. Ayant un peu de mal avec le rythme infernal qui nous est imposé, mes priorités ne sont pas sociales, mais plutôt de survivre et de rester dans un programme qui a déjà découragé ou exclu bon nombre d'étudiants. Comme je ne supporte pas l'idée qu'on veuille me dominer, je joue le jeu d'Amy, elle ne veut rien savoir, moi non plus.

Linda constatant son impuissance, me prend en pitié et m'appelle dès qu'elle va faire des courses, cela m'aide à tenir. Le bras de fer dure environ trois mois, mais c'est Amy qui, peu de temps avant Noël, décide d'un armistice. L'esprit de Noël sans doute, ou peut-être n'est-elle pas aussi forte qu'elle veut le prétendre, difficile à dire, elle reste indéchiffrable. Loin de me sentir victorieuse, je suis soulagée. Nous scellons notre réconciliation dans la cuisine, elle prépare un plat chinois, moi un gâteau, nous invitons nous deux voisines et Linda pour une petite fête improvisée qui clôt joyeusement la session d'automne. Je pars passer Noël à Paris, le cœur léger avec l'intention de revenir avec des petits cadeaux pour mes amies.

Sans que je n'en sois alors consciente, le rêve américain décrit par James Truslow Adams[1], n'est pas étranger à ma décision de reprendre des études aux Etats-Unis. Pour moi, comme pour beaucoup, l'Amérique représente un pays d'infinies opportunités et en particulier la possibilité d'échapper au stéréotype de la femme secrétaire auquel je suis confrontée en France.

De toutes les raisons qui m'ont fait postuler au programme que j'intègre à l'université de Caroline du Sud, la principale est que, parmi le très petit nombre de cursus proposant une spécialisation en *International Business*, c'est le seul qui inclut un stage de six mois aux Etats-Unis. Une occasion pour enfin acquérir une première expérience professionnelle à faire valoir à de futurs employeurs que j'espère Américains. Dès les premiers mois de cours, je m'informe de la façon dont les stages sont attribués. Pas question de travailler six mois dans un trou en Caroline du Sud, dans une industrie qui ne me plairait pas. Je souhaite faire l'expérience d'une grande métropole américaine et intégrer de préférence un secteur qui m'intéresse - cosmétique, mode, alimentaire par exemple.

Le rêve américain décrit une nation où le mérite prime. Même si c'est un peu plus nuancé en réalité, cela reste vrai dans les universités, à l'époque en tout cas. Les stages sont attribués au mérite. Je travaille d'arrache-pied tout au long de la première année et décroche le sésame tant convoité, un stage à New York chez le numéro un mondial des fragrances et arômes alimentaires ! Il débute en Septembre 1981.

# Bienvenue à *Big Apple*[1]

Je pars à New-York autour du quinze août. Mon stage commence le trois septembre, juste après la fête du travail. Un ami français, étudiant à Columbia - l'une des universités de New-York - me prête son studio pendant qu'il est encore en vacances. J'ai deux semaines pour trouver un logement dans une ville où la demande excède largement l'offre, tirant les prix vers des sommets. Je commence à éplucher les petites annonces, me rends au consulat de France où je suis mal accueillie. La réponse à ma demande d'assistance est sans appel : "débrouillez-vous !". Après quelques visites déprimantes de chambres chez l'habitant affichées à des prix totalement déraisonnables, je commence à désespérer. Puis, je me souviens que ma sœur aînée m'a donné le numéro de téléphone d'une connaissance à New-York. L'une des anciennes collègues de mon beau-frère au Canada, Lorraine, est maintenant en poste ici, elle pourra peut-être m'être de quelque secours. Je l'appelle le lendemain. Elle est un peu sèche au téléphone, visiblement pressée, mais elle me dit :

- "J'organise une soirée chez moi dimanche, tu n'as qu'à venir. Au fait, je te tutoie, ça ne te dérange pas ?"

Je viens de passer quelques jours très décourageants, et tout d'un coup New-York m'ouvre les bras, j'accepte avec gratitude et me dépêche de noter son adresse.

Le dimanche, j'arrive chez Lorraine vers dix-neuf heures trente. Elle réside dans un bel immeuble près de *Gramercy Park*, agréable quartier non loin du *Village*. Son appartement est situé au vingtième étage. La porte s'ouvre sur le sosie de *Diane Keaton*, silhouette élancée, un peu androgyne, superbe tailleur pantalon beige, longs cheveux châtains. Je me sens très gamine mal fagotée face à elle. Je me présente.

- "Pas la peine, me dit-elle, tu es la seule invitée que je ne connaisse pas. Entre-donc."

L'appartement est très beau, moderne, décor épuré, lumière tamisée, musique de jazz en sourdine. Quelques invités sont déjà arrivés. Lorraine me présente un certain Zac, *l'avenir de la politique américaine*, me dit-elle en plaisantant devant lui qui visiblement ne comprend pas un traître mot de français. Puis elle passe à l'anglais et nous entamons la conversation, quand la sonnette retentit. Plusieurs personnes arrivent en même temps, un couple d'Asiatiques, un grand jeune homme très séduisant accompagné d'une brune provocante, un peu trop maquillée, selon moi. Lorraine s'empresse de me présenter le jeune homme :

- "Il faut que tu rencontres Andrew, je pense qu'il a peut-être quelque chose pour toi, et, en anglais, se tournant vers lui : je te présente Alice. C'est la belle-sœur de l'un de mes très bons amis, elle cherche un appartement à New-York, tu veux toujours louer le tien ?"

Elle s'éloigne, happée par d'autres invités. Andrew attrape la balle au bond et m'explique qu'il est locataire depuis plusieurs années d'un appartement à *Stuyvesant Town*, une cité construite dans les années quarante dont je comprends que la principale caractéristique est d'offrir des appartements relativement spacieux à des loyers très abordables car strictement encadrés. C'est un quartier au sud-est de *Gramercy Park*, sur la première avenue. Je connais encore mal la ville, mais assez pour savoir que ce serait infiniment mieux que *Spanish Harlem* où je réside alors.

Andrew qui, comme tout bon *trader* réussissant à *Wall Street*, a récemment acquis une maison à *Long Island*, veut absolument conserver cet appartement pour le cas où les trajets *Long Island/Manhattan* lui pèseraient trop. Pour l'instant, ses horaires étant très décalés par rapport à ceux des banlieusards, il ne souffre pas de ces allers-retours et souhaite sous-louer l'appartement. Il ne me survend pas l'endroit :

- "J'ai pris la plupart des meubles, mais il reste quand-même ce qu'il faut pour y vivre convenablement… Tu veux visiter ?"
- "Oui, avec plaisir."

J'essaie de conserver un air détaché, mais mon cœur bondit dans ma poitrine :et si j'avais trouvé la solution ? Rendez-vous est pris pour le lendemain lundi, jour férié, au coin de la dix-huitième rue et de la première avenue, onze heures.


Arrivée en avance, j'attends quelques instants sous le déjà chaud soleil de New York, profitant du temps dont je dispose pour jeter un coup d'œil circulaire au quartier. Les immeubles de *Stuyvesant Town* auraient bien besoin d'être nettoyés. Ils conservent néanmoins le charme austère des constructions en brique du nord de l'Europe. Les bâtiments bordant la première avenue se déploient du nord au sud sur plusieurs blocs ; derrière cet alignement la cité s'étend vers l'est et paraît immense. Autour des immeubles, ce qui devait être des jardins à l'origine ressemble aujourd'hui à une jungle urbaine, arbres rabougris, herbes folles et emballages de fast-foods jetés çà et là. De l'autre côté de l'avenue, le *Beth Israël Hospital*, sirènes garanties, mais à Manhattan, peut-on y échapper ?


Andrew arrive en pestant sur la difficulté de trouver une place de parking à New-York, mais retrouve instantanément son beau sourire pour me saluer. Nous nous dirigeons vers l'entrée située en retrait de l'avenue. Bonne nouvelle : il y a un ascenseur, probablement de la même époque que le reste de la construction. Contrairement aux extérieurs, l'intérieur semble être bien entretenu et même si tout est assez vétuste, c'est propre. L'appartement se trouve au quatrième étage.

Comme souvent aux Etats-Unis il n'y a pas véritablement d'entrée et la porte s'ouvre sur le séjour avec devant nous une table en bois clair, entourée de trois chaises et faisant face à la porte de la cuisine sur la gauche. Andrew m'entraîne vers cette pièce. La quasi-totalité de l'espace est occupé par un grand réfrigérateur-congélateur et une énorme cuisinière dotée d'un four impressionnant - sans doute pour la dinde de *Thanksgiving*. L'électroménager n'est pas de première jeunesse, mais fonctionne. Andrew me montre le contenu des placards, il reste un peu de vaisselle, une petite table complète cet aménagement sommaire. Il ne faudra pas avoir trop d'ambitions culinaires, mais avec ce qu'il y a dans mes maigres bagages, j'aurai de quoi assurer le quotidien. Retour dans le séjour de belle taille. Le parquet au sol, d'origine sans doute, n'a vu ni vernis, ni encaustique depuis pas mal d'années. Les murs sont blancs, avec çà et là les traces jaunes de tableaux enlevés. Comme uniques meubles en plus de la table, un canapé brun défoncé, une antique télévision posée sur une sorte de tabouret en bois et un piano blanc Steinway demi-queue. Ambiance loft New Yorkais, je prends l'air indifférent mais j'adore. De l'autre côté du salon, une porte donne sur un couloir. La visite se poursuit : une première chambre, puis une deuxième et au fond la salle de bains, d'origine également, faïence blanche un peu ébréchée pour les équipements. Je n'aime pas trop les toilettes dans la salle de bains, mais je ne vais pas faire la difficile. Je n'en espérais pas autant et suis un peu inquiète quant au montant du loyer. A cette question immédiatement soulevée, Andrew répond qu'il ne cherche pas à faire de profit, mais juste à couvrir les frais. Il me demande quatre cent cinquante dollars par mois tout compris - électricité, téléphone et charges de l'immeuble. Incroyable ! Toutes les chambres plus ou moins sordides que j'ai visitées étaient proposées à des prix plus élevés.

- "Alors, ça t'intéresse ?"

Comment ne pas lui montrer combien cette solution est inespérée ? Dans cinq jours je suis priée de quitter le studio que Louis m'a prêté, je n'ai aucune autre alternative valable. Il faudrait que je sois folle pour passer à côté de cette opportunité. Toutefois, une chose me tracasse, je ne veux pas être expulsée avant la fin de mon stage.

- "Je pourrais rester jusqu'à la fin du mois de février ?"
- "Oui, bien sûr."
- "Deal !", est ma réponse.

On s'embrasse. Enfin, à l'Américaine, ce qui tient plus de l'accolade que de la bise. J'étais persuadée qu'Andrew verrait d'autres candidats pour cette location et je n'imaginais pas un instant que l'affaire serait conclue aussi facilement et rapidement. Nous convenons des détails, les dates de paiement du loyer, etc. Il me communique le numéro du téléphone de son domicile en cas de besoin, puis me tend les clefs. Il a pris la précaution d'amener deux trousseaux :

- "Si jamais tes parents viennent te rendre visite."


Je suis sûre que Lorraine est passée par là, je lui dois une fière chandelle, il va me falloir réfléchir à la façon de la remercier. Dans l'immédiat, en dépit du beau temps qui m'inciterait à me promener, je décide de retourner au studio de Louis, pour y effectuer un grand ménage et préparer mon déménagement. Celui-ci ne requiert aucun spécialiste, vu le faible volume que j'ai à transporter, je dois cependant réfléchir à la meilleure façon de procéder. Les deux appartements sont situés à deux points diamétralement opposés de *Manhattan*, nord-ouest pour le premier, sud-est pour le second. J'élimine l'idée d'un taxi, mon budget d'étudiante ne me permet guère ce genre d'écart. Il reste une seule solution, plusieurs voyages en métro. Pressée d'en finir avec le compagnonnage des cafards dont le studio de Louis est totalement infesté, je décide de déménager le lendemain après le travail.

Mon premier trajet se passe sans difficulté majeure, hormis celle d'affronter les escaliers du métro avec une grosse valise et un sac tout aussi imposant. Une fois arrivée dans mon nouvel appartement, je me dépêche de vider le sac afin de retourner à *Spanish Harlem*. Deuxième voyage un peu moins chargée, mais néanmoins encombrée de deux sacs de voyage plus un sac de courses. J'attaque mon dernier trajet un peu avant vingt heures. En 1981, New-York est une ville très dangereuse où il est déconseillé de prendre le métro après cette heure-là. Il est beaucoup moins fréquenté, on sort tôt du travail ici. Peu tranquille je m'installe sur le siège le plus près de la porte. Je suis montée à la 181$^{\text{ème}}$ rue, à la 125$^{\text{ème}}$ rue, en plein *Harlem* où aucun blanc n'ose s'aventurer, un groupe de jeunes Afro-Américains monte au bout du wagon. Ils chahutent entre eux. Ils ont l'air inoffensif. Ils ne semblent pas m'avoir remarquée, mais je note cependant qu'ils bougent dans le wagon et, au bout de quelques stations, ne sont plus très loin de moi. Les quelques passagers encore présents descendent petit à petit, et à la 59$^{\text{ème}}$ rue où il y a un changement important, je reste quasiment seule dans le wagon avec ce groupe de quatre individus, costauds et remuants. Là, je sens bien que je suis devenue une cible. Je les vois se pousser du coude en me regardant, échanger des plaisanteries, s'esclaffer. Quelles sont véritablement leurs intentions ? Je sens mon cœur s'accélérer. L'air de rien, je pousse mes sacs au plus près de la porte. A la station de la 50^{ème} rue, je note que les garçons se sont encore rapprochés, je fais mine de n'avoir rien remarqué et ne bouge pas. J'attends le signal sonore indiquant la fermeture imminente des portes, empoigne mes sacs et saute sur le quai. Me retournant afin de m'assurer d'avoir réussi à leur échapper, je vois les quatre voyous se cogner à la porte qui se referme devant eux alors que le train démarre. L'un d'entre eux me fait un doigt d'honneur, ils crient sans que je puisse les entendre. Je doute qu'il s'agisse de mots d'amour. Je reste sur le quai, jambes flageolantes. Incapable de stopper les tremblements qui m'animent, j'attends le prochain train, terrifiée à l'idée d'y faire le même type de rencontre. Il est près de vingt et une heures lorsque j'arrive dans mon nouvel appartement, les émotions autant que ce petit déménagement m'ont épuisée. Je n'ai rien à manger et je regrette surtout de n'avoir rien à boire. Je n'aime pas les alcools forts, mais je pense que j'aurais pu avaler un whisky sans problème. Après quinze minutes, je décide quand-même d'aller au *Seven/Eleven* du coin - épicerie ouverte la nuit, pour m'acheter un paquet de céréales et un litre de lait, de quoi survivre.

Demain, j'appellerai Lorraine pour l'inviter à fêter mon emménagement.

# Maggy

Installée dans l'appartement d'Andrew depuis quelques jours, j'ai choisi la chambre à deux lits, plus grande et pour laquelle j'ai le linge approprié. Malgré l'ameublement sommaire, je suis bien installée, Andrew a laissé des cintres en abondance, j'ai pu ranger toutes mes affaires. Passant devant l'autre chambre, tout d'un coup me vient une idée, pourquoi ne pas sous-sous-louer cette chambre pour six mois ? Cela m'apportera un supplément de budget pour profiter de New York et de ses spectacles. Et puis cela me fera un peu de compagnie. Aussitôt pensé, aussitôt mis en œuvre. Avec la recherche que j'ai menée, je suis maintenant familière des journaux d'annonces proposant des colocations. Ce système, alors quasiment inconnu en France, est la règle pour presque tous les jeunes qui s'installent à New-York qu'ils soient étudiants ou débutent leur vie professionnelle. Je sélectionne le journal qui me semble le plus sérieux, et m'attèle à la rédaction d'une annonce. Un vertige me saisit tout d'un coup :

- "Est-ce bien raisonnable ? Tout ça n'est pas très légal… Et si Andrew venait à l'apprendre ? Que penserait-il ? Ne me jetterait-il pas dehors instantanément ? Mais comment l'apprendrait-il ?"

Je fais les questions et les réponses… Après tout, il est celui qui fait quelque chose d'illégal. Pour le bailleur, je n'existe pas. Je suis partagée, j'ai très peur des conséquences, mais la tentation est grande. Quand on a un budget aussi serré que le mien, la perspective de deux cent cinquante dollars de plus par mois est vraiment tentante, surtout qu'à ce tarif-là, je ne vais pas manquer de réponses. Au diable les scrupules ! Je rédige mon texte, il sera envoyé le lendemain.


Mon annonce paraît un lundi, j'ai mis le numéro de téléphone de ma ligne directe au travail, avec malgré tout une certaine appréhension, pourvu que le téléphone ne sonne pas toute la journée. Je partage un bureau avec des équipes de gestionnaires - il fallait bien me trouver une place - et l'ambiance est plutôt calme et studieuse. Un grand nombre d'appels risque de les déranger, en même temps cela me distrairait. Mon patron, directeur commercial pour les composés parfumés à destination des produits d'hygiène a défini ainsi l'objectif de mon stage :
- "Trouve-moi de nouveaux débouchés pour nos fragrances !"
Joignant le geste à la parole, il a posé sur mon bureau une pile de bottins, me laissant désemparée. Les premières journées de stage ont été longues. Je dois trouver autre chose à faire qui soit plus en rapport avec mes objectifs académiques et professionnels.


Pour l'heure, je me concentre sur mon projet immédiat, trouver une colocataire. Faisant preuve d'un minimum de prudence, j'ai écarté d'emblée les candidatures masculines. Le téléphone sonne, c'est une première candidate. Au bout de la journée, j'ai sélectionné trois candidates selon des critères plus ou moins bien définis : ma *roommate*[1] doit être ni trop jeune, ni trop vieille. Je la souhaite anglophone : je veux pouvoir communiquer avec elle tout en évitant de parler le français. J'aimerais pouvoir m'assurer de sa capacité à payer le loyer, mais pour ça je ne sais pas trop comment faire, je serai donc obligée de croire les candidates sur parole et de faire confiance à mon intuition. J'ai donné rendez-vous aux deux premières le soir même. L'une d'entre elles ne vient pas au rendez-vous, la seconde, une texane qui vient d'arriver à New York, un vrai moulin à paroles, me saoule de mots dont je ne comprends pas la moitié, elle a vraiment un accent très prononcé. Je ne me vois pas partager un appartement pendant six mois avec le sosie logorrhéique de *Sue Ellen Ewing*[2] en plus jeune. Je verrai la troisième candidate le lendemain. Elle s'appelle Maggy. D'après ce qu'elle m'a dit, elle n'est pas étudiante mais travaille dans un cabinet d'avocat - un bon point, elle a des revenus. Elle est Irlandaise.

Le lendemain, sous le regard interrogateur de mes collègues de bureau, le téléphone sonne encore beaucoup. Je prends la décision de ne donner des rendez-vous que pour le vendredi, afin de laisser une chance à mon rendez-vous du jour d'aboutir. Je n'ai pas envie de voir trop de candidates. Je me dis que le choix risque d'être difficile et qu'il sera nécessairement arbitraire, alors si le courant passe avec Maggy, pourquoi chercher plus loin ? Le soir même vers six heures la sonnette retentit. Je vais ouvrir, et me trouve face à une petite jeune femme mince, un peu rougeaude, qui semble intimidée. Je l'invite à entrer. Ce qui frappe chez elle c'est sa tignasse blonde, totalement indisciplinée, comme si quelqu'un lui avait jeté une fourche de paille sur le sommet de la tête. A une époque où, aux Etats-Unis, sévit l'impeccable brushing à la *Farah Fawcett*[3], Maggy fait figure de résistante. Je lui montre l'appartement, la pièce qui serait sa chambre, lui expose les conditions en indiquant bien que c'est très temporaire et que cette aubaine prendra fin en février. Peu loquace, elle pose une ou deux questions, avec un accent irlandais très prononcé. Je dois lui faire répéter chaque question avant d'être sûre d'avoir bien compris. Dans l'ensemble, j'apprécie son attitude réservée de beaucoup préférable à la logorrhée de la Texane de la veille. Elle semble un peu perdue dans cette ville où elle est pourtant arrivée depuis plus d'un an. Elle me dit avoir changé de travail récemment et que cela a encore rallongé un trajet déjà important Pour elle, habiter dans Manhattan serait idéal parce qu'il lui arrive de travailler tard. Nous nous quittons en convenant de nous rappeler au plus tard le vendredi, mais j'ai bien compris qu'elle est très séduite pas la possibilité de cette colocation. A moi de réfléchir vite à ce que je souhaite faire, continuer à voir des candidates ou bien choisir Maggy comme colocataire. Je décide de dormir dessus. Le lendemain je reçois quelques appels résiduels, que des étudiantes, ce qui me conforte dans l'intention de donner suite à la candidature de Maggy. Je décide de l'appeler le soir même pour lui annoncer la nouvelle et si elle confirme son intention de devenir ma colocataire, j'annulerai les autres rendez-vous.

Maggy s'installe la semaine suivante. Comme moi, elle déménage en plusieurs étapes, traînant ses lourdes valises dans le métro New-Yorkais, repartant à vide à deux reprises. Elle finit son déménagement le samedi suivant. Pour lui souhaiter la bienvenue, j'ai pris la précaution d'acheter quelques bières - le vin est cher ici. Vers dix-sept heures, alors qu'elle a enfin fini de ranger ses affaires, nous nous installons dans le canapé, j'apporte deux bières bien fraîches et nous trinquons. Nous parlons de choses et d'autres, je comprends qu'elle vient d'une famille modeste, qu'elle a fait des études de secrétariat et que, l'Irlande ne lui offrant guère de perspectives, elle rêvait de tenter sa chance en Amérique. Pour l'instant son rêve américain ne s'est visiblement pas concrétisé. Elle a bien du mal à trouver un emploi qui lui assure un revenu suffisant pour vivre correctement dans cette ville où tout est si cher. Même si je la sens désenchantée, elle n'a pas perdu espoir. Elle m'explique qu'elle compte mettre de l'argent de côté afin d'étudier le droit et trouver un emploi plus rémunérateur dans une des nombreuses firmes juridiques de la ville. C'est une bonne idée, la profession de juriste n'est pas à la veille de péricliter dans ce pays où tout est judiciarisé.

Après quelques instants de conversation, alors que ma bouteille est encore à moitié remplie, la sienne est vide, elle me demande si elle peut en prendre une autre. Elle s'est beaucoup dépensée aujourd'hui, il fait encore chaud à New York, je ne relève pas. Je l'accompagne vers la cuisine et en profite pour lui montrer comment j'ai rangé le réfrigérateur afin que nous puissions identifier nos achats : deux étagères et un tiroir à légumes par personne. Cela me permet de mettre les choses au clair : chacune s'occupe de ses propres courses, on peut dépanner l'autre en cas d'urgence, mais le principe est que le partage concerne seulement l'appartement et non le reste. Pour les tâches ménagères, je propose que nous fassions une rotation, chacune sera en charge du ménage une semaine sur deux. Ayant obtenu son accord sur ces principes, je file chercher mon sac et une veste pour rejoindre mon amie Neela, également en stage à New York, pour un dîner indien, riz basmati et curry sont mes madeleines !

Les premières semaines de cohabitation avec Maggy se passent sans incident. Nous n'avons pas les mêmes horaires. Je suis au bureau à huit heures le matin, elle part plus tard. J'ai profité de ce surcroît inespéré de budget pour m'inscrire à un club de sport qui est sur le chemin du travail. Deux soirs par semaine en sortant du bureau, je vais au club. Le reste du temps je profite du fait que je sorte tôt du bureau pour hanter les grands magasins de *Mid-Town*, à la découverte de toutes les marques de parfumerie et de cosmétique. En effet, après avoir parcouru tous les périodiques professionnels qui circulent au bureau, j'ai décidé de proposer à mon patron d'étudier le marché de la cosmétique pour homme que tous s'accordent à trouver prometteur, un projet plus gratifiant que d'éplucher des bottins. Cet homme adorable, n'ayant aucune idée de ce que les expressions *marketing* ou *études de marché* recouvrent, me laisse carte blanche et je me sens pousser des ailes. Je rentre donc toujours assez tard, retrouvant souvent Maggy en pyjama en train de lire un magazine sur le canapé quand elle n'est pas déjà couchée.

Ma mère vient me rendre visite début Octobre pour profiter de l'été indien et visiter cette ville qu'elle ne connaît pas. Elle qui n'a jamais été capable de parler l'anglais correctement, malgré ses différents séjours en pays anglo-saxons, a gardé l'accent irlandais dans l'oreille. Elle comprend Maggy mieux que moi, et toutes les deux s'entendent à merveille. Lorsqu'elle s'en va, j'ai l'impression que ma colocataire est plus triste que moi. Il faut dire que ma mère, qui ne peut montrer son amour qu'en cuisinant, a, malgré l'équipement sommaire, concocté pas mal de petits plats dont Maggy a largement profité. Nous revenons à l'organisation initiale. Ceci me fait réaliser que sa partie du réfrigérateur n'est jamais très remplie, à part de bières. De quoi se nourrit-elle ? Mystère.

Après le départ de ma mère, je constate souvent que Maggy n'est pas là quand je rentre, je ne m'en inquiète pas, peut-être lui demande-t-on de travailler plus tard, ou bien s'est-elle trouvé de nouveaux amis. Un soir en arrivant vers dix-neuf heures, je croise, sur le palier, un homme sortant de chez nous. En entrant, je dis à ma colocataire :

-   "Il y avait un homme sur le palier, il sortait de chez nous ? C'est un de tes amis ?"

Elle rougit et bafouille un peu,

-   "Non, c'est un collègue, on a pris le bus ensemble, on discutait, il m'a demandé si j'avais du temps pour un verre, et comme on arrivait à mon arrêt, je l'ai invité ici, on a bu une bière."

Je ne sais pas pourquoi mais j'ai l'impression que ce n'est pas vraiment l'histoire. Je ne dis rien, cela reste plausible et je ne suis pas gardienne de sa vertu.

Ayant bien avancé mes investigations professionnelles, je fréquente moins les magasins en sortant du bureau et, avec le temps qui se rafraîchit, je rentre plus tôt le soir lorsque je ne vais pas au club. Ma colocataire, elle, rentre de plus en plus tard, elle me fait un signe et file directement dans sa chambre sans dîner. Je l'entends prendre une douche et puis plus rien. Je suis surprise par ces changements, je ne sais trop quoi penser. Fin octobre, quelques amis d'école, en stage dans les environs de *New-York,* me rejoignent chez moi, nous allons tous fêter *Halloween* dans le *Village* et entraînons Maggy. Tout va bien, elle se fond dans le groupe avec aisance, j'ai l'impression que cela lui fait vraiment plaisir. Puis, elle retombe très vite dans ses habitudes bizarres.

Quelques jours plus tard, alors que je m'apprête à partir au bureau, j'entends des sirènes en bas de l'immeuble, des interpellations, toute une agitation peu fréquente à cette heure matinale. Quand j'arrive dans l'entrée de l'immeuble, je vois des policiers s'agiter, du ruban jaune comme dans les films, une tache de sang. Il me reste un couloir très étroit pour sortir. Scène de crime. Renseignement pris : on a trouvé un homme mort dans le hall il y a quelques instants, le corps est déjà dans le camion des pompiers garé sur le trottoir. J'essaye de m'informer auprès des forces de l'ordre. Tout ce que j'apprends c'est que l'homme a été tué de plusieurs coups de couteau. Apparemment, il n'habitait pas l'immeuble. Je pars au travail, complètement retournée. Le soir, je veux parler de cet évènement pour le moins choquant avec Maggy, mais l'appartement est vide à mon retour, et je ne la vois pas rentrer avant d'aller me coucher. Nous nous croisons de moins en moins fréquemment. Le week-end, soit elle sort dès potron-minet et ne rentre pas avant tard le soir, soit elle passe son temps à dormir, sautant allègrement son tour de ménage. Je commence à m'inquiéter de la façon dont les choses tournent. Il faudrait que je provoque une explication.

Le mois de novembre est bien entamé quand un lundi, ayant oublié mes affaires de sport, je rentre directement à l'appartement. Je retrouve Maggy installée dans le salon avec un homme très baraqué et un peu patibulaire. Surprise, je les salue et file dans ma chambre par discrétion. Très peu de temps après j'entends la porte se refermer, je retourne dans le salon. Maggy est assise, je remarque son teint encore plus rouge que d'habitude.

- "Qui était ce Monsieur ? Un ami ?"
- "Si on veut", répond-elle d'une voix légèrement pâteuse.
- "Comment ça ?"
- "Je suis allée boire un verre en sortant du bureau, on s'est mis à discuter au bar, il m'a offert un deuxième verre, et pour le remercier je l'ai invité à en prendre un ici."

A ces mots, je balance entre incrédulité et colère noire :

- "Mais enfin, il y a quelques jours un homme a été assassiné dans l'entrée de l'immeuble, et tu ne trouves rien de mieux à faire que de faire entrer un inconnu chez nous ? Tu n'as pas compris à quel point cette ville est dangereuse ? Tu ne te rends pas compte des risques que tu prends et que tu me fais courir."

Elle baisse le nez, se met à renifler, et bredouille de vagues excuses. Je lui demande de ne plus jamais inviter qui que ce soit chez nous. Je ne suis pas sûre qu'elle soit en état de comprendre. D'un seul coup, tous les petits signes, auxquels je ne prêtais qu'une attention distraite jusqu'ici, me reviennent en mémoire, je viens de réaliser que Maggy est alcoolique. Tout s'éclaire sous un jour différent. Il faut que j'arrive à lui parler, mais là elle n'est pas en état. Je repense à l'homme croisé sur le palier il y a quelques temps, je serais prête à parier que ce n'était pas un collègue, mais une relation de bar. Combien y en a-t-il eu les jours où j'allais au club ? Je suis complètement bouleversée par ce que je viens de réaliser. Est-ce que Maggy est réellement dépendante à l'alcool ou bien se laisse-t-elle aller à boire quand la journée a été mauvaise ? Comment gérer cette situation ? Dois-je lui demander de partir ? Ce serait certainement l'enfoncer davantage, mais puis-je prendre le risque de la garder comme colocataire ? J'ai du mal à trouver le sommeil ce soir-là.


Après cet incident, je sens qu'elle essaie de faire quelques efforts. Elle rentre un peu plus tôt, on se croise davantage, on se parle un peu plus, mais les échanges restent minimaux. Pour essayer de gagner sa confiance et arriver à lui parler vraiment, je décide de l'inviter au restaurant. A New York, il existe beaucoup de restaurants asiatiques très abordables, je peux lancer ce type d'invitation sans mettre mes finances en danger. Avec le mois de novembre bien avancé, le froid commence à se faire sentir, je lui propose d'aller essayer un restaurant chinois près de chez nous dont la spécialité est les soupes. Raviolis, nouilles, viandes, légumes… leurs grands bols fumants me tirent l'œil depuis un moment, ils sont diablement appétissants vus de l'extérieur. Et puis l'établissement est très fréquenté ce qui est bon signe. Nous convenons de nous y retrouver le jeudi suivant vers dix-neuf heures. Le jour dit j'arrive pile à l'heure, je trouve Maggy déjà installée, bière entamée. Nous regardons le menu affiché au-dessus du comptoir auquel il faut aller commander. Une vitre laisse entrevoir la cuisine où, autour d'énormes marmites, s'affairent deux commis de cuisine chinois. Je commande une soupe aux nouilles et au poulet et une bière chinoise, Maggy une soupe aux raviolis de crevettes. Nous allons nous attabler en attendant que les plats arrivent. Je demande à Maggy comment sa journée s'est passée.

- "Bien." dit-elle.

Cependant, elle m'avoue que le cabinet dans lequel elle travaille connaît pas mal de changements, quelques partenaires sont sur le départ. Selon elle, cela ne devrait pas changer son travail, mais au fond je sens qu'elle est un peu inquiète.

- "Et à part le travail, lui demandai-je, depuis plus d'un an que tu es ici, tu as réussi à te faire des amis à New-York ?"
- "Très peu, répond-elle, ce n'est pas facile. Les gens travaillent beaucoup. La plupart ont un groupe d'amis de l'époque du *College* avec qui ils sortent."

C'est vrai que New-York est, comme toutes les grandes villes, un endroit où il est difficile de se créer un cercle d'amis, mais je sens qu'elle se trouve des excuses commodes. Nos bols de soupe arrivent, très engageants. Maggy en profite pour commander une seconde bière et moi pour essayer de lui faire diplomatiquement remarquer que j'ai l'impression qu'elle boit peut-être un peu trop. Elle hausse les épaules.

- "Je suis Irlandaise, j'aime la bière !"
- "Oui, mais est-ce que ce n'est pas une habitude dangereuse pour ta santé ?"

Du haut de mes vingt-quatre ans, je n'ai aucune idée de ce qu'est réellement l'alcoolisme, pour moi c'est une mauvaise habitude qui peut avoir des conséquences négatives. Je ne sais pas que l'alcoolisme est une maladie et qu'une simple discussion ne changera rien. Maggy au lieu de répondre se contente d'émettre une sorte de ricanement. J'escomptais une réaction de défense ou de justification qui aurait pu donner lieu à discussion, rien de tel. J'imaginais sans doute pouvoir l'aider. Quelle présomption ! Nous mangeons un instant en silence. Pour relancer la conversation, je lui demande où elle en est de ses projets d'études, mais je vois bien que ce ne sont que de vagues intentions et qu'elle n'a pas creusé le sujet. Confrontée à son manque d'intérêt pour un vrai échange, je me dis qu'elle n'a aucune envie que l'on devienne amies. Elle doit me trouver très gâtée j'imagine. J'ai la chance d'être à l'université, de faire un stage à New York, des opportunités qu'elle n'a pas eues. Je n'ai pas l'impression d'avoir une attitude condescendante, mais qui sait ? Je suis à la fois désolée de sentir que ma colocataire est à la dérive, et en colère de sentir qu'elle préfère se complaire dans la bière plutôt que d'essayer de se battre pour s'en sortir. Pour avoir beaucoup pleuré, dans la solitude du studio prêté par Louis, je devrais pourtant réaliser combien sa vie est difficile. Si pour moi les choses ne vont pas, j'appelle mon père, il m'envoie un billet d'avion, je rentre à la maison. Elle n'a pas ce choix.

Après ce dîner, la vie continue comme avant. Maggy suit la consigne, je ne rencontre plus d'hommes quand je rentre le soir et c'est déjà bien. Au début du mois de décembre, contrairement à d'habitude, elle ne me paye pas sa part de loyer. Vers le six ou le sept, je le lui fais remarquer. Elle s'excuse, me dit que le cabinet dans lequel elle travaille a eu un retard sur les salaires de la dernière quinzaine mais que tout va rentrer dans l'ordre dans les jours qui suivent. Mais le temps s'étire et à la mi-décembre, je n'ai toujours rien vu venir. Maggy me demande un sursis, elle prétend maintenant qu'elle voudrait envoyer des cadeaux de Noël à sa famille en Irlande. Je ne crois pas vraiment son histoire, mais que faire ? Je lui donne jusqu'après mon retour de vacances. En effet, mon patron m'ayant proposé de prendre quelques jours à Noël, j'en profite pour aller à Paris passer le réveillon avec ma famille, je pars cinq jours, du mercredi vingt-trois en fin de journée au vingt-huit décembre. Contente de partir, mais inquiète de laisser Maggy seule dans l'appartement, et si Andrew, venait à appeler ? J'ai briefé ma colocataire : s'il appelle en mon absence, elle doit lui dire qu'elle est une amie d'école à qui j'ai prêté l'appartement pour un long week-end.

Après quelques jours à Paris, je me demande ce qui m'attend à mon retour. Je retrouve l'appartement en bon état. Maggy n'est pas là quand j'arrive en milieu d'après-midi. Comme je travaille le lendemain, je me couche tôt, fatiguée par le voyage et le décalage horaire, je la verrai le lendemain. Le lendemain Maggy me règle le loyer de décembre, il était temps ! Elle m'annonce qu'elle partira pour le week-end du jour de l'an, une amie l'invite à venir avec elle dans le Connecticut. Je suis contente pour elle, de mon côté je vais passer le réveillon avec Louis et quelques-uns de ses amis d'université.

1982 ! Dès le deux janvier au matin je reçois un appel d'Andrew qui me souhaite poliment une bonne année, mais le ton n'y est pas. J'ai tout de suite le sentiment que quelque chose ne va pas. Comme je réponds à ses vœux en lui présentant les miens, il attrape la balle au bond, pour me dire que pour l'instant l'année ne se présente pas très bien puisqu'il se sépare de sa femme, et qu'en conséquence, il va réintégrer l'appartement. Avec un petit rire triste, il me dit :

- "Tu auras un colocataire pour deux mois !"

Je ne peux pas lui dire que j'ai déjà une colocataire. Ne rien laisser paraître. Je lui demande quand il pense arriver.

- "Le week-end prochain."

Cela me laisse à peine une semaine. Dans ma tête les questions se bousculent :

- "Comment vais-je annoncer ça à Maggy ? Est-ce qu'elle va accepter de quitter les lieux ? Comment va-t-elle se débrouiller pour se reloger en si peu de temps ? Je me sens très mal… Pourvu qu'elle ne rentre pas trop tard demain que je puisse lui annoncer la nouvelle au plus tôt."

Dimanche trois janvier. Maggy arrive à l'appartement vers dix-sept heures. On se souhaite une bonne année, et malgré tous mes efforts pour trouver la meilleure façon de lui annoncer la mauvaise nouvelle, je ne sais pas comment m'y prendre. Elle me devance :

- "Il faut que je te parle."

Je l'écoute. Elle commence par :

- "Tu te souviens du soir où nous avons dîné ensemble ?"
- "Oui."
- "Je t'avais expliqué qu'il y avait des changements au cabinet. En fait, très peu de temps après, on m'a demandé de partir. Je n'ai plus de travail depuis le cinq décembre. Je cherche, mais la fin de l'année n'est pas une période favorable, je n'ai pas encore trouvé. Je ne peux plus payer le loyer et je vais aller chez l'amie avec qui j'ai passé le jour de l'an. Elle m'hébergera le temps

que je trouve un nouveau travail. Je déménage cette
semaine.”
Je suis sincèrement désolée pour elle, et je le lui dis, mais je
l'embrasserais volontiers. Quel soulagement !


Comme elle me l'a annoncé Maggy part dans la semaine, en
plusieurs voyages, reproduisant le schéma de son
emménagement. Le jeudi soir, elle me rend les clés. On fait un
dernier tour ensemble pour vérifier qu'elle n'oublie rien. Bien
entendu, je ne lui dis rien du retour d'Andrew. C'est avec un peu
de tristesse que je la regarde partir. Malgré toutes ses bizarreries
et son penchant un peu trop prononcé pour la bière, elle me
touchait par sa gentillesse. Par ailleurs, j'ai vraiment apprécié le
fait qu'elle ne cherche pas à s'incruster au moment où elle ne
pouvait plus payer le loyer. Après tout, je n'aurais eu aucun
recours contre elle. Je mesure l'honnêteté dont elle fait preuve
et lui en suis d'autant plus reconnaissante qu'elle me sort d'une
situation qui aurait été très difficile à gérer. Une question reste
en suspens, comment a-t-elle trouvé de quoi me payer le loyer
de décembre ? J'envisage un instant que ses rencontres de
hasard aient été tarifées, mais je ne le saurai jamais.


Je passe le samedi à faire du ménage afin d'effacer toute trace
de Maggy, Andrew arrive en fin de journée. Il a arrêté sa voiture
en bas de l'immeuble pour décharger ses bagages. Je lui propose
mon aide, car je sais que la police patrouille souvent et qu'il
risque une forte amende. Après trois voyages nous avons monté
toutes ses affaires, surtout des vêtements, des papiers, des livres
et un peu d'équipement pour la cuisine. Il part garer sa voiture
dans un parking qu'il a loué non loin d'ici. Après qu'il a fini de
se réinstaller, je lui propose une bière. Nous nous posons sur le
canapé. Il a mauvaise mine, je sens qu'il est assez déprimé par
ses histoires conjugales, mais je me garde d'aller sur ce terrain.

Tout d'abord, il me présente ses excuses pour ce retour impromptu qui met un peu à mal notre accord. Je lui réponds que j'ai eu beaucoup de chance de pouvoir disposer de ce logement et que je lui en suis reconnaissante. Il m'annonce que mon loyer passe à deux cents dollars par mois, pour les deux mois restants, ce dont je le remercie. Ensuite il édicte les règles de la cohabitation :

- "Je me lève tous les matins à quatre heures trente, donc je suis couché très tôt. Pas question d'avoir des amis, ou de faire du bruit le soir."
- "Pas de problème !"

Sinon, il établit un système similaire à celui que j'avais mis en place avec Maggy, des tours pour le ménage, et le partage du réfrigérateur, je ne peux pas lui dire que cela ne va pas changer grand-chose à mes habitudes.


Les mois de janvier et février sont extrêmement froids. Avec plusieurs tempêtes de neige et des températures largement négatives pendant toute la période, plus question pour moi de continuer mes longues marches dans la ville comme j'en avais pris l'habitude depuis mon arrivée. De plus, je dois commencer la rédaction de mon rapport de stage, et passe en conséquence plus de temps à l'appartement. Quand je rentre, vers six heures le soir, je trouve souvent Andrew en train de finir la vaisselle de son dîner. Il se met ensuite au piano. Autant que je puisse en juger, il a un certain talent. Je deviens l'unique spectatrice de concerts privés qu'il donne à mon intention ! Je crois qu'il est heureux de voir le plaisir que je prends à l'écouter jouer. Ce sont les seuls moments que nous partageons. Il passe la plupart des week-ends en dehors de New-York. Nous sommes aussi peu colocataires qu'il est possible de l'être en vivant sous le même toit. Je quitte *Stuyvesant Town* à la fin du mois de février, comme prévu, sans avoir réellement fait la connaissance d'Andrew.

Visiblement encore dans le chagrin de sa déception sentimentale, il a semblé vouloir éviter toute relation personnelle. La cordialité et le respect mutuel ont présidé à nos échanges, c'est tout. Je pense qu'il était impatient de se retrouver seul dans son appartement, et peu intéressé par mon devenir. Je lui ai poliment exprimé ma gratitude dès mon retour sur le campus, en lui adressant une lettre restée sans réponse.

# Zac

Dès la mi-septembre 1981, une fois l'ébullition de l'installation à New-York retombée, je commence à voir arriver les week-ends avec un peu d'appréhension. Je comprends vite que Maggy, si gentille soit-elle, ne sera pas une compagne de sorties. Amy, en stage chez IBM, réside dans le Connecticut et ne semble pas très attirée par Manhattan. La camarade de promo la plus proche géographiquement est Neela, une Indienne qui, ayant de la famille dans le New-Jersey, passe la plupart des fins de semaine avec eux. Louis mon ami français, très pris par ses études à Columbia, a peu de temps pour les loisirs. Je me sens assez seule.

Afin de remercier Lorraine grâce à qui j'ai trouvé mon logement, je lance une invitation pour un dîner, ou déjeuner, selon ses disponibilités. Bien que Française, elle correspond à l'archétype de la New-Yorkaise des années quatre-vingt, femme d'affaires débordée dont la vie sociale intense reflète la réussite, les dîners succédant aux *parties*. Trouver une date est une gageure. Bobo avant l'heure, elle me propose de la retrouver le troisième samedi de septembre au marché bio qui se tient non loin de chez elle, puis nous irons *bruncher*. Le jour dit, après quelques emplettes de fruits et légumes bio, nous rejoignons le restaurant qu'elle a choisi. C'est un endroit à la mode fréquenté par l'élite locale, constituée de jeunes professionnels en pleine ascension sociale, les gagnants des *Reaganomics*[1]. Nous parlons de choses et d'autres, Lorraine adore l'art contemporain, elle me recommande quelques expositions, des galeries, etc. Vers la fin de notre brunch, je vois arriver Zac, qu'elle m'avait présenté à la soirée organisée chez elle. Je comprends tout de suite que l'entrée de Zac dans ce restaurant n'a rien de fortuit, mais lui fait comme si c'était le cas. Lorraine se récrie :

- "Quelle coïncidence ! Viens donc prendre un café avec nous."

Elle voit bien que je ne suis pas dupe, me fait un clin d'œil et, pendant que son ami cherche une chaise, me glisse rapidement :

- "Zac est un jeune homme bien sous tous rapports, son père est sénateur."

Ce n'est pas franchement le genre de choses qui m'impressionne, pas plus que cela ne compte dans l'intérêt que je porte à quelqu'un, mais Lorraine me connaissant très peu, ne peut le savoir. Je l'observe revenir avec une chaise. C'est un garçon de taille moyenne, cheveux châtains, yeux clairs, plutôt svelte, pas vilain garçon. Il semble tout droit sorti d'une publicité *Ralph Lauren*. Il y a cependant un je ne sais quoi de veule dans sa personne qui, à mes yeux, lui enlève toute séduction. Il s'assoit avec nous, et Lorraine, maîtresse dans l'art de mener une conversation, commence à le bombarder de questions sur son nouveau travail. Il vient d'intégrer un gros cabinet de conseil spécialisé dans les fusions-acquisitions. Il travaille dans le département juridique. Soucieuse de valoriser son poulain à mes yeux, Lorraine précise qu'il est diplômé de Harvard. Peu à l'aise d'être ainsi mis en avant, il essaye de faire dériver la conversation sur mes études. Je le sens impressionné par le fait que je suis en *Graduate School*, la plupart des Américains qui font des études supérieures s'arrêtent en effet au *College* et rejoignent le monde du travail, quitte à retourner sur les bancs de l'école plus tard. Intégrer un programme de MBA est, à l'époque, assez prestigieux, le summum du prestige résidant dans le fait de suivre ce cursus dans l'une des *Ivy League Schools*[2]. Je minimise mon mérite, contrairement à lui, je ne fais pas mes études dans l'une de ces illustres écoles - j'oublie de mentionner que je ne l'avais pas envisagé une seconde tant elles sont chères ! Au bout de dix minutes de conversation, Lorraine nous prie de l'excuser, elle doit rejoindre des amis pour aller voir une exposition. Je doute de la véracité de son excuse, j'y vois surtout le dernier acte d'un plan habilement organisé. Après son départ, Zac m'interroge sur ma vie à New York, si j'aime la ville, ce que je fais de mes week-ends, etc. Il trouve ainsi le moment idéal pour me communiquer son numéro de téléphone.

- "Appelle-moi quand tu veux dit-il on pourra aller au cinéma ou au musée."

Je le remercie, paye l'addition, et nous nous séparons. C'est sans doute à ce moment-là que je décide, inconsciemment, de mettre en pratique les recommandations de mes camarades de *Dorm*.


J'oublie le papier sur lequel j'ai griffonné son numéro au fond de mon sac à mains pendant quelques jours, puis je me décide à l'appeler juste avant que ma mère n'arrive à New-York. Après tout pourquoi ne pas faire un vrai *date* ? Je ne suis pas franchement attirée par ce garçon, mais peut-être gagne-t-il à être connu. Il est content de mon appel. Nous convenons d'une soirée cinéma le vendredi suivant. Il me donne rendez-vous au *Harvard Club*, pour prendre un verre avant la séance. Je devine qu'il a choisi ce lieu de rendez-vous pour se montrer sous son meilleur jour, celui de jeune juriste plein d'avenir et me réjouis de découvrir cet endroit inaccessible au commun des mortels. Ce club très exclusif est réservé aux anciens élèves de l'université, moyennant le paiement d'un abonnement annuel bien sûr. Il s'agit d'un hôtel particulier, superbe bâtisse située dans le quartier de *Mid-Town*. Le hall, avec ses très hauts plafonds, ses immenses cheminées, ses lambris de bois foncé ornés des portraits de prestigieux aînés, illustre bien le besoin des Américains de nourrir un récit historique qui fasse pièce à la tradition européenne. C'est le lieu de l'entre-soi par excellence où tout ce que la ville compte de vieux barbons encravatés, d'hommes mûrs au sommet de leur carrière et de jeunes loups en costume *Armani* se retrouvent. A cette époque, la fréquentation est majoritairement masculine et le code vestimentaire très strict : costume et cravate sont de rigueur. L'arrivée d'une femme dans la bâtisse constitue un petit évènement en soi. Si comme c'est mon cas, elle est très jeune et ne porte pas le petit tailleur ajusté des *business women* New-Yorkaises, on devine à la fois la surprise, l'incrédulité, voire la réprobation sur le visage de ces messieurs. Je m'amuse énormément des têtes qui se tournent lorsque, arrivant dans ce grand hall le vendredi à l'heure dite, je me mets en quête de Zac. Après quelques instants, je le repère, assis dans l'un des grands canapés Chesterfield disposés dans le hall. Plongé dans la lecture du New York Times, ou prétendant l'être, il ne tarde pas à lever la tête comme s'il guettait mon arrivée. Me voyant approcher, il essaie de plier rapidement son journal, lequel résiste. Fébrile, il ne réussit pas à discipliner les grandes feuilles et se précipite à ma rencontre, abandonnant le quotidien sur le canapé, une page dressée comme un fanion. Je fais mine de ne pas relever l'incident. Après les salutations d'usage, il me dit s'être informé sur les cinémas proposant le film sur lequel nous étions tombés d'accord, *Chariots of Fire*, l'horaire de la séance nous laisse plus d'une heure et demie. Le cinéma étant à quinze minutes à pied, nous avons amplement le temps de boire un verre et de visiter le club si cela me tente. Le programme me convient. Il m'entraîne vers le fond du hall qui fait office de bar. Pour ceux qui veulent dîner, la salle de restaurant est juste à côté.

Une fois installés, j'essaie de trouver un sujet de conversation. Ce qui fait la une de tous les journaux ce jour-là est l'arrivée à la cour suprême de la première femme-juge jamais nommée dans cette instance clé des institutions américaines. Ayant un juriste en face de moi, je pense le sujet tout trouvé, et lui demande ce qu'il en pense. Apparemment pas grand-chose. Heureusement, un garçon vient nous demander ce que nous souhaitons consommer. Zac commande un verre de vin blanc, j'en fais autant, il demande aussi quelques petites choses à grignoter. Le temps que le garçon revienne, je pose une autre question beaucoup plus facile :

-   "Alors tu viens souvent ici après le travail ?"

C'est le genre de sujet qui convient mieux à Zac. Il a beaucoup à dire sur le *Harvard Club*. Il vient y pratiquer le squash une à deux fois par semaine. Cela lui permet de rencontrer d'anciens camarades et d'en faire de nouveaux. Il me dit combien le *networking*[3], concept n'ayant pas encore passé l'Atlantique à l'époque, est l'une des clés de la réussite. Il continue en développant sur les activités du club dont, par exemple, des rencontres, petits déjeuners ou dîners, au cours desquels des représentants du monde politique ou de celui des affaires interviennent. Il s'attache à assister à la plupart de ces manifestations : elles représentent pour lui autant d'occasions d'élargir son carnet d'adresse et de faire des rencontres déterminantes pour l'avenir. Son visage s'anime, je sens qu'il est à l'aise sur ce terrain et que je l'ai amené, sans le vouloir, à parler de ce qui paraît constituer le cœur de son existence, la réussite professionnelle. Entre-temps nos verres sont arrivés et j'écoute d'une oreille attentive son discours me demandant si tous les jeunes gens ici sont aussi focalisés sur cet objectif de réussite sociale. Je réalise alors que dans ma promotion les Américains sont très compétitifs et n'hésitent pas, par exemple, à dénoncer ceux qui trichent aux examens avec comme conséquence de les faire exclure du programme. Sans doute pour eux aussi la réussite sociale est-elle la priorité, même si elle implique l'élimination d'un camarade. Par contraste, les Européens et les Latino-Américains tendent à être solidaires. Ma bande de copains compte majoritairement des non-Américains.

Notre verre fini, Zac propose de me faire visiter le club. Il m'embarque dans le tour du bâtiment qui, en dehors du hall d'accueil, des salles de réunion et d'une bibliothèque, offre des installations sportives et des services hôteliers, avec un certain nombre de chambres réservées aux membres séjournant temporairement à New York. Je suis impressionnée par cet endroit luxueux et feutré où tout est fait pour délivrer aux membres des services de grande qualité, tout en leur signifiant clairement leur appartenance à une élite. Mon guide est visiblement convaincu d'en faire partie. Au fur et à mesure de la visite, je le sens se redresser, il a endossé le rôle du châtelain présentant l'histoire de sa demeure.

Après le formidable mais long film, je prétexte l'arrivée de ma mère le lendemain, pour refuser un souper rapide, je dois me lever tôt pour faire le ménage. C'est une vraie excuse, même si la vérité est que je ne suis pas sûre d'avoir envie de prolonger le tête-à-tête avec Zac. Il est plutôt gentil, mais je sens une certaine vacuité chez lui et un tel appétit pour la conformité que j'ai peur d'en être rapidement exaspérée et de le laisser paraître. On se promet de se revoir. Je triche un peu sur la longueur du séjour de ma mère et lui demande de me rappeler trois semaines plus tard. Mon honnêteté me commande de lui dire que ceci ne mènera à rien, mais un petit diable intérieur me souffle de suivre les conseils de mes camarades de *Dorm* pour voir jusqu'où cela peut me mener, une expérience de sociologue en quelque sorte.

Le petit diable l'emporte, si bien que lorsque trois semaines plus tard, Zac, ponctuel, me rappelle, j'accepte de bonne grâce la sortie offerte. Il me propose un *brunch* le dimanche suivant suivi d'une visite au *Metropolitan Museum of Arts*. On se retrouve dans l'un des petits cafés de l'*Upper East Side*, le quartier où résident la bourgeoisie conservatrice et pas mal de nouveaux riches. C'est, bien entendu, dans ce quartier que Zac a choisi de demeurer. Il a réservé dans un endroit sans prétention, la carte décline les classiques du *brunch*, œufs Benedict, omelettes, pancakes, gaufres, french toasts. Après avoir passé commande la conversation s'engage autour de ce que l'on devrait voir au musée.

Sans avoir la taille du Louvre, le *Met* demeure un très grand musée, et il vaut mieux fractionner la visite. Pour ma part, ayant déjà fait une première visite, j'ai quelques idées des salles que j'aimerais découvrir - plutôt la peinture - et de celles que j'ai moins envie de voir - les salles égyptiennes, mais je ne me souviens pas de tous les trésors dont le musée regorge, donc je suis à l'écoute des suggestions de Zac. Qu'il soit très poli, n'ait pas de réelle préférence ou ne connaisse pas du tout le musée, il n'exprime aucun désir de voir une section plutôt qu'une autre. J'essaye de le pousser un peu dans ses retranchements pour voir quels sont ses goûts en matière d'art, mais il reste évasif. Nous nous mettons d'accord pour voir en priorité la peinture européenne, puis de décider ensuite si nous avons envie de pousser l'exploration plus loin. Les plats arrivent à point car, après nos brefs échanges sur le programme de l'après-brunch, la conversation commençait à s'effilocher. En attaquant mes pancakes, je me demande si mon camarade est très timide ou s'il n'a pas grand-chose à dire. Je crois qu'il y a un peu de deux. Il faut bien essayer de trouver un sujet, j'enchaîne sur les fêtes à venir :

- "As-tu des plans pour *Thanksgiving* ?"
- "J'irais sans doute à Providence chez mes parents, répond-il."

Bien que mes connaissances en matière d'histoire des Etats-Unis soient un peu lacunaires, je n'ignore pas que cette région est le berceau de la nation. J'en profite pour tenter de lancer la conversation sur le patrimoine historique de la ville :

- "Il doit y avoir beaucoup de choses à voir à Providence".
- "C'est une jolie ville répond-il, il y a en effet des quartiers assez anciens."

J'ai bien du mal à lui soutirer davantage de détails sur les richesses de la ville ou de la région, si ce n'est qu'il est un amoureux de Cape Cod, de Nantucket ou de Martha's Vineyard, lieux ou toute la gentry New-Yorkaise et plus largement celle de la Nouvelle-Angleterre se retrouve l'été. Mon diagnostic se confirme. Sans être à proprement parler snob, Zac est un vrai *WASP*[4]. Il n'envisage pas d'autre style de vie que celui de son milieu d'origine.


A l'arrivée au musée, nous nous dirigeons vers les salles de peinture européenne et décidons que nous irons découvrir ensuite l'aile américaine qui semble assez riche. Nous verrons alors ce qui nous tente. Bien que peu sensible à la peinture des périodes antérieures au 18^ème^ siècle, dominée par des sujets religieux, je m'émerveille devant quelques chefs-d'œuvre de Breughel, Vermeer ou de La Tour, essayant de faire partager mon enthousiasme à mon camarade, lequel prend un air pénétré devant les tableaux mais dissimule difficilement son désintérêt, pour ne pas dire son ennui. Mes premières impressions sur le personnage sont confirmées. Il s'éclaire un peu lorsque nous arrivons aux impressionnistes, mais ses réflexions sont plutôt déstabilisantes. Ce qu'il connaît de ce mouvement est lié au fait que de riches Américains ont investi dans des œuvres impressionnistes, et compte-tenu de la cote actuelle de leurs tableaux, il regrette que ses aînés n'aient pas eu cette idée : elle aurait fait de lui un très riche héritier. Avec un tel compagnon, la visite des salles de peinture a été plus rapide qu'envisagée, et nous passons à l'aile américaine, avec un premier choix qui s'oriente vers les salles présentant du mobilier. Zac est clairement plus intéressé par les arts décoratifs. Il est heureux de trouver des pièces qui font écho à son histoire familiale. Je bénéficie alors de l'évocation de la maison de ses grands-parents maternels, lignée de banquiers résidant à Boston. De ce qu'il me raconte, je déduis qu'ils résidaient dans une grande maison, plutôt joliment meublée et remplie de beaux objets. Ce moment à défaut d'être le plus intéressant, est le plus animé. Après une heure dans l'aile américaine, je prétexte la fatigue, réelle, pour interrompre la visite. A la sortie je remercie Zac pour la *très belle journée* passée en sa compagnie et file prendre le métro. C'est la seule entorse au protocole décrit par mes camarades. Zac ne me raccompagne pas en voiture. Normal, à New York, tout le monde évite de circuler avec sa propre voiture. Sinon tout le reste est conforme, il a offert le restaurant et l'entrée au musée. Je dois dire que cela me met un peu mal à l'aise, mais expérience sociologique oblige, je joue le jeu.

Au cours des mois qui suivent je revois Zac à plusieurs reprises, toujours délicieusement galant et ennuyeux. Nous allons visiter la pointe sud de l'île par une froide journée d'hiver, retournons plusieurs fois au cinéma, une bonne façon d'éviter la conversation avec quelqu'un qui n'a pas grand-chose à dire. Une seule fois, il essaie de me voler un baiser, maladroitement. Probablement terrorisé par son audace, il n'insiste pas. Je dois dire que je ne m'explique pas son attitude. Ressent-il vraiment quelque attirance à mon égard ? Si oui, pourquoi ne manifeste-il pas plus d'impatience ? Comme après quelques sorties, je commence à bien le connaître, je ne me prive pas de le taquiner, je le trouve tellement conformiste, si peu curieux d'autre chose que de son milieu et de son métier, que j'explose plusieurs fois. Une fois notamment alors qu'il montre une méconnaissance absolue de la géographie de l'Europe mais des idées arrêtées sur la politique des grands pays. Tout glisse sur lui, aucun sarcasme, ni reproche ne semble l'atteindre. Un jour, avec une rare mauvaise foi, je lui reproche son égoïsme, alors que je profite de ses invitations depuis des semaines. Il ne rétorque rien, son humeur ne s'altère aucunement et nous nous quittons après notre sortie comme si rien ne s'était passé. Je pense qu'aucun Français n'aurait toléré une telle attitude. Ce garçon est une énigme. Est-ce qu'à force d'être maltraités par les filles, tous les jeunes Américains s'attendent à cela ? Je ne sais pas. Je me demande ce qui a déterminé cette conception des relations hommes/femmes dans ce pays.

Peu de temps après que nous ayons quitté l'école, mes camarades masculins travaillant aux Etats-Unis me racontent que, dans leur milieu professionnel, ils sont attentifs à ne jamais se trouver seuls avec une femme dans un bureau ou une salle de réunion, de peur d'être accusés de harcèlement sexuel. Comment en est-on arrivé à ce point ? La plupart de mes amies américaines considèrent qu'un compliment, même anodin, fait par un homme à une femme dans la sphère professionnelle est déplacé. J'ai l'impression qu'un féminisme outrancier régit depuis des décennies les relations entre les deux sexes, aboutissant à pas mal de frustrations. Mais qu'est-ce qui est à l'origine de cette interprétation si extrême du féminisme ? Le peuplement du pays par une élite puritaine qui ne devait pas donner une grande place aux femmes ? Les conditions de la poursuite de la conquête du pays favorisant une masculinité à la fois protectrice et oppressive ?

En 1981, je ne me pose pas encore ce genre de questions, je suis simplement très troublée par le fait que l'application des consignes de mes camarades ait si bien fonctionné. Je me sens honteuse lorsque Zac m'accompagnant à l'aéroport JFK et devinant que mon retour à l'école sonne le glas d'une relation qui n'a jamais véritablement existé, arbore un air de chien battu. Je le remercie pour tous les moments passés ensemble et surtout de m'avoir accompagnée avec tout mon barda. J'écourte les adieux en lui plaquant rapidement un baiser sur chaque joue, heureuse de la perspective de retrouver mes camarades d'école. Je lui envoie une carte de Caroline du Sud qui reste sans réponse. Ce garçon, qui ne savait probablement pas où placer la France sur une mappemonde, aura pour toujours une mauvaise image des Françaises. Je ne suis pas particulièrement fière de cet épisode, mais je suis allée au bout de l'expérience, et bien des années après je reste encore profondément perplexe sur la nature des relations entre les deux sexes aux Etats-Unis.

Avec le recul, je suis saisie par le contraste entre les deux principaux personnages ayant marqué ce séjour New-Yorkais : Zac et Maggy deux faces opposées d'une même pièce, celle représentant le rêve américain. Le premier héritier de ceux qui l'ont incarné et tentent de conserver des privilèges chèrement acquis. La seconde, attirée par le mythe, confrontée à la rudesse d'un pays plein de promesses où le chemin de la réussite est pavé de nombreux obstacles. Tous les prétendants au rêve n'ont pas l'étoffe requise : une détermination à toute épreuve, du dynamisme, de la créativité et peu d'états d'âme. Je ne suis pas sûre que Maggy l'ait eu mais j'espère néanmoins qu'elle a réussi à trouver sa voie. Quant à moi, c'est effectivement mon stage à New-York qui m'a ouvert les portes de l'emploi que j'occupe quelques mois plus tard. Je repars à l'école avec la quasi-certitude d'une embauche une fois mon diplôme en poche. Mon rêve américain s'est réalisé.

Partie III

# RENTREE DANS LE RANG

*1982-1992*

Comme je l'avais espéré, je quitte l'école avec une promesse d'embauche dans l'un des fleurons français de l'industrie de la beauté. J'aurais préféré rester aux Etats-Unis, mais en dépit de mes efforts, aucune piste sérieuse n'a pris corps au moment où je quitte l'école. Craignant par-dessus tout de me retrouver sans emploi, et ayant décroché un poste qui correspond à mes attentes, je rentre en France.

Je laisse derrière moi Jensen, rencontré au cours des derniers mois sur le campus. Inscrit dans la promotion suivante, il a encore un an d'études devant lui. Nous sommes amoureux. Un an plus tard, il rentre au Danemark, son pays d'origine. Il insiste pour que nous nous mariions. Malgré mes réserves sur l'institution du mariage, j'accepte, me conformant ainsi aux attentes de mes parents. Ma carrière les intéresse beaucoup moins que la perspective de ma future famille : je rentre dans le rang. En apparence seulement, je suis davantage motivée par ma vie professionnelle que par l'idée de fonder une famille.

A cette période la division que j'ai intégrée dans le groupe qui m'a recrutée est un peu marginale. J'ai la chance d'avoir à ma disposition les moyens d'un grand groupe dans un environnement de *start-up* - même si ce terme n'est pas encore à la mode. J'apprends la parfumerie avec passion et gourmandise. C'est ma priorité. Mon mari décide de me rejoindre à Paris. Après un stage intensif de français, il s'avère rapidement très dilettante. Il ne cherche pas tant un travail qu'un titre accompagné de revenus élevés. Autant dire que cette approche n'est pas couronnée de succès. Nos voies divergent assez rapidement.

# Noël au Danemark

J'ai toujours détesté Noël. Cette période marquée par d'interminables négociations familiales - où va-t-on passer les fêtes, avec quel côté de la famille ? - sur fond de chantage affectif. Dès le début de mon mariage avec Jensen, j'instaure une règle : Noël sera passé en alternance avec l'une ou l'autre famille. Mon objectif est d'éviter toute discussion avec la mienne.

1984, c'est le tour de ma belle-famille, pour mon plus grand plaisir, car je suis convaincue que Noël au Danemark vaut le déplacement. Nous avons posé des congés. Enfin moi surtout, car l'activité de mon mari, aussi mystérieuse que peu rémunératrice, lui laisse beaucoup de loisirs. Avec des moyens limités, nous avons décidé de faire le voyage en voiture, un peu plus de mille deux cent kilomètres d'une seule traite, de nuit, en nous relayant au volant. Tout cela pour tirer le meilleur parti de huit jours où il faudra rendre visite à toute la famille et aux nombreux amis.

Nous partons le vendredi soir après le dîner afin d'éviter les bouchons à la sortie de Paris. Après une nuit sur la route nous arrivons au matin dans la plaine du Jutland, la péninsule au nord de l'Allemagne, territoire plat comme la main, terre noire, ciel gris plombé, un paysage mélancolique pour ne pas dire sinistre. Les faubourgs d'Aalborg sont en vue. C'est une petite ville sans grand charme, mais proprette. La famille de mon mari est établie dans un quartier pavillonnaire, maisons basses, bien entretenues, jardinets au cordeau. La leur ne se distingue guère des autres de ce point de vue. C'est une construction solide datant des années soixante. S'appuyant sur une légère déclivité du terrain, elle a été bâtie sur des niveaux différents, ce qui lui confère un petit côté maison d'architecte. Pas de neige à Aalborg mais les couleurs de Noël sont partout. Chaque maison arbore une couronne différente sur la porte d'entrée, des guirlandes lumineuses autour des fenêtres, de faux bonhommes de neige ou Pères Noël dans les jardins. A l'époque, l'engouement actuel autour de ce type de décoration n'a pas encore touché la France et je suis émerveillée par la transformation de la ville. Ma belle-famille, quant à elle, joue la sobriété à l'extérieur, quelques lampions à l'entrée du jardin, une couronne originale sur la porte, c'est tout. En revanche, dès l'entrée de la maison nous sommes plongés dans l'ambiance des fêtes. L'atmosphère est aussi chaleureuse que la température est douce : odeur de sapin, d'épices et de cannelle, de feu de bois et de pâtisserie fraîchement sortie du four, cantiques en fond sonore. Les Danois s'y entendent pour créer une ambiance de Noël.

Nous sommes accueillis comme si nous étions les rescapés d'un naufrage, les parents et les trois jeunes sœurs de mon mari s'empressent autour de nous. Le père et la plus âgée des filles nous enjoignent de nous assoir près de la cheminée où le feu crépite tout en empoignant les bagages afin de les emmener dans la chambre qui nous est réservée. Le salon accueille un gigantesque arbre de Noël, magnifiquement décoré. Les lanternes, elfes, Père Noël, rennes, etc. ont pris position dans divers endroits de la pièce en temps ordinaire assez simplement aménagée. Une tasse de café fumant apparait devant moi quasiinstantanément, les assiettes de biscuits préparés par ma belle-mère arrivent très vite derrière, portées par les deux plus jeunes sœurs. La mère de mon mari bombarde son fils de questions auxquelles je ne comprends rien, mon niveau de danois restant très insuffisant. Il est toujours compliqué de comprendre les rapports entre les gens dont on ne parle pas la langue, mais une chose est sûre : mon mari, seul garçon, est le héros de la famille.

Nous sommes arrivés vers dix heures, il reste trois jours avant le réveillon. On nous laisse prendre un peu de repos, ensuite les sœurs veulent faire le point des cadeaux pour les parents. Conciliabule, on nous entraîne en ville pour les derniers achats. Je suis curieuse de découvrir le centre-ville à cette période de l'année, le tour en est vite fait. A part les boulangeries qui me font saliver, avec leur infinie variété de pains et de viennoiseries, les autres magasins paraissent bien mornes à la Parisienne que je suis redevenue. A quinze heures, sous un crachin très britannique, le jour décline ; à seize heures, la nuit est totalement tombée. Je comprends pourquoi il est impératif de décorer les rues et les maisons avec autant de prodigalité.

Le dimanche, c'est un tourbillon. Il faut rendre visite à la grand-mère. Elle vit près de ses deux filles, tantes de mon mari donc, et cela implique un arrêt chez chacune de celles-ci, qui entraîne la visite des cousins, et ainsi de suite. Une journée que j'ai passée à sourire niaisement et à avaler des gâteaux. Heureusement les cousins parlent anglais - plus ou moins bien, et j'ai pu bénéficier de quelques intermèdes de conversation.

Le lundi est une journée d'intenses débats que je suis tant bien que mal, faut-il servir le rôti de porc pour le réveillon et l'oie pour le déjeuner du vingt-cinq ou vice et versa ? Que va-t-on proposer en accompagnement ? Il est évident que la famille veut que je fasse l'expérience la plus authentique de la tradition danoise. Après que les plans sont arrêtés, un groupe est dépêché faire les derniers achats de nourriture et boissons. Pourvu qu'ils achètent du vrai vin, mon beau-père est très fier d'une sorte de vin qu'il concocte lui-même à base de fruits rouges et raisins, une infâme piquette qu'il m'avait fait goûter à ma première visite, gueule de bois garantie après un seul verre !

Une fois cet aspect logistique réglé, mon mari se concerte avec ses parents, il convient de décider quel jour les Sørensen viendront déjeuner. Il s'agit d'une famille d'origine danoise, établie depuis deux générations dans le Mid-West américain où ils exploitent une ferme. Cette famille a accueilli mon mari, alors en dernière année de lycée, dans le cadre d'un programme d'échange d'un semestre qu'il a passé au fin fond de l'Iowa. Ils sont venus passer les fêtes avec la famille restée au Danemark, ils aimeraient bien revoir leur protégé. C'est la première fois après les neuf années écoulées depuis son séjour chez eux. Mes beaux-parents, généreux et accueillants, ont promis d'organiser un déjeuner, ils doivent leur préciser le jour : le vingt-sept ou le vingt-huit. Il faut aussi prévoir ce qu'on va leur servir. Seul mon mari les connaît, pour sa famille, ils sont un peu comme de mythiques cousins d'Amérique. Je devine qu'ils souhaitent mettre les petits plats dans les grands.

Le mardi vingt-quatre, la fête commence au petit-déjeuner, pains variés, viennoiseries en quantité, fromage, harengs marinés et schnaps. Je passe poliment mon tour sur les harengs et l'eau de vie. Ensuite tout le monde s'affaire dans son coin à emballer ses paquets, beaux papiers, petites cartes, lutins ou angelots en papier découpé, autant d'attention est portée aux emballages qu'à la décoration. On se retrouve autour d'un déjeuner rapide et léger, *smørrebrød* [1] que chacun va composer avec les ingrédients mis sur la table, saumon, fromage frais, charcuterie, etc. Il ne faut pas trop s'attarder, car le début d'après-midi sera consacré à la préparation du repas du réveillon ainsi qu'à dresser et décorer la table de fête, avant de se rendre à la messe. Après le déjeuner, tout le monde met la main à la pâte, les hommes se consacrant surtout à la préparation du *glögg*[2] en goûtant d'abondance, les femmes faisant le reste. Je suis assignée à la préparation des légumes. Eplucher des pommes de terre à faire caraméliser avec le rôti de porc qui lui devra être bien croustillant. Emincer le chou rouge en petites lanières, et préparer quelques pommes qui cuiront avec. Ma belle-mère de son côté s'occupe du dessert le *Risalamande*[3], un riz au lait avec des brisures d'amande dans lequel on introduit une amande entière en fin de cuisson, la fève en quelque sorte. Il sera servi avec un coulis de cerise, conserve maison préparée en saison. Pendant ce temps mes belles-sœurs s'activent pour préparer la plus belle table qui soit. Une fois les préparatifs du repas bien avancés, tout le monde est prié d'aller s'habiller pour la messe, tenue de fête de rigueur.

Ici, comme aux Etats-Unis, la paroisse constitue le cœur de la vie sociale. On n'est pas obligé d'être très croyant, mais il est bon de fréquenter l'église où la communauté se réunit. Mal à l'aise, j'explique que je ne connais rien au rite protestant - pas plus qu'au catholique d'ailleurs - et je ne voudrais pas choquer. On me rassure, le pasteur sera heureux de faire ma connaissance et que je ne sois pas protestante ne lui pose pas le moindre problème. Je suis saisie par l'ambiance au temple, c'est effectivement le lancement de la fête : tout le monde se connaît, se congratule, le service est joyeux, beaucoup de chants et d'interactions avec les fidèles. Avec un service en danois, je m'attendais à trouver le temps long, mais l'ambiance est tellement festive qu'il passe en un éclair.

Dix-neuf heures, retour à la maison, le *glögg* tiède est réchauffé. Les femmes s'affairent à mettre le rôti à cuire, puis sortent les *frikadellers*[4] et autres bouchées qui seront servies avec le vin chaud pour accompagner la cérémonie de l'allumage du sapin. Les hommes se dépêchent de finir de disposer les bougies sur l'arbre de Noël. Je n'en crois pas mes yeux, ils sont fous ces Danois, ils vont mettre le feu à la maison ! L'escabeau est tiré devant le sapin, c'est à la plus jeune des filles que revient l'honneur d'allumer la bougie du haut, puis les deux autres s'avancent pour allumer le reste. Ensuite chacun vient disposer ses paquets sous le sapin, je ne suis pas tranquille, mais l'effet est magique, je suis bien au pays d'Andersen. Le décor est planté, le *glögg* coule à flot, le réveillon sera joyeux. On est loin de la sophistication culinaire française, mais c'est l'un des réveillons les plus authentiquement festifs qu'il m'ait été donné de vivre.

Les cadeaux seront ouverts le lendemain, après un autre de ces copieux petits déjeuners arrosés de schnaps dont les Danois ont le secret. Ce jour-là le schnaps servi est aromatisé aux herbes censées dissiper la gueule de bois. Toujours pas tentée. Finalement l'oie ne sera pas servie au repas de Noël, il a été décidé de la garder pour le déjeuner avec les Sørensen confirmé pour le vingt-sept. Le vingt-six nous ne faisons pas vraiment de pause dans les visites. Rendez-vous est pris chez d'autres cousins, à Frederikshavn sur la côte plus au nord, nous en profiterons pour pousser jusqu'à Skagen, patrie des impressionnistes danois. On commence par aller jusqu'à cette petite ville, les journées sont tellement courtes, il vaut mieux profiter de la lumière du tout début d'après-midi. Skagen, gros bourg posé au bout de la péninsule du Jutland, là où la Mer Baltique et la Mer du Nord se rejoignent, fait la fierté des Danois. C'est une petite ville où, dans la seconde moitié du dix-neuvième siècle, se retrouvaient les plus grands peintres de la région. Si leurs noms ne sont pas aussi célèbres que ceux des grands maîtres de l'impressionnisme, leurs œuvres n'en sont pas moins magnifiques ; celles de Krøyer notamment, témoignant magistralement des paysages et de l'ambiance de ce bout du monde.

C'est une journée de relatif beau temps, un pâle soleil d'hiver n'arrive pas à complètement percer les nuages, mais dispense néanmoins un peu plus de lumière que d'habitude. J'imagine que l'endroit doit être charmant en été, en cette saison tout est fermé. Le vent souffle tellement fort qu'il est quasiment impossible de rester dehors plus que quelques minutes et nous remontons promptement dans la voiture après avoir tenté une marche sur le littoral. Ecourtant ainsi cette visite, nous nous dirigeons vers la maison des cousins où boissons chaudes et assiettes garnies de biscuits de Noël nous attendent. Même si j'apprécie la chaleur de l'accueil de cette famille, je commence à me lasser de tout ce temps passé à boire du café ou du thé en croquant des petits gâteaux, si bons soient-ils. Mais comment occuper ses journées dans une région où, à cette époque de l'année, la lumière du jour est si chiche, la météo si peu favorable et les distractions si rares ? De plus, je comprends que mon mari apprécie de faire le tour de sa famille et je continue de sourire et de remercier chaudement nos hôtes, profitant de cette occasion pour pratiquer un peu le danois.

Vingt-sept décembre, encore une journée de fête. Les Sørensen arrivent vers midi. En plus du couple qui accueillit mon mari, leur fils est présent. Henrik, de deux ans le cadet de Jensen, était le compagnon des trajets en bus jusqu'au lycée et celui des escapades dans la campagne autour de la ferme. Dès dix heures, c'est le branle-bas de combat dans la cuisine. Il faut mettre l'oie à rôtir, sinon elle ne sera jamais cuite à temps. La discussion est vive autour de la garniture. Pommes de terre bien sûr, l'aînée des filles voudrait refaire le plat de chou rouge servi au réveillon, ma belle-mère objecte, c'est la garniture qui va avec le rôti de porc ! On se met finalement d'accord pour des carottes et des navets qui seront caramélisés. Pour le dessert, ma belle-mère avait préparé un bol de *Risalamande* supplémentaire la veille de Noël, elle sort un coulis de fruits rouges *maison* de ses réserves, une petite variante. Les Danois font avec les ressources locales, elles ne sont pas extrêmement variées. Ils compensent par la décoration et l'ambiance la simplicité de leur cuisine.

Les invités sont à l'heure. Erik Sørensen est un grand gaillard longiligne d'une cinquantaine d'années, au teint buriné et aux cheveux rares et blonds. De grosses lunettes à monture carrée dissimulent à peine des yeux d'un bleu intense. Il ne peut cacher ses origines scandinaves, même si avec sa grosse chemise à carreaux portée sur une paire de jeans, il pourrait passer pour un bûcheron canadien. Sa femme, Mette, est beaucoup moins grande et plus replète. On sent que le voyage en Europe l'a portée à quelques efforts de coquetterie. Elle arbore fièrement une permanente bien cartonnée telle qu'elle se pratique encore outre-Atlantique chez les coiffeurs de province. Sans doute peu habituée à se maquiller, elle n'a pas lésiné sur la couleur. L'ombre à paupière vert salade fait écho à la couleur de sa robe en tissu synthétique comme seules les marques américaines de prêt à porter en produisent. Des chaussures à petits talons qu'elle ne doit pas porter souvent lui donnent une démarche chancelante. Henrik quant à lui, malgré ses vingt-six ans, a conservé un air d'adolescent. Il a pris la stature de son père, et les petits yeux vifs de sa mère. Comme tout bon américain, il est coiffé d'une casquette de base-ball, posée à l'envers, qu'il n'ôte pas en entrant dans la maison.

Les retrouvailles avec mon mari sont chaleureuses. Avant de passer à table, tout le monde s'installe au salon autour d'un *glögg*, Les Sørensen ont du mal à parler le danois, sans doute ne le parle-t-il plus entre eux. On sent bien qu'ils préfèrent s'exprimer en anglais, et les souvenirs du séjour de mon mari chez eux sont évoqués dans cette langue qu'ils émaillent de mots danois. Pour une fois, je peux suivre une conversation sans problème. Ils se remémorent quelques incidents. La fois où Jensen a manqué le bus scolaire pour revenir chez eux en sortant du lycée situé à plus de dix miles de leur ferme. L'apprentissage de la conduite du tracteur qui s'est rapidement terminé dans une haie se trouvant opportunément sur sa trajectoire… Et ainsi de suite. On sent beaucoup de tendresse chez ces gens lorsqu'ils nous content ces petits incidents qui ponctuent une vie certainement assez rude et viennent pimenter le quotidien. Ils ont amené des photos afin de montrer à Jensen les améliorations apportées à la ferme depuis neuf ans. Ils font circuler les clichés. La ferme est imposante, les bâtiments coquets, entourés de plates-bandes fleuries. Sur un plan large on en devine l'isolement. Je demande s'ils ont des voisins, oui me répond Erik, il a un collègue à cinq miles - plus de huit kilomètres - de chez lui. On ne peut pas dire que ce voisinage soit encombrant. Nous regardons des clichés ensoleillés, mais je n'ose imaginer ce que cela doit être de vivre là-bas en plein hiver, avec des températures qui, si elles ne sont pas aussi glaciales que dans la région des grands lacs, demeurent négatives pendant la majorité de la saison.

Ma belle-mère vient annoncer que nous pouvons passer à table. Petite discussion autour du plan de table. Je me trouve entourée d'Erik et Henrik, mon mari en face, à côté de Mette.

Le *glögg* ayant été accompagné de pas mal de bouchées apéritives, nous attaquons directement l'oie que mon beau-père découpe devant nous. Une fois tout le monde servi, je remarque que mes deux voisins sont hésitants et tardent à commencer à manger. Pris d'une inspiration, Erik, se tourne vers moi, et montrant ses couverts me dit en anglais :

- "Vous vous servez de ces trucs aussi en France ?"

Je reste interdite, mais la question ravive ma mémoire : l'un de mes premiers *dates* en Amérique, un garçon de ma classe, originaire du Midwest, m'avait invitée à dîner. J'avais remarqué qu'il ne savait pas découper sa viande proprement avec la fourchette et le couteau. Il les utilisait comme un enfant de quatre ans l'aurait fait. Autant dire que le pauvre garçon n'a jamais su pourquoi ses efforts de séduction sont restés sans résultat. Par la suite, j'ai noté que bon nombre de ses compatriotes rencontrent des difficultés similaires. Dans le cas de mon voisin, c'est son grand-père qui émigra aux Etats-Unis, ce qui veut dire qu'en deux générations, les manières européennes ont cédé la place aux usages américains. Henrik opinant, je sens qu'il est encore plus ennuyé que son père, à la troisième génération l'héritage culturel est totalement effacé. Rapide coup d'œil à Mette, plus habile dans le maniement des couverts. La question qui m'est posée montre aussi qu'Erik, malgré son ascendance européenne, a peu de connaissance du continent. Il ne doit sans doute pas savoir où se situe la France et encore moins connaître sa réputation en matière de gastronomie. Pour lui, c'est un pays lointain et exotique, et avec un peu de chance tout aussi peu sophistiqué dans ses manières que l'on peut l'être dans sa région. Désolée de ne pouvoir voler à son secours, je lui réponds que oui nous utilisons ces choses aussi en France. Cet aparté est resté discret, et je lis une certaine détresse dans son regard lorsqu'il empoigne finalement ses couverts et entreprend maladroitement la découpe de son morceau d'oie, Henrik à ma gauche, peine aussi à la tâche. La stratégie d'Erik est de découper toute la viande avant de commencer à manger, comme le ferait un père pour son enfant. A ce stade, tout le monde s'est rendu compte des difficultés que rencontrent les deux invités, mais tous se gardent de relever. Heureusement, l'oie est bien cuite, la chair est tendre et se détache facilement, tous les deux arrivent donc, même gauchement, à venir à bout de la viande, les légumes posant moins de problèmes. Soulagés d'avoir réussi à s'en sortir, ils ne se resservent pas, et se rattrapent sur le dessert qui se mange à la cuiller, beaucoup plus dans leurs habitudes probablement. Je me demande si ma belle-famille commentera l'incident. Ce ne sera pas le cas, en tout cas pas devant moi. Ils ne sont pas du genre à se moquer, la bienveillance et la tolérance sont la règle dans la famille.

Nous revenons au salon pour le café. La conversation tourne autour de la ferme, des récoltes - le maïs principalement pour la ferme Sørensen - et des projets. Ils nous font part de leurs préoccupations : l'agriculture n'est plus aussi florissante en Iowa. Ils viennent de vivre plusieurs années difficiles et cherchent à se diversifier. Je m'intéresse à la conversation, je me rends compte que j'avais une image erronée des fermiers américains. Je les imaginais en quelque sorte comme des *gentlemen farmers* modernes, patrons prospères de grandes exploitations. Je découvre que même s'ils sont à la tête d'une grosse exploitation, ils ne sont peut-être pas si différents des fermiers européens, totalement pris par un métier qui laisse peu de répit et des revenus aléatoires. Si leur culture européenne a si rapidement été supplantée par les manières de faire américaines, c'est sans doute que ces dernières correspondent davantage à leurs contraintes matérielles. Je ne peux que constater, une fois encore, la promptitude avec laquelle les

Etats-Unis assimilent les immigrants lesquels adoptent le mode de vie américain avec une rapidité déconcertante.

Vers seize heures les Sørensen prennent congé, heureux d'avoir revu Jensen, lui-même ravi d'évoquer quelques souvenirs de jeunesse. Tous se promettent de ne pas laisser une décennie passer avant de se revoir tout en sachant très bien qu'il est probable que le prochain rendez-vous n'arrive jamais. Les trois jours suivants nous conduirons encore chez d'autres cousins et quelques amis, toujours plus de boissons chaudes et de biscuits de Noël. De retour à Paris après ce Noël scandinave, j'ai l'impression de revenir d'un très long voyage.

# Contrastes

Cinq semaines de congés payés merci Monsieur Mitterrand ! Avec un mari sans réelle activité professionnelle et, par voie de conséquence, sans grands moyens, les vacances de l'été 1987 ont été réduites à deux semaines passées à randonner en France. Il me reste du temps pour une coupure en automne. Amy, mon ancienne colocataire de Columbia, retournée à Hong-Kong, m'a invitée à venir la voir. Je décide de profiter de l'invitation et poser deux semaines de congés à la fin du mois d'octobre, la meilleure période pour aller dans cette région. Vacances sans mon mari lequel, cherchant toujours sa voie, se lance dans de nouvelles aventures professionnelles et vient d'être envoyé pour quelques mois aux Etats-Unis. Je projette également d'aller en Chine continentale, pas si évident, les touristes étrangers n'y sont pas encore les bienvenus. Amy me conseille de réserver un voyage organisé à partir de Hong-Kong, ce qui, selon elle, est très facile. Suivant ses recommandations, je prends juste un billet d'avion pour Hong-Kong, le reste se décidera sur place. N'étant plus à la charge de mes parents, je n'ai plus accès aux billets à tarif préférentiel sur Air-France. Le seul vol abordable que je trouve est un charter, via Londres. A Londres, l'avion tombe en panne. Nous devons passer la nuit sur place. Je dîne avec ma voisine de siège. C'est une jeune Française installée à Hong-Kong depuis trois ans. Elle y est partie en vacances. Elle a adoré l'énergie de la ville et a décidé de s'y installer. Elle m'explique qu'il ne faut pas compter être reçue par quelque Chinois que ce soit. Je souris, je vais chez une chinoise.

Si ma compagne de voyage est frustrée de ne pas avoir trouvé la clé pour pénétrer les cercles autochtones, mon expérience est radicalement différente. Je vis immédiatement l'intense vie sociale d'Amy. Il n'y a pas une soirée sans que l'un ou l'autre des membres de son groupe d'amis n'appelle pour suggérer un dîner au restaurant, lancer une invitation, etc. Décalage horaire ou non, je suis immédiatement propulsée dans un tourbillon de sorties. Dès mon arrivée, un dimanche matin, nous retrouvons deux des amies d'Amy pour *bruncher* dans un restaurant de *dim-sums*[1]. Il faut vraiment le connaître car il n'a pas pignon sur rue. Situé au quinzième étage d'un immeuble de bureaux, il occupe tout l'étage. A la sortie de l'ascenseur une grande vitrine permet d'apercevoir la salle à travers des voilages jaunis par la fumée des cuisines et des cigarettes dont les Chinois sont de gros consommateurs. En attendant que l'hôtesse nous conduise à notre table, j'observe l'endroit : une vaste salle décorée sans recherche aucune avec, à l'autre extrémité, d'immenses baies vitrées offrant une vue circulaire sur la ville. De grandes tables rondes disposées en quinconce accueillent une foule nombreuse et bruyante. Si ce n'était la vue et les nappes blanches, on se croirait dans une cantine plutôt qu'un restaurant. Une petite femme sèche nous conduit à notre table, près de l'une des fenêtres. Le temps est légèrement brumeux, mais la vue reste spectaculaire, j'aperçois la baie, un peu dissimulée par les immeubles et au loin, le *Peak*, le point culminant de l'île Victoria. Nous nous installons. Ici pas de menu, les étroites allées entre les tables sont sillonnées par des serveuses poussant des chariots fumants, la plupart offrent des plats cuits à la vapeur, mais pas seulement. Les serveuses font une pose devant chaque table afin de proposer leur spécialité à ses convives. Je passe poliment sur les tripes, non sans dissimuler un haut le cœur. Le dépaysement est total et plutôt brutal. Après treize heures d'avion, les effluves provenant des différents plats autant que la fumée des cigarettes et le niveau sonore de l'endroit me montent vite à la tête. Heureusement, Amy et ses amies ne traînent pas. Au bout d'une heure, notre *brunch* s'achève.

Le soir même nous allons à la pendaison de crémaillère d'un jeune couple. Cela confirme mon intuition : Amy appartient à une élite sociale plus que privilégiée. Je soupçonnais déjà la fortune de ses parents : comment autrement financer les études de six enfants en Suisse puis aux Etats-Unis ? Son cercle de proches dispose visiblement de la même aisance. Le couple qui nous reçoit a acquis récemment, à moins de trente ans, un grand appartement dans l'un des beaux quartiers de l'une des villes les plus chères du monde. La jeune femme nous fait les honneurs du lieu et nous explique les choix de son décorateur. Pour elle, comme pour ses amies, il n'est pas question d'aménager son appartement soi-même. Il est impératif de s'adjoindre les services d'un architecte d'intérieur, lui-même secondé par un spécialiste du *Feng-Shui*[2]. La mission de ce dernier est de s'assurer que l'habitation laisse circuler le $Qi$[3] harmonieusement et, accessoirement, de préconiser des travaux qui feront monter l'addition - mon interprétation de concitoyenne de Descartes. Notre hôtesse est très fière du résultat : tout est neuf et conforme aux dernières tendances de décoration. On croirait déambuler dans les pages d'*Architectural Digest*[4], c'est sublime et sans âme.

Un buffet dont les plats ont sûrement été commandés dans l'un des nombreux bons restaurants de la ville a été dressé dans le séjour. Le maître de céans prépare des cocktails. La bande est gaie. De temps en temps, l'un ou l'autre se souvient que je ne comprends, ni ne parle, le cantonais et me résume brièvement en anglais la conversation en cours. Par bonheur, la soirée ne se prolonge pas. Ils travaillent tous le lendemain. Je comprends rapidement que, s'ils aiment à se retrouver autour d'une table, contrairement aux Français, ils s'y éternisent rarement.

Le lundi Amy part au bureau tôt le matin. Je recense ce que je voudrais voir pendant les quelques jours que je passerai à Hong-Kong. En ce premier jour, nous avons rendez-vous à dix-sept heures trente dans *Central*[5] sur l'île Victoria. Je décide de consacrer la journée à la découverte de cette île. Elle est le cœur battant de Hong-Kong. Siège de l'administration anglaise et du quartier des affaires, elle accueille aussi la plupart des expatriés occidentaux. Ses grandes tours n'ont rien à envier aux plus grandes métropoles américaines. On y accède de Kowloon, quartier chinois où Amy vit, en prenant le métro ou bien en empruntant un ferry d'un autre âge. Je choisis la seconde option. Sur la baie naviguent encore des jonques traditionnelles. Le contraste entre la modernité de la ville et ces vestiges de l'ancienne Chine confère à la traversée un charme singulier. Dès qu'on arrive sur l'île, on est happé par l'intense activité qui y règne : bruit de construction, circulation infernale, foule dense de laquelle il est difficile de s'extirper. Avant de se lancer, il est nécessaire d'anticiper la direction à prendre sinon on risque de se retrouver porté par la foule à l'opposé de la destination visée. Ensuite, au moment opportun, on doit jouer des coudes pour s'extraire du magma compact d'individus avançant obstinément, pressés et indifférents à leurs voisins.

Après avoir flâné au musée du thé, une jolie bâtisse coloniale survivant au milieu des gratte-ciels en plein cœur de *Central,* je découvre Hollywood road, quartier des antiquaires, autre témoignage d'un passé pas si lointain de la ville. La cité est résolument tournée vers l'avenir, bruissant du martèlement incessant d'engins de construction. Malgré cette agitation frénétique les traces de l'ancienne Chine, cohabitant avec les restes de l'empire britannique sur le point de tirer sa révérence, entrent partout en résonnance avec la volonté affirmée des autorités de dessiner une ville à la pointe de la modernité. Conquise par la découverte de cette métropole si particulière, je me rends au rendez-vous fixé par Amy au *Landmark*. C'est un centre commercial idéalement situé au cœur de *Central*, il accueille un petit nombre de boutiques de luxe. Le point de rencontre convenu est la boutique d'un célèbre chausseur italien. Je trouve Amy absorbée par la contemplation de la vitrine. Elle me propose de passer d'abord à l'agence de voyage qu'elle me recommande afin de réserver mon voyage en Chine, puis nous rejoindrons des amis pour dîner.

La petite agence est située non loin de là. Le responsable me présente quelques tours en Chine continentale réservés exclusivement aux occidentaux. Ce qui détermine mon choix : la date de départ autant que la durée du voyage qui ne peut excéder six jours. Je me décide rapidement pour un circuit qui passe par Canton, Guilin et Pékin, le gros morceau étant Pékin, avec la visite de la Cité Interdite, de la Grande Muraille, du Palais d'Eté. Amy avait raison, il est très facile de réserver un tour depuis Hong-Kong, j'en doutais, à tort. J'avais tout de même pris la précaution de demander un visa à l'ambassade de Chine avant de quitter Paris, tout est en ordre.

Je passe les deux jours suivants à continuer mon exploration de l'île. Amy s'arrange pour sortir assez tôt du travail et nous nous retrouvons en ville. Le mercredi avant mon départ, j'ai la surprise d'être invitée par son père à une soirée au Jockey Club situé sur l'Hippodrome de *Happy Valley,* en plein cœur de l'île.

Seule une petite élite est admise dans ce club très exclusif et très coûteux. Une confirmation de la fortune de la famille dont Amy, adepte du secret, a toujours prétendu que le chef était éboueur. Nous retrouvons le père d'Amy devant l'hôtel Shangri-La. C'est un tout petit monsieur, très mince, sobrement vêtu : complet gris foncé, chemise blanche et cravate club. Il nous accueille avec un large sourire, et me souhaite la bienvenue à Hong-Kong dans un anglais hésitant. Nous nous engouffrons dans sa Mercedes conduite par un chauffeur. Il nous dépose devant l'entrée du club.

En cette fin de journée, *Happy Valley* commence à plonger dans l'obscurité. Les fenêtres des grandes tours environnant le champ de course s'éclairent peu à peu, soulignant la singularité de sa situation au cœur de la ville. Le Jockey Club se trouve tout en haut du bâtiment enserrant les gradins. L'endroit est feutré, on y devine plus que l'on entend la rumeur montant des tribunes. Le bar et le restaurant adjacent décorés dans les tons gris et jaune très en vogue, surplombent la piste. Des téléviseurs disposés sur les murs à intervalles réguliers permettent de suivre les courses au plus près, en temps réel. Toutefois le son est coupé. Dans le bar, une clientèle quasi-exclusivement masculine - mélange d'élégants Chinois et de Britanniques - a les yeux rivés sur l'un ou l'autre des téléviseurs sauf quelques-uns d'entre eux engagés dans une conversation animée. Le père d'Amy est accueilli avec déférence, on sent qu'il a ici ses habitudes. Il nous propose de prendre un verre, avant de nous rendre au paddock. Je comprends alors qu'il est propriétaire d'un cheval engagé sur une course au cours de la soirée. Après avoir rapidement avalé notre soda, nous nous dirigeons vers les coulisses des courses, réservées aux *Happy Fews*[6], propriétaires, entraîneurs ou familles des jockeys. En sortant du club ultra-climatisé, je suis agressée par la moiteur ambiante exacerbée par les clameurs d'un public au bord de l'hystérie encourageant ses favoris dans la course qui débute. Même si le paddock est situé à l'écart, la ferveur des turfistes nous parvient à travers une rumeur qui enfle, s'apaise légèrement avant de redémarrer au rythme de l'épreuve. Monsieur Liu - le père d'Amy - avance d'un pas décidé vers un individu mesurant environ deux fois sa taille, la discussion s'engage. Je me tourne vers Amy, espérant obtenir quelques indices sur ce qui se dit. Elle n'y prête pas grande attention, occupée à contempler un cheval gris venant d'entrer sur la piste circulaire. Le père d'Amy nous rejoint, son interlocuteur est parti chercher son cheval. Quelques minutes plus tard, un superbe animal noir apparaît monté par un petit jockey à la tunique chamarrée. Le père d'Amy s'avance pour lui flatter l'encolure. On ne sait si c'est le minuscule Monsieur Liu qui fait paraître le cheval si monumental ou bien l'inverse. La vision a quelque chose de cocasse. Après quelques minutes d'échanges entre le jockey, le père d'Amy et celui que je devine être l'entraîneur, nous quittons le paddock. La course dans laquelle le cheval est engagé doit bientôt débuter, Monsieur Liu nous propose d'aller la suivre au bord de la piste. Nous arrivons sur le champ de course au moment où l'épreuve précédente est sur le point de se terminer. Là encore, nous restons séparés de la foule par une barrière. Pour moi, le spectacle réside surtout dans cette masse compacte toute proche sautant et s'égosillant afin d'encourager ses favoris. Amy m'explique que les chinois sont de grands joueurs et que les courses hippiques font partie des distractions qu'ils adorent. Selon elle, le public est beaucoup plus dense pendant les week-ends, je ne vois guère comment c'est possible. Après quelques minutes, les haut-parleurs crachotent, annonçant le nom des vainqueurs. Les hurlements de victoire se mêlent aux *oh* de déception, puis, comme si une main invisible avait actionné un bouton magique, tout d'un coup, la clameur s'éteint. Le répit est de courte durée. Après un instant, la course suivante est annoncée : je devine que le speaker la décrit et déroule les noms des engagés, dont bon nombre ont des connotations anglo-saxonnes. On sent la foule attentive, prête à reprendre les encouragements dès le signal du départ donné. Monsieur Liu, lui, demeure impassible. Pendant toute la durée de la course ni son visage, ni sa posture ne trahissent aucune émotion. A côté, dans les tribunes, la foule est déchaînée. Les deux à trois minutes de course paraissent durer largement plus. A l'annonce des résultats, les épaules de Monsieur Liu s'affaissent légèrement, rien d'autre. Amy me souffle :

-    "Son cheval est arrivé deuxième."

Je ne sais l'attitude qu'il convient d'adopter, le féliciter ou le consoler. Je choisis prudemment de ne rien dire. Visiblement Amy suit la même conduite. Nous allons dîner sans évoquer la course, mais en devisant de ce que j'ai visité ici et de mon départ en Chine le lendemain. Le père d'Amy se montre poliment curieux et attentif. Le menu du Jockey Club, très raffiné, conjugue la cuisine chinoise à la mode occidentale, ce qu'on appellerait aujourd'hui *fusion food*. Je constate une fois encore qu'il n'est pas question de s'attarder à table. La soirée s'achève rapidement, nous retrouvons la berline climatisée. Le chauffeur nous dépose devant chez Amy. Je remercie son père avec effusion, il esquisse un mince sourire et incline la tête pour me saluer. Je sais maintenant de qui Amy tient ce flegme qui me fascinait tant lors de nos années d'études, jamais stressée - en apparence du moins, le visage lisse, insondable.


Le lendemain débute le premier voyage organisé et l'un des seuls que j'ai jamais effectué - à part à l'époque où j'étais accompagnatrice pour une petite agence de voyages parisienne, mais il s'agissait là de l'un de mes nombreux jobs d'étudiante. Le rendez-vous est fixé à neuf heures à la gare située à Kowloon. Les participants sont ponctuels. Nous formons un petit groupe de huit occidentaux, un guide chinois nous accompagne. Le guide nous engage à nous présenter les uns aux autres. Le groupe se compose d'un jeune couple d'Australiens, d'un étudiant américain, d'un géant canadien roux et barbu, d'un couple d'Anglais d'un certain âge semblant sortir tout droit d'un film des années cinquante, d'un Italien au torse bardé d'appareils photos. Tous vivent à Hong-Kong, à part les Australiens. Nous montons dans le train à destination de Canton. La frontière est à Shenzen, une ville située à environ une demi-heure de train de Kowloon. Puis environ deux heures nous séparent de Canton. Un bus nous attend devant la gare à l'arrivée. Tout est très bien planifié. Restaurant, visite d'un atelier de sculpture sur jade. Les pierres utilisées, d'un vert sale, sont loin des standards de la joaillerie. Les artisans sont habiles et reproduisent très finement les figures imposées des bibelots pour touristes : pagodes, dragons et autres jonques. Notre passage à la boutique n'est pas très fructueux pour l'entreprise. A part les Anglais qui s'offrent une belle pagode à poser sur le buffet du salon - je présume - le reste de la bande n'est pas sensible à l'artisanat chinois. Il est déjà temps pour nous de rejoindre l'hôtel situé à l'écart du centre-ville. Le lendemain est consacré à une visite rapide de Canton, avec arrêt au temple des *Six Banyans*, un ensemble de bâtiments comprenant une pagode remarquable dont notre guide nous commente l'architecture avec passion. Tout est chronométré, y compris la durée qui nous est allouée pour prendre des photos. En milieu d'après-midi le bus nous dépose à l'aéroport. Il est déjà temps de prendre l'avion pour Guilin, une ville connue pour les paysages merveilleux au centre desquels elle se situe. Je ne suis guère enthousiaste à l'idée de tester Air China, pas franchement réputée pour la fiabilité de ses avions. Ce premier vol donne un aperçu de la compagnie nationale, avion vétuste, sièges plus ou moins propres, hôtesses arborant des uniformes disparates, pas de démonstration de sécurité. Tout sauf rassurant. Heureusement, le vol est de courte durée.

Guilin tient ses promesses Le but du voyage est d'effectuer une croisière sur la rivière Li, une bonne façon de découvrir les magnifiques panoramas de la région. L'expérience ressemble à une plongée dans l'imagerie bon marché tapissant les murs de la plupart des restaurants chinois parisiens, collines façon pain de sucre et lumière tamisée par la brume. Sur le bateau, l'étudiant américain, qui apprend le Chinois, s'engage dans un jeu avec le guide : il le confronte à des idéogrammes qu'il crée afin de voir s'ils ont du sens pour un Chinois. Ce qui pourrait n'être perçu que comme les fanfaronnades d'un cuistre cherchant à briller, m'intéresse beaucoup. Les écouter me donne un aperçu de la complexité de la langue chinoise et du caractère évolutif de son écriture.

Après la croisière et la visite d'un marché local nous nous envolons vers Pékin le dimanche. Arrivée en début d'après-midi. Une américaine rejoint notre groupe à l'aéroport. Un minibus nous transporte au *Friendship Hotel* [7], à la périphérie de la ville. L'hôtel est situé dans un complexe pour étrangers, sorte de camp fermé dans lequel on n'entre qu'après avoir montré patte blanche. Quelques tristes immeubles, un magasin général, c'est ici que vivent, au cœur d'un parc arboré, les étrangers résidant à Pékin. L'hôtel est situé à l'écart des habitations. Un petit effort architectural a sinisé le cube de béton gris, avec un toit rappelant celui des pagodes et des frises en bordure de ce dernier apportant une touche de couleur à la façade.

A l'accueil on nous impose d'être deux par chambre. Or l'établissement est vaste et ne semble pas pris d'assaut par les clients, loin s'en faut : en dehors des quelques employés sommeillant à l'accueil, pas une âme qui vive alentour. Je me rebelle immédiatement. Je ne souhaite pas partager une chambre avec une inconnue, en l'occurrence la nouvelle arrivante. Me reviennent alors en mémoire les récits des voyages professionnels de mon père en URSS ou en Albanie au cours desquels il devait systématiquement partager sa chambre d'hôtel avec un collègue, les autorités pouvant ainsi écouter leurs conversations. J'en déduis que la Chine a adopté les mêmes méthodes et comprends que je n'aurai pas gain de cause. Il est environ seize heures lorsque nous prenons possession de nos chambres, et rien n'est prévu jusqu'à l'heure du dîner. J'y vois une excellente occasion de m'échapper du groupe et vais à la réception commander un taxi. Par politesse, avant de descendre, je propose à ma compagne de chambre de venir avec moi. Je la sens totalement paniquée à l'idée de se lancer dans quoique ce soit en dehors des sentiers battus et la laisse à son installation.

J'avais pris le soin de me procurer un guide de Pékin avant de partir, il inclut un plan de la ville. Je choisis de me faire déposer au *Beijing Hotel*, point central, non loin de Tian'anmen et de la Cité Interdite. Le trajet prend environ trente minutes. Arrivée à destination, devant l'impressionnante façade de l'hôtel, j'ai envie de voir l'intérieur du bâtiment et décide d'y prendre un verre avant de me lancer dans la découverte de la ville. L'établissement est très peu fréquenté. L'immense hall à haut plafonds, curieux mélange de styles décoratifs européens et chinois, est quasi désert Le bar, presqu'aussi démesuré, n'accueille qu'un ou deux clients. Fidèle aux préceptes paternels, conseillant, dans les pays où l'on n'est pas sûr de la qualité de l'eau, de limiter sa consommation à la bière ou au Coca, je commande un Coca-Cola et me penche sur ma carte. Je décide de me rendre au *Tiantan Temple* qui ne figure pas sur notre programme de visites. Sur le plan, la distance paraît raisonnable.

En sirotant mon soda, je regarde alentour et aperçois ce qui ressemble à une boutique tout au fond de l'immense salle. Avant de partir, je me rends dans la boutique qui m'intrigue. J'arrive dans un vaste espace doté d'un comptoir derrière lequel deux vendeuses s'ennuient. L'une feuillette un journal, l'autre semble plongée dans une méditation profonde. Elles sont toutes deux en costume Mao, coiffées à la garçonne et totalement indifférentes à mon apparition dans le magasin. Derrière le comptoir des étagères de bois brut accueillent pêle-mêle des petits objets en jade, quelques boîtes en bois sculpté, des guides de la ville et des pulls entassés de façon anarchique. Aucun effort de présentation. Sachant que la Chine produit du cachemire, matière exclusivement réservée aux marques de luxe à l'époque, je suis curieuse de découvrir les productions locales et aborde l'une des vendeuses pour lui demander à voir ces produits de plus près. La réponse est un rot sonore. Quelque peu décontenancée, j'insiste, pointant le doigt vers les vêtements qui m'intéressent. Elle se retourne et traîne les pieds jusqu'à l'étagère des pulls, en revient avec deux modèles qu'elle condescend à déplier devant moi. La matière est belle, mais le style inexistant. Par curiosité, je demande le prix d'un gilet, je n'arrive à aucun résultat, la vendeuse ne comprend pas, ou prétend ne pas comprendre, guère motivée par la possibilité d'une vente. Sa collègue n'a pas levé le nez de sa lecture. En pays communiste on ne reçoit probablement pas de commission sur le chiffre d'affaires alors pourquoi se fatiguer à essayer de comprendre une étrangère ? Je n'insiste pas pressée d'aller découvrir la ville. J'ai repéré la direction à prendre sur le plan. Ce que je n'ai pas évalué c'est son échelle et le temps nécessaire pour atteindre ma destination. Par ailleurs, j'ai tendance à toujours être aux aguets et à volontiers dévier d'un itinéraire si mon œil est attiré par quelque chose d'intéressant. En l'espèce, après quelques minutes de marche, j'aperçois, en contrebas de l'autre côté de l'avenue, un petit marché que j'ai envie de voir de plus près.

Il me faut d'abord traverser la large artère sur laquelle une marée de bicyclettes déferle par vagues quasi-ininterrompues. Après quelques hésitations, je me lance et arrive de l'autre côté sans encombre. Je pénètre sur le marché où se mêlent sans ordre précis des bans proposant de la nourriture et d'autres offrant des objets pour la cuisine ou des vêtements dont les coupes et couleurs ne brillent pas par leur variété. Au pays du costume Mao, la fantaisie ne s'avère pas bienvenue. Pourtant je ne peux m'empêcher de remarquer ce que j'avais déjà noté à Guilin, les femmes essayent de se singulariser par quelques détails : un chouchou coloré pour tenir une queue de cheval, une barrette originale, un petit foulard autour du cou… Elles ont plus de latitude pour habiller leurs enfants. Les petits garçons, majoritaires, arborent souvent des T-shirts colorés et des couvre-chefs originaux. Je me dis que dès que l'étau se desserrera, l'appétit pour la mode sera sans doute sans limite.

Je suis attirée par les bans proposant des soupes aux nouilles chinoises. J'essaye de commander un bol à une dame. J'avais noté que mon apparition sur le marché ne passait pas inaperçue, mais je n'avais pas remarqué d'hostilité. La réponse est sans appel : la vendeuse m'enjoint par gestes de déguerpir, accompagnant ses gesticulations par des paroles que je ne comprends pas mais que je devine peu amènes. Comme je ne bouge pas assez vite à son gré, elle commence à hausser sérieusement le ton, je ne demande pas mon reste et quitte le marché. Je reprends le chemin dans la direction choisie, mais me rends assez vite compte que j'ai sous-estimé la distance. Apercevant un bus, je me précipite : s'il reste sur cette avenue, je dois pouvoir me rapprocher très rapidement du temple.

Arbitrairement je me dis que descendre après deux arrêts devrait m'amener près de ma destination. J'arrive à monter dans le véhicule, mais je n'ai pas de ticket. Le chauffeur ne veut pas me laisser passer, tentant de m'expliquer quelque chose que je ne comprends pas. Je deviens vite la cible du regard réprobateur des passagers pressés de rentrer chez eux - ou désapprouvant la présence d'une étrangère en ces lieux. Avec force signes, le chauffeur m'enjoint de descendre, j'obtempère. L'un des passagers descendus à cet arrêt s'avance vers moi. Il me demande si je parle anglais et conforté par ma réponse, enchaîne :
-	"Où voulez-vous aller ?"
-	"Tiantan Temple, combien de temps cela me prendrait-il d'y aller à pied ?"

Autour de quarante minutes, selon lui. Il me recommande d'aller à l'hôtel Beijing prendre un taxi. En le remerciant de ses conseils, j'en profite pour lui demander ce qui explique sa maîtrise de l'anglais. Je devine plus que ne comprends, qu'il est ingénieur ou architecte et travaille sur la construction d'un immeuble non loin du centre. Les regards apeurés qu'il jette autour de lui tout en me parlant me renseignent sur les risques qu'il prend en communiquant avec une étrangère. Je le remercie de ses conseils, regrettant infiniment de ne pouvoir poursuivre une conversation qui, j'en suis sûre, aurait été passionnante.


Interdite, ne sachant si je dois poursuivre à pied ou renoncer, j'ai, tout d'un coup, le sentiment qu'il me manque quelque chose. Je réalise alors que je n'ai plus en ma possession l'appareil photo sophistiqué prêté par un ami. La panique me gagne. Je me raisonne immédiatement, réfléchissant en accéléré à la seule explication possible : je l'ai oublié au bar de l'hôtel. J'ai ainsi la réponse à mon interrogation précédente, je dois retourner à l'hôtel. Je reviens sur mes pas le plus vite possible, plus question de musarder. Arrivée au *Beijing Hotel*, je monte quatre à quatre les escaliers menant au bar, toujours aussi peu fréquenté. Je fonce vers le sofa sur lequel j'étais assise, l'appareil photo m'y attend sagement, à peine enfoncé entre deux coussins. Ouf ! Personne pour me demander quoique ce soit, je tourne les talons afin de quitter l'établissement. En sortant, je constate que le soleil déclinant a laissé la place au crépuscule. Les expériences que je viens de vivre autant que l'heure tardive m'incitent à retourner au *Friendship Hotel*. Je hèle l'un des taxis alignés près de la sortie. Sur le chemin du retour, je prends le temps de revivre ces différents instants. Je revois les regards apeurés du jeune homme essayant de m'aider, les vociférations de la vendeuse au marché, l'indifférence de celle de l'hôtel, elles ont en commun au mieux la peur, au pire l'hostilité, suscitées par les étrangers. Sont-ils diabolisés auprès de la population, ou les gens sont-ils susceptibles d'avoir des ennuis sérieux s'ils communiquent avec les touristes ? Sans doute un peu les deux.

Le lendemain dans l'autobus qui nous emmène à la Grande Muraille, je raconte l'anecdote de l'appareil photo au guide. Il n'est pas surpris que je l'aie retrouvé là où je l'avais laissé. Il m'explique que le gouvernement veut que le pays ait une bonne image à l'international : tout Chinois suspecté d'avoir détroussé un touriste risque une punition très sévère. Ainsi conclut-il la Chine est un pays très sûr pour les étrangers, il n'y a aucune agression, aucun vol à redouter. Très plausible. Je pense de mon côté que le service est tellement défaillant que personne n'avait remarqué l'appareil photo resté sur le sofa, mais je ne partage pas ma conclusion avec lui.

Belle journée d'automne à la Grande Muraille. Notre petit groupe se scinde rapidement en deux, ceux qui préfèrent suivre les quelques rares groupes attaquant la promenade sur le côté droit, le moins pentu. Et ceux qui, comme moi, se passent volontiers des touristes, en tout quatre personnes. Nous nous dirigeons à l'opposé, un endroit plus escarpé, plus sauvage, moins restauré. Mes compagnons d'escalade, le géant canadien, l'étudiant américain et l'Italien sont attentifs à mon bien-être sur cet édifice où les pierres roulent sous les pieds, ils me prêtent une main secourable quand la pente et les marches s'avèrent difficiles à gravir. L'ascension est légèrement plus sportive, mais l'effort est récompensé. Pas de commentaires frivoles, pas de remarques malvenues. Juste nous quatre confrontés à cet incroyable témoignage d'une histoire remontant à deux millénaires. Emus par la beauté de l'endroit, nous restons silencieux un moment. Ce silence témoigne aussi du vertige provoqué par la démesure de l'entreprise que révèle, une fois arrivés au point haut, la perspective sur la muraille serpentant le long de la crête. Hélas, le propre des voyages organisés est que tout est prévu, minuté. Nous gardons l'œil sur la montre. Le rendez-vous au bus est fixé à midi. Nous n'avons pas le temps d'aller beaucoup plus loin, il faut rapidement songer à revenir sur nos pas.

Arrêt pour le déjeuner. L'après-midi, visite du Palais d'Eté. L'automne s'invite, répandant une légère brume sur les jardins et l'immense lac qui en occupe une bonne part. La visite prend un certain temps et le groupe grimpe dans l'autobus pour prendre le chemin du retour vaguement las, d'autant que quelques-uns de ses membres donnent des signes de tourista. Depuis le début, je les observe se laissant aller à boire le thé aux chrysanthèmes qui nous est servi en abondance dans chaque restaurant.

- "Pas une bonne idée, rien ne dit que l'eau a vraiment bouilli."

Cette remarque m'a valu un haussement d'épaules de plusieurs membres du groupe dont le Canadien de la bande qui ne paraît pas au mieux de sa forme. Au dîner, il a retrouvé son entrain habituel pour s'amuser du bouillon clair dans lequel naviguent des pâtes de poulet, lequel ne manque pas de rebuter tous les convives.

Le mardi, dernier jour et apothéose du voyage avec la visite de la Cité Interdite. Trois membres du groupe ne sont pas très vaillants, surtout le Canadien qui a été rattrapé pendant la nuit par les troubles intestinaux qui le taquinaient la veille. Notre départ de l'hôtel traîne en longueur, nos camarades s'attardant dans les commodités de l'établissement. La Cité Interdite n'est pas prise d'assaut, quelques petits groupes la parcourent, mais nous les croisons à peine, nous avons quasiment le lieu pour nous, j'imagine qu'aujourd'hui il en va tout autrement. Alors que les malades du groupe passent leur temps à demander où sont les toilettes les plus proches, nous les valides savourons cette visite exceptionnelle, même si nous passons beaucoup de temps à attendre nos camarades qui ne font qu'entrapercevoir la cité. A l'issue de la visite ils seront capables d'établir une cartographie des lieux d'aisance, si on peut les nommer ainsi car apparemment il vaut mieux ne pas avoir à les fréquenter. Après un déjeuner tardif, visite du temple Tiantan - temple du ciel. Bien que non inscrite sur le programme, elle était prévue et je m'en réjouis. Un dîner dans un bon restaurant de la ville spécialisé dans le canard laqué clôture le séjour. Nous prenons l'avion destination Hong-Kong le lendemain en fin de matinée. Je ne peux pas dire que j'ai vu beaucoup de la Chine, mais je suis heureuse d'avoir pu découvrir quelques sites majeurs à l'écart des hordes de touristes. Si l'expérience du voyage organisé ne m'a pas enthousiasmée, j'en reconnais la valeur dans un contexte aussi particulier. Ma tentative d'autonomie guère concluante m'a aidée à accepter la contrainte du groupe tout en me donnant l'occasion d'un furtif aperçu de la réalité de la vie des Chinois.

De retour à Hong-Kong pour trois jours avant le départ pour Paris, le temps s'accélère entre découverte du sud de l'île Victoria et sorties avec la bande d'amis d'Amy. J'ai l'occasion de me ridiculiser dans un Karaoké, la grande mode du moment, lors d'une soirée festive en boîte de nuit où le Cognac coule à flots. Au marché de Stanley, je trouve les incontournables petits souvenirs que je n'ai pas acquis en Chine. Je reviens en France lestée de ces quelques cadeaux, mais surtout la tête pleine de ces expériences contrastées : optimisme et surconsommation d'un côté de la frontière, frugalité et crainte de l'autre côté. Ce voyage a été l'élément déclencheur d'un intérêt pour ce pays et cette région qui changera plus tard le cours de ma vie professionnelle.

# Télescopages

Notre quotidien peut parfois être perturbé par des évènements aussi inattendus que peu compatibles entre eux qu'il nous faut gérer au mieux. L'année 1989 est, pour moi, jalonnée de ces occurrences improbables. Cela commence le jour où mon divorce est prononcé : le 14 février 1989, un jour de Saint-Valentin, ironie suprême. Ce même jour, je déjeune avec celui qui deviendra mon patron peu de temps après.

Cet homme profondément ordinaire, pour ne pas dire vulgaire, fait partie d'une génération de cadres qui ont bâti la multinationale dans laquelle je suis employée. Il a commencé comme représentant de commerce, hantant les supermarchés et les drogueries auxquels il fourguait de la laque par caisses entières aux beaux temps de la mode des chignons-choucroute. Fort de ses performances de vendeur, et grâce à un mariage opportun, il a gravi les échelons un à un, pour devenir le directeur général de l'une des divisions du groupe. Il m'a invitée à déjeuner car je suis la mieux placée pour occuper un poste de direction internationale pour la première des marques de parfum lancées par la société. La titulaire en a été débarquée deux mois auparavant, responsable d'un lancement de produit catastrophique dont les éléments lui avaient probablement été imposés par la direction. Autant dire que si le poste vacant représente le job dont je rêve, la marge de manœuvre y serait étroite.

Je connais mieux mon interlocuteur qu'il ne me connaît car mon patron d'alors fait partie de cette même génération de mercenaires de la beauté. Par son intermédiaire, j'ai beaucoup appris sur le groupe et les équipes qui ont contribué à sa réussite. Je suis à la fois intimidée et amusée par la situation, autant qu'effrayée par le spectacle qui s'offre à mes yeux. Cet homme empâté, portant systématiquement des complets trop justes pour lui dont le veston semble prêt à éclater à tout moment, est assis en face de moi. Son visage grêlé luit sous les lumières crues du restaurant. Il est écarlate. Il avale goulûment un plat de tripes, tamponnant de temps en temps ses lèvres luisantes d'un geste qu'il croit élégant. J'essaye de prendre un air détaché, mon visage crispé par un sourire forcé. Pourvu qu'il ne voie pas à quel point je le trouve répugnant. L'appétit coupé, j'avale de petites bouchées, répondant brièvement à des questions décousues, dont je dois cependant admettre la pertinence. Ainsi se déroule mon examen de passage pour un poste à hautes responsabilités qui m'amènera à prendre la tête d'une équipe assez importante, et, je ne le sais pas encore, à vivre un enfer dans les mois qui suivront. Confirmée à ce poste après ce déjeuner mémorable, je me retrouve rapidement dans un champ de mines. La responsable précédente s'était entourée d'une équipe à sa dévotion. Plus vieux que moi pour la plupart, ils me font un procès en illégitimité, d'autant que je ne suis pas diplômée d'HEC, la référence ultime dans le groupe. De plus, la direction n'est pas la dernière à semer les peaux de banane sur mon chemin. Je passe les premiers mois sur tous les fronts et il m'est impossible de prendre des vacances pendant l'été.

Ma sœur globe-trotter et son mari ont, depuis quelque temps, posé leurs valises en Argentine et passer les fêtes de fin d'année au soleil de l'été austral s'impose comme le projet salvateur qui me permet de tenir bon au cours de ces mois difficiles. J'ai un stock de jours de congés à prendre avant mai ; je veux profiter de la période des fêtes de fin d'année pour faire une vraie pose et oublier cette année chaotique et déstabilisante à bien des égards. Ma sœur, comme toujours, accueille cette idée avec allégresse et commence à réfléchir aux excursions à organiser.

Le vingt-cinq décembre tombant un lundi ouvre la possibilité d'un long week-end de fête. Un petit groupe d'expatriés français, des familles avec de jeunes enfants, a prévu de le passer à Mar del Plata, une station balnéaire située à environ quatre cents kilomètres au sud-est de la capitale. Ma sœur m'informe du projet et me conseille de prévoir un maillot de bain car nous ferons partie du voyage. Noël sur la plage, un rêve en plein hiver parisien. Après ce séjour, elle prévoit une rapide escapade à Iguazu, juste nous deux. Voir ces spectaculaires chutes popularisées par le film *Mission* sorti peu d'années auparavant est impératif. Elles sont à moins de deux heures d'avion de Buenos-Aires, à la frontière avec le Brésil. Nous ne partirons pas longtemps, une journée et une nuit sur place dans un hôtel dont les chambres ont une vue imprenable sur le site. Enfin, profitant de la saison estivale pour aller au sud, elle planifie un week-end en Terre de Feu, juste après le jour de l'an. Nous n'irons pas à Ushuaïa, mais à El Calafate, une ville située au bord du Lago Argentino et proche du Parc National des Glaciers. Nous laisserons les enfants chez leurs amis respectifs, et partirons à trois, ma sœur, mon beau-frère et moi.

Le séjour en Argentine tient ses promesses. Entre quelques jours au bord de mer, le court mais magnifique moment à Iguazu, quelques belles promenades dans Buenos Aires, une ville pleine de charme, et une mémorable fête du jour de l'an, le stress de la vie parisienne est vite oublié.

Dernier week-end avant le retour en France, nous partons pour la Terre de Feu le vendredi en milieu d'après-midi ce qui nous fait arriver en début de soirée à El Calafate, après un peu plus de trois heures de vol. Même s'il ne s'agit pas d'un voyage de groupe à proprement parler, une petite agence spécialisée organise le week-end. Elle assure les transferts vers l'hôtel et un minibus nous attend à la sortie du minuscule aéroport de ce bout du monde. Nous sommes quelques-uns à avoir réservé par cette agence et d'autres noms figurent sur la pancarte affichée à côté du véhicule. Premiers à nous présenter, nous confions nos sacs au chauffeur, et décidons d'attendre dehors où souffle un vent très fort. Le paysage autour de nous est assez désolé, impression renforcée par une lumière grise, le ciel est un peu plombé en cette fin de journée, nous frissonnons. Un jeune couple nous rejoint, des Argentins probablement. Nous nous saluons et le début de la conversation est interrompu par l'arrivée d'un personnage insolite, en décalage total avec notre petit groupe vêtu sans recherche autre que celle du confort. L'homme arrive, encombré d'un sac de voyage et d'une housse à costumes flambants neufs, en toile enduite dûment *logotée* LV. Il est élégamment vêtu d'un pantalon gris et d'un blazer bleu-marine de belle facture, dont mon œil averti repère instantanément les boutons en métal canon de fusil frappés du reconnaissable YSL. Les chaussures quant à elles viennent d'un célèbre bottier français dont les modèles sont très facilement identifiables. Ces choix vestimentaires sont d'autant plus curieux qu'ils ne correspondent ni aux circonstances, ni au personnage. De taille moyenne, un embonpoint de bon aloi, le visage rougeaud d'un homme travaillant en extérieur, une coupe de cheveux d'un autre temps, ce monsieur d'une bonne quarantaine d'années n'a pas l'allure d'un dandy. Nous le regardons, amusés, il nous rappelle l'époque déjà lointaine où prendre l'avion était une fête et les voyageurs arrivaient à bord arborant leurs plus beaux atours, les femmes chapeautées et gantées, les hommes dans leur meilleur complet veston. Sur cette terre aride et désolée, cette vision est un peu baroque. Gageons que cet homme n'est pas un grand voyageur, en tout cas il est Français, sans aucun doute. Le groupe étant au complet le minibus nous conduit à l'hôtel d'El Calafate. Ce dernier n'est pas exactement un hôtel de luxe. Nous voici dans l'ambiance locale. Nous profitons de cette longue journée d'été austral pour aller découvrir la ville qui en ce début de soirée ne brille pas par son animation. Nous pousserons jusqu'au lac en espérant y trouver un restaurant ouvert, quelque chose nous dit qu'il ne faudra pas être trop exigeants.

Le melting-pot de la capitale paraît très loin dans cette contrée isolée et les Calafatais (?) que nous croisons sont clairement les descendants des tribus autochtones. Ils semblent assez décontenancés quand ma sœur essaie de savoir où l'on peut trouver un restaurant ouvert et faute de conseils, nous continuons à avancer au hasard dans la direction du lac. Nos pas nous amènent sur une place, sur laquelle un commerce est encore ouvert. Une sorte de café-épicerie-mercerie-droguerie-tabac dont la devanture exhibe une rangée d'autocollants indiquant les marques distribuées. Quelle n'est pas ma surprise en constatant que la marque dont j'ai la charge occupe une place de choix entre une marque de cigarettes et une de soda. Comment diable cet autocollant assez ancien, avec une version du logo n'ayant plus cours depuis quelques années, est-il arrivé ici, au bout du monde ? Surtout dans un établissement n'ayant rien de commun avec le glamour de la haute-couture. Je suppose que je ne le saurai jamais, mais, professionnalisme oblige, je prends une photo de la devanture afin de la montrer à mes interlocuteurs de la maison de couture. Où faut-il aller pour être tranquille ? Ma sœur se hasarde à l'intérieur et le patron lui indique un restaurant non loin d'ici. A défaut d'une belle vue sur le lac et d'un *asado*[1] argentin, nous contenterons d'un aperçu sur l'étendue d'eau et d'une pizza un peu desséchée. Parmi les nombreux Italiens que des vagues d'immigration successives ont amenés en Argentine, certains ont dû atterrir ici.

Le lendemain, le rendez-vous est fixé à neuf heures. Mon beau-frère, encore plus maniaque de la ponctualité que moi, nous houspille et bien entendu nous sommes les premiers à nous présenter au rendez-vous. L'étrange personnage de la veille arrive. Il a adopté une tenue plus adaptée aux circonstances, jeans, baskets et coupe-vent. Mon beau-frère, toujours très sociable, s'empresse d'engager la conversation avec lui. Ma sœur et moi observons la scène, silencieuses. Nous voici rapidement projetées dans un sketch façon *Fernand Raynaud*[2]. Notre compagnon de voyage explique en effet à mon beau-frère, qu'il est venu rendre visite à l'un de ses amis et collègue, agriculteur français établi en Argentine.

- "Ah ! dit mon beau-frère, très intéressé en apparence, vous êtes agriculteur, et que cultivez-vous ?"
- "Un peu de pois, un peu de blé et d'autres céréales, ça dépend des années."

Prenant l'air passionné, mon beau-frère, qui n'a d'expérience de l'agriculture que celle de l'observation du petit potager de la maison de campagne de ses beaux-parents en Normandie - où il ne se rend qu'à reculons - remarque :

- "C'est un métier difficile, vous devez faire face à beaucoup d'aléas."
- "C'est vrai qu'il y a des années difficiles, rétorque notre compagnon de voyage, les céréales, ce n'est plus comme avant…".

Ma sœur me jette un coup d'œil, nous nous retenons de rire, avec la même ligne en tête : *ça eut payé, mais ça ne paye plus…*

L'arrivée du jeune couple de la veille interrompt cette conversation. Le programme de la matinée est de faire une promenade dans le parc national des glaciers. Nous nous installons dans le minibus et sortons d'El Calafate. Le paysage est accidenté, quelques arbustes rabougris poussent à ras le sol, façonnés par le vent, beaucoup de lichen, de mousses et de rochers. Les vues sont spectaculaires avec en toile de fond les sommets des Andes. Le vent frais qui souffle en fortes rafales décourage la marche et c'est à l'abri du minibus que nous parcourons les chemins du parc, avec quelques arrêts ici ou là afin de profiter de magnifiques points de vue sur le Perito Moreno. Il s'agit d'un immense glacier qui se jette dans le lac, côté Argentin, et forme une sorte de banquise s'appuyant sur les contreforts du massif andin. L'endroit est aussi sauvage qu'il est beau. Il reste relativement préservé, pour combien de temps ? Le tourisme s'y développe visiblement très rapidement. Pour l'instant, un certain contrôle est exercé par les autorités et seule une compagnie de bateaux opère sur le lac. Elle propose des tours permettant d'approcher au plus près cet incroyable mur de glace bleutée. C'est le programme de l'après-midi, une mini-croisière d'environ quatre heures.

Vers midi, le chauffeur nous dépose non loin de l'embarcadère dont le bateau partira à quatorze heures. Nous trouvons enfin le restaurant en bord de lac que nous cherchions la veille et nous régalons des grillades proposées en contemplant le panorama derrière les grandes baies vitrées, à l'abri du vent. A l'heure dite nous nous rendons à l'embarcadère où une queue s'est déjà formée. J'observe les différents groupes. J'essaye de deviner leur origine en tendant l'oreille. Pour le premier groupe, aucune hésitation tant leur gabarit, leur accoutrement et leur manque de discrétion signent leur origine, ils sont Américains. Un autre groupe est constitué de deux ou trois familles, de jeunes enfants, les parents et les grands-parents, tous assez clairs de peau et les cheveux blonds. Ils pourraient être Hollandais, Allemands ou Scandinaves, impossible de deviner à la distance à laquelle je me tiens. Deux petits garçons chahutent et commencent à se poursuivre en riant. Une des femmes du groupe, sans doute leur mère, les interpelle en espagnol, surprenant. Notre petit groupe de six, reconstitué, avec notre chauffeur comme chaperon prend place dans cette file. Derrière nous s'installent deux cyclistes asiatiques. Je les avais observés plus tôt, en train d'accrocher leurs vélos aux volumineuses sacoches aux rambardes près du lac. Par quel chemin sont-ils arrivés ici ? Je me promets d'essayer de le leur demander. Enfin, après vient un groupe qui ne cache pas ses convictions religieuses : deux des hommes arborent la Kippa et le Tsitsit, une femme, la plus âgée, portant des collants opaques et une perruque. Ils sont une bonne douzaine, avec là aussi au moins trois générations représentées.

La file commence à avancer, c'est notre tour d'accéder au bateau. Il me fait penser à ces ferrys qui assurent la traversée entre le Danemark et la Suède, en plus petit. On accède à ce qui ressemble à une salle de café avec des grandes tables entourées de banquettes. Les groupes se répartissent dans cet espace. Notre groupe se retrouve à une table située entre le groupe des blonds, et celui des Israélites. Intriguée par le premier, je tends l'oreille. Si les plus jeunes discutent en espagnol, les deux hommes les plus âgés de la bande parlent l'allemand. Quarante-cinq années après la fin de la seconde guerre mondiale, il est probable que nous côtoyions des descendants d'anciens nazis ayant fui les représailles à la fin du conflit. De l'autre côté, il me semble plausible que le groupe soit constitué des héritiers de ceux qui ont fui l'Europe dans les années trente afin d'échapper aux persécutions perpétrées par les aînés des premiers. A peine plus d'un mois après la chute du mur de Berlin, est-il possible que les enfants des protagonistes de la terrible histoire ayant conduit à la partition de l'Allemagne partagent un moment de pure beauté et d'harmonie sur ce lac du bout du monde ? C'est en tout cas mon impression. J'y vois un symbole d'espérance. Et si la *fin de l'histoire*[3] n'était pas qu'une lubie utopique d'un universitaire américain ? Aujourd'hui, devant ce paysage aussi paisible qu'il est beau, j'ai envie de croire à sa thèse, le triomphe de la démocratie et la fin des guerres.

La suite montrera, qu'il ne faut pas attacher de signification particulière aux télescopages nés du hasard. Tant au plan global, que dans ma vie personnelle, les crises n'ont pas manqué depuis le vent d'optimisme qui soufflait en 1989.

Partie IV

# AVENTURES ASIATIQUES

*1992-1998*

*Pas dans le moule*, c'est ce que l'on me reproche au sein du groupe que j'ai intégré en 1982. Remarque d'autant plus étrange que c'est ma capacité à proposer des idées audacieuses qui explique la rapidité de mon avancement. Mais la vie dans l'entreprise est faite de compromis, voire de compromissions, pas dans ma nature. Le président du groupe n'appréciant guère mes projets originaux et encore moins ma résistance à ses objections, mon patron suggère que je prenne une responsabilité éloignée de son orbite. Convaincue que l'Asie, et particulièrement la Chine, est clé pour le développement des entreprises de biens de consommation, je demande à partir dans une fonction opérationnelle dans cette région. Afin d'optimiser mes chances d'expatriation, je spécifie que j'accepterais aussi l'Amérique du Nord ou l'Amérique Latine. Au lieu de quoi, je me vois proposer un poste sans grand intérêt en Belgique. En 1992, envoyer une femme à l'autre bout du monde ? Inconcevable ! J'aurais pu avaler mon chapeau et accepter l'offre en attendant des jours meilleurs. Je préfère partir et décide de m'offrir un mois de vacances et de réflexion.

Comme entre-temps ma sœur aînée a quitté l'Argentine pour Hong-Kong, ma destination est toute trouvée. Je profite du séjour pour faire une incursion à Bali, où je rencontre quelques expatriés français en villégiature. L'un d'entre eux, Maxime, a quitté dix-huit mois auparavant, la division médicale du groupe dans lequel je travaillais pour aller prendre un poste à responsabilité à Tokyo. Il me vante la vie au Japon et me laisse sa carte. Après un peu plus d'un mois, je quitte l'Asie pour retourner en France encore plus déterminée à trouver un débouché professionnel dans cette région. Je constate rapidement que ce que j'attribuais au machisme du président de mon entreprise n'est pas un cas isolé. Un chasseur de têtes, auprès duquel j'argumente de ma légitimité à être expatriée, me le confirme :

- "Mon client a bien spécifié *un homme* dans ses critères de recrutement, mais bien entendu ce n'est pas écrit et je ne vous ai rien dit."


Au bout de quelques mois de recherches et de frustration, je décide de contourner l'obstacle du conservatisme ambiant et de devenir consultante. Il me semble en effet que, pour des raisons différentes, mon expertise de la cosmétique-parfumerie peut être un atout auprès des grands groupes japonais comme de l'industrie chinoise naissante. Soutenue par mes amis et anciens fournisseurs, je prépare mon offensive asiatique. Je crée une structure, lui trouve un nom, un ami designer crée un logo, un papetier m'imprime un joli papier. J'achète un Mac Classic, un fax et me lance, ma chambre d'amis devenant mon bureau.

# De la Théorie à la Pratique

Comment passer de la théorie à l'action consistant à contacter la bonne personne dans chacune des entreprises ciblées au Japon ? Comment identifier celles qui pourraient constituer de possibles clients en Chine ? Ce qui est aujourd'hui considérablement facilité par internet représente, en 1992, un travail de fourmi. Après plusieurs mois de recherche et quelques contacts établis, j'hésite à me lancer dans le premier voyage, lorsque me parvient l'information d'une conférence organisée à Hong-Kong par les services liés au développement du commerce extérieur français. Objectif affiché : aider les PME françaises à développer leurs activités en Chine. C'est l'aiguillon qu'il me fallait, je décide de m'inscrire à cette manifestation et de prolonger le voyage jusqu'à Tokyo.

A la mi-novembre je m'envole pour Hong-Kong, ma nouvelle vie professionnelle démarre vraiment. La conférence dure une journée et demi. J'arrive la veille au soir. Grâce aux tarifs spéciaux consentis aux délégués, je peux m'installer dans le luxueux hôtel qui l'accueille. Le lendemain, un petit-déjeuner de bienvenue est organisé avant le début des différentes interventions. On nous remet, entre autres, une liste de participants. En fait de PME, la plupart des gros groupes industriels français sont présents. Je représente sans aucun doute la plus petite entreprise inscrite. Au cours de la matinée, confrontée aux discours théoriques des énarques français nous vantant l'attractivité des marchés de la région - si nous n'en étions pas convaincus, que ferions-nous ici ? - je me désintéresse temporairement de ce qui se passe sur la scène pour éplucher la liste des inscrits. Composée de bon nombre d'industriels représentant des secteurs très éloignés du mien, je n'y trouve pas beaucoup de contacts potentiellement utiles. Néanmoins, je sélectionne quelques noms et notamment celui d'une personne en charge du secteur des produits de consommation au poste d'expansion économique de Hong-Kong. Je me donne comme objectif de la rencontrer à la prochaine pause. Je ne la trouve pas à la pause-café, mais au déjeuner l'un de ses collègues me la présente. Coup de chance, cette femme a brièvement travaillé chez mon précédent employeur avant de prendre le poste qu'elle occupe ici. Cela facilite le contact. Elle me propose un rendez-vous à son bureau après la conférence.

Dans l'ensemble, la manifestation ne tient pas vraiment ses promesses, au point qu'une bronca se déclenche dans le public exaspéré par les discours lénifiants d'énarques n'ayant aucune expérience de la réalité de l'entreprise. Heureusement un intervenant vient sauver le colloque. Il est à l'opposé de tous les hauts fonctionnaires et apparatchiks des grands groupes qui ont pris la parole jusqu'alors. Plutôt replet, un peu rougeaud, habillé d'un costume de mauvaise facture, il est président d'une PME fabricant de la bijouterie fantaisie. Son allure autant qu'un fort accent rocailleux provoquent un sourire condescendant sur les lèvres de l'animateur et quelques ricanements dans le public. Il ignore ces réactions et décrit son parcours en détail. Le bruit de fond de l'audience s'apaise peu à peu, un bon indicateur de l'intérêt de ce récit. A travers cet exposé, je comprends la complexité de l'établissement d'une opération en Chine, mais surtout à quel point ce pays n'en est qu'aux prémices de l'ouverture et combien les structures locales demeurent très contrôlées par l'état. Il devient évident que le conseil tel que je l'envisage n'a pas encore sa place en Chine continentale et qu'il me faut concentrer mes efforts sur les entreprises originaires de Hong-Kong ou de Singapour.

Le lendemain de la conférence, j'ai rendez-vous avec Karine au poste d'expansion économique. Elle me remet une liste des sociétés locales dans les secteurs de la mode et des cosmétiques. Elle attire mon attention sur deux à trois d'entre elles qui, selon elle, valent d'être contactées, et me donne quelques détails sur leur histoire. Avant la fin du rendez-vous je lui demande si elle connaît son alter ego à Tokyo. A défaut de la connaître, elle me donne son nom. Il s'agit d'une Japonaise Madame Mika Kinoshita. Avec un certain nombre de cartes de visite récoltées lors du cocktail de clôture de la conférence et cette liste, j'ai le sentiment d'avoir progressé. Je ne perds pas un instant pour essayer d'en tirer profit. L'un de mes anciens fournisseurs mettant un bureau à ma disposition, j'emploie les deux jours suivants dans ses locaux à essayer de joindre les sociétés pointées par Karine autant qu'à finaliser la préparation de mon séjour à Tokyo. Je passe une partie du week-end chez Amy et m'envole pour le Japon le dimanche après-midi.

Avec plus de quatre heures de vol, une heure de décalage horaire et l'aéroport loin du centre-ville de Tokyo, j'arrive à l'hôtel très tard. Affolée par les tarifs des hôtels à Tokyo, je me suis appuyée sur une agence de voyage spécialisée pour me trouver un hébergement abordable et bien situé, erreur ! A l'accueil un vieil homme bredouillant à peine trois mots d'anglais. L'endroit est à la limite du sordide, réception minuscule, mal éclairée, comme le sont les couloirs desservant les chambres. Ma chambre est toute petite, tout aussi sombre que le reste de l'hôtel, le séjour s'annonce joyeux. Je m'installe, pend mes affaires, afin qu'elles se défroissent. J'ai un premier rendez-vous le lendemain en fin de matinée.

Je dois passer quatre jours sur place. Quatre rendez-vous sont déjà organisés. Le premier avec le dirigeant de la filiale d'une société française de composants de parfumerie, Thomas Martin ; le deuxième avec Keinichi Sugawara, responsable des relations extérieures de la chaîne de grands magasins Tobu, le troisième avec Madame Kinoshita au poste d'expansion économique. De plus, je dois prendre un verre avec Maxime, rencontré à Bali quelques mois plus tôt. Trois autres contacts m'ont répondu d'appeler à mon arrivée, une façon de botter en touche sans doute. Dès le lundi matin, après avoir déjeuné d'un toast desséché, je tente ma chance auprès de ces entreprises avant de me rendre à mon premier rendez-vous. A ma grande surprise, je parviens à organiser deux autres rencontres. Il est clair que je ne dois pas me fier à mon intuition de Française. Ma semaine commence bien.

*Keinichi Sugawara*

Après le premier rendez-vous dont l'objectif n'est autre que de commencer à développer un réseau à Tokyo, le second me permet d'entrer dans le vif du sujet. J'ai obtenu ce contact par mon réseau en France. A cette époque le Bon Marché est un grand magasin de quartier. Sa direction, souhaitant profiter de la manne de la clientèle japonaise déferlant aux Galeries Lafayette - les Chinois d'alors - est en discussion avec Tobu. Le responsable de leur agence de publicité m'a glissé l'information pensant qu'un intermédiaire pourrait peut-être déclencher la progression d'un dossier qui, selon lui, traîne en longueur. Me voici devant Monsieur Sugawara. Il est assez jeune, costume noir, cravate sombre, bouc et moustache, il ressemble aux *méchants* japonais des films occidentaux. Bonne surprise, il parle un anglais impeccable. D'une grande courtoisie, il me souhaite la bienvenue au Japon, et m'invite à le suivre dans son bureau. Le dit-bureau tient plutôt du placard. Petite pièce sans fenêtre, son ameublement renvoie aux années cinquante. Avec l'éclairage blafard, j'ai l'impression d'entrer dans les locaux d'une officine louche. Monsieur Sugawara m'invite à m'assoir et me propose un thé. Je n'ose pas refuser et me retrouve quelques minutes après devant une tasse fumante. Le thé vert qui m'est servi tient plus du bouillon que d'autre chose, mais il me faudra bien en boire un minimum. En plus du traditionnel échange de cartes de visite, je remets à mon interlocuteur la plaquette que j'ai pris soin de préparer en anglais et en japonais. Il y jette un œil distrait et m'interroge :

-   "Quel âge avez-vous ?"

Pour masquer ma surprise autant que pour signifier l'incongruité de cette question, j'ose une plaisanterie en matière de réponse :

-   "J'ai trente-cinq ans, et ce pour les dix prochaines années."

Pas sûre qu'il ait compris, en tout cas, cela ne le fait pas sourire. Puis vient la seconde question, encore plus déroutante :

-   "Quel est votre groupe sanguin ?"

Devant mon air interloqué, il se justifie :

-   "Ici on pense que le caractère et la personnalité des gens sont en lien avec le groupe sanguin."

Et, en effet, c'est une demande qui reviendra souvent. Après quelques interrogations plus professionnelles sur mon parcours, il se présente. Très fier, il m'indique qu'il appartient au groupe restreint des Japonais ayant étudié aux Etats-Unis, puis il tient à spécifier qu'il est membre de la famille impériale japonaise. Je dois être doublement impressionnée, ce que je m'empresse d'essayer de montrer. On finit quand-même par arriver sur le sujet des projets de Tobu en France. Je suis très déroutée par la façon dont il aborde la question entrant dans le détail de choses concrètes sur lesquelles il travaille - signalétique, plaquettes, etc. - alors que visiblement aucun accord n'est formalisé. Je tente quelques questions pour mieux comprendre la nature de la relation qui s'ébauche. Il regarde sa montre, le temps imparti à la réunion est écoulé. Il s'enquiert de mon prochain voyage, me demande de le recontacter. C'est tout. Je quitte le bureau perplexe.

*Mika Kinoshita*

Le lendemain, j'ai rendez-vous avec Mika Kinoshita au poste d'expansion économique de l'ambassade de France. Elle occupe un bureau nettement plus accueillant que celui de mon interlocuteur de la veille. Assez grande, elle est très élégante. Son accueil est plutôt froid. Je lui décris mon parcours, lui expose mes objectifs au Japon et lui remets une plaquette, avant d'en venir à ce que j'attends d'elle. La conversation peine à s'engager. Sans être exactement désagréable, elle n'a pas l'air de s'intéresser à mon cas et encore moins d'avoir l'intention de me conseiller ou de me communiquer des informations qui pourraient m'être utiles. Je la sens sur la défensive. Après trente à quarante minutes d'entretien, je repars comme je suis venue, sans rien.

Le soir même, je rejoins Maxime au bar de l'hôtel New Otani je suis surprise de constater qu'il n'est pas seul. Il me présente Nathan, l'un de ses amis, juriste français établi à Tokyo :

-   "Nathan a des clients dans la cosmétique et la mode, j'ai pensé que ce serait une bonne idée de vous mettre en contact."
-   "Très bonne idée ! Enchantée, Nathan."
-   "Alors, où en es-tu de tes rendez-vous ?"

Je raconte mon entretien de la veille qui déclenche leur hilarité, et surtout ma rencontre du jour avec Madame Kinoshita. Maxime et Nathan s'esclaffent :

-   "Ah tu as rencontré *la Kinoshita*, elle ne risque pas de t'aider, celle-là !"

Devant ma surprise, Nathan développe :

-   "Le personnage est bien connu du monde des affaires français ici. Il est de notoriété publique que si, officiellement, elle travaille pour le gouvernement français, en réalité, l'essentiel de ses activités consiste à être consultante pour son propre compte. Pour elle, tu es une concurrente potentielle."

Je m'indigne :

-   "J'imagine que c'est illégal il n'y a personne pour la dénoncer ?"

Le haussement d'épaules des deux compères en dit plus long que bien de réponses. J'ai, des mois plus tard, l'occasion d'évoquer son cas avec le directeur de cabinet du premier ministre qui s'interroge sur une réorganisation des postes d'expansion économiques. Parfaitement au courant, ayant été précédemment en poste à Tokyo, il est surpris de me l'entendre dire, mais je sens que la remise en cause de ces pratiques n'est pas à l'ordre du jour.


Nathan me propose que nous nous voyions lors de son prochain passage à Paris afin de discuter plus en détail des complémentarités entre nous et des possibilités de collaboration, une perspective positive. Les deux jours suivants, je rencontre l'un des anciens élèves de mon MBA, dirigeant une société d'ingrédients pour la cosmétique. Je vois également le directeur du développement international de Kosé, l'un des grands groupes japonais de cosmétique. Il me pose les mêmes questions que Monsieur Sugawara. L'effet de surprise est passé. Néanmoins, la façon qu'ont les Japonais de mener ce type de rencontre et d'aborder les questions liées à leur approche des affaires m'interroge. J'acquiers la conviction qu'il faut que j'apprenne le Japonais si je veux percer, ne serait-ce qu'un minimum, les mystères de cette culture si particulière. Entre deux rendez-vous, j'entreprends un tour des grands magasins et des drugstores. Je suis séduite par l'accueil dans les grands magasins autant que fascinée par le raffinement des emballages des produits même les plus abordables.

Dans l'avion du retour, j'ai le temps de réfléchir à cette expérience. J'ai l'impression d'avoir beaucoup progressé et en même temps je réalise le côté vertigineux de cette entreprise : combien de voyages me faudra-t-il pour arriver à un résultat ?

# Surprises

Lucide, je réalise après mon premier voyage en Asie qu'atteindre mes objectifs ne sera ni facile, ni rapide. Est-ce que je me pose la question d'y renoncer ? Pas un instant. Mon premier voyage à Tokyo m'a permis de mesurer combien tout ce que rapportent les responsables régionaux de mon précédent employeur est approximatif et nourri de clichés. Sans me dissimuler la difficulté de mon entreprise, je reste persuadée que le potentiel de développer une activité rémunératrice au Japon existe. Pour le côté chinois, je sens qu'il y a certainement des possibilités, mais l'effervescence qui règne à la perspective de l'ouverture de ce gigantesque marché draine toutes sortes de projets, pilotés par des acteurs plus ou moins fiables. La circonspection est de mise. Evidemment tous les pseudo-spécialistes de l'Asie que je rencontre tentent de me décourager :

- "Les Japonais sont misogynes, ils n'utilisent pas de consultants, vous n'avez aucune chance…"

Ce type d'injonction a plutôt pour effet de m'encourager à poursuivre que l'inverse.

Les voyages suivants s'organisent plus facilement. Ma sœur aînée résidant maintenant à Singapour, je commence mon périple par cette cité, avant d'aller à Tokyo et de finir mon tour à Hong-Kong. Je ne reste que quelques jours chez ma sœur le temps de me remettre du jet-lag et d'explorer le marché local.

Elle occupe une grande maison de style Art-Déco Colonial dans Ridley Park, une jungle équatoriale en pleine ville. C'est un endroit très privilégié et magique que je quitte à chaque fois à regret.

Grâce à Thomas Martin rencontré à Tokyo lors de mon premier séjour, j'ai trouvé là-bas un hôtel mieux situé et plus agréable. Sous-marque de la chaîne d'hôtels de luxe Okura, cet établissement est fréquenté quasi-exclusivement par les hommes d'affaires japonais en déplacement dans la capitale. Les chambres sont minuscules, mais très propres et fonctionnelles. Je fais tache dans la salle de petit-déjeuner. Il n'y a presque aucune femme, hormis deux à trois Japonaises en tenue traditionnelle. Splendides kimonos, coiffures et maquillages élaborés, ces jeunes beautés contemplent sagement des hommes mûrs en train d'avaler leur soupe de nouilles matinale en émettant des bruits de succion insupportables à mes oreilles de Française. Mon hypothèse, invérifiable, est que ces messieurs pimentent leur séjour professionnel en ayant recours aux services d'une geisha.

Par l'intermédiaire d'un client en France, filiale de mon ancien employeur, je rencontre, au printemps 1993, l'agent d'une marque française de prêt à porter connaissant un succès considérable au Japon. Il souhaite introduire une sélection des cosmétiques de la marque dans les points de vente de mode. Je suis pressentie pour prendre en charge les développements spécifiques requis par ce lancement en lien avec l'entité française. Un petit projet amusant. C'est un début. Encouragée par ce premier résultat, je poursuis le travail débuté six mois auparavant et revois différentes personnes rencontrées lors du premier voyage. Mon carnet d'adresses se remplit, je commence à mieux comprendre la mentalité des affaires ici.

Thomas Martin, le plus précieux des soutiens, m'annonce qu'il pense me mettre en contact avec l'un de ses clients, étoile montante, selon lui, du groupe leader de la cosmétique japonaise, Shiseido. Ne maîtrisant pas encore tous les codes du Japon, il reste prudent. Il veut s'assurer que le contact se fera au bon moment. Selon lui mon prochain voyage en octobre pourrait bien être ce moment. Effectivement en Octobre les choses se sont précisées et j'arrive à Tokyo avec un rendez-vous déjà organisé avec Monsieur Kitano chez Shiseido. Comme d'habitude, j'arrive le dimanche soir. J'ai quelques rencontres prévues avant celle-ci programmée pour le mercredi.

*Suzanne*

Un ancien fournisseur, imprimeur, homme délicieux dont le soutien à mon entreprise depuis l'origine est indéfectible, m'a recommandé de contacter sa fille Suzanne à Tokyo. Diplômée de l'Ecole des Langues Orientales à Paris, elle a d'abord séjourné en Chine, et réside maintenant au Japon pour parfaire sa formation universitaire. Je la contacte sans aucune autre attente que celle d'éventuellement glaner quelques adresses de restaurants abordables à Tokyo. Je la rencontre le deuxième soir de mon séjour. Je la reconnais instantanément dans le bar où nous avons rendez-vous : elle a hérité des yeux de son père. Ils sont d'un bleu incroyablement clair. Ce regard délavé, un sourire pensif, des cheveux blonds tombant en grosses boucles sur ses épaules, contribuent à lui donner une allure de jeune fille sage et romantique. Elle me surprend par l'humour ravageur et un brin provocateur dont elle fait preuve dès la conversation entamée. Nous parlons de choses et d'autres puis elle m'interroge sur les gens que je dois rencontrer et déclare tout de go :

- "Ne te laisse pas impressionner par ce que tous racontent sur la misogynie des Japonais. Ce qu'il faut bien comprendre c'est qu'ils fantasment sur les femmes occidentales et particulièrement sur les Françaises."

Elle choisit d'illustrer cette affirmation par son expérience personnelle :

- "Par exemple dans le métro, il se passe rarement un jour sans qu'un Japonais ne me mette une main aux fesses. Tu sais ce que je fais ?"

Devant mon air interrogatif, elle poursuit :

- "J'attrape la main, je la lève le plus haut possible en criant en Japonais : *c'est à qui cette main-là* ? Et comme je suis plus grande que la plupart des gens ici, ma voix porte dans tout le wagon. Autant te dire que le responsable devient écarlate et descend à la station suivante. Ça m'amuse beaucoup !"

Elle continue :

- "Tu as un rendez-vous chez Shiseido demain matin ? Porte ta tenue la plus sexy, ce sera au moins aussi efficace, sinon plus, que tout ce que tu pourras leur dire."

Je suis surprise, c'est la première fois que j'entends un tel témoignage, mais venant de quelqu'un qui étudie la culture japonaise et parle la langue du pays, j'ai tendance à la croire. Je ris beaucoup à toutes les histoires de Suzanne. La soirée pourrait se prolonger si la perspective du rendez-vous du lendemain ne m'engageait à rester sobre et à rentrer à l'hôtel de bonne heure.

Le lendemain au réveil, le conseil de Suzanne résonne toujours dans mon esprit et plutôt qu'un très chic et conservateur tailleur de marque, j'opte pour une robe en maille moulante, courte et décolletée, après tout je n'ai rien à perdre. Pour ne pas surjouer le côté sexy, j'enfile une veste noire classique, un bon compromis. Je me dépêche d'aller prendre le métro, le rendez-vous est en banlieue. J'ai pris la précaution d'étudier le trajet la veille et je sais vers où me diriger. La seule chose que je n'ai pas prévue, c'est que tous les métros ne sont pas des omnibus. J'ai la malchance de prendre une rame qui ne s'arrête pas là où je dois descendre. Je vois défiler la station devant mes yeux. Panique. Impossible de prévenir Hiraku Kitano avec qui j'ai rendez-vous. Finalement, j'arrive avec seulement quelques minutes de retard. Il reste que, dans un pays où arriver à l'heure pile, c'est déjà être en retard, c'est une bien mauvaise entrée en matière.

Monsieur Kitano vient me chercher à l'accueil. C'est un petit homme souriant. Difficile de lui donner un âge, quarante-cinq, cinquante, peut-être ? Ses lunettes au style rétro laissent entrevoir un regard à la fois bienveillant et malin. Un grand jeune homme se tient à ses côtés. Je comprends qu'il est chargé de traduire, Monsieur Kitano parle très mal l'anglais. Il comprend néanmoins mes excuses et les balaye d'un revers de la main. Il me dirige vers une petite salle de réunion aux parois de verre située près de l'accueil. Deux autres salles similaires la jouxtent. C'est visiblement là que tous les visiteurs étrangers à l'entreprise sont accueillis, une autre manifestation du penchant pour le secret qui caractérise les entreprises ici - en tout cas celles que j'approche.

Comme lors des rencontres précédentes la première question posée est celle de mon âge. Je ne suis plus surprise. Ce qui me surprend c'est que mon groupe sanguin ne soit pas évoqué, mais cette demande arrive à notre deuxième ou troisième rencontre. Notre connaissance commune, Thomas Martin, bien qu'absent, permet une excellente entrée en matière, Monsieur Kitano souhaitant connaître l'antériorité de notre relation. En réalité, je le connais à peine. Je l'ai rencontré une fois fortuitement à Paris avant de le contacter à Tokyo. Alors, je brode sur les excellentes relations de travail que j'ai entretenues avec sa maison mère, bien réelles elles. Un peu laborieusement nous en arrivons aux fonctions qu'occupe Monsieur Kitano. Ce que je retire de notre entretien c'est qu'il gère des projets concrets de nouvelles lignes de cosmétiques mais qu'il est aussi chargé de proposer des solutions pour accroître l'empreinte du groupe sur les marchés étrangers. Nous évoquons la possibilité d'une première étude plutôt théorique dont l'objectif serait de montrer que le succès à l'export est lié autant aux structures mises en place qu'aux produits proposés. Rien n'est gagné, mais le contact a été très positif.

Avoir suivi le conseil de Suzanne a-t-il été déterminant ? Comment en être sûre ? Tout ce que je sais c'est que ce rendez-vous ouvre la porte à dix années de collaboration avec Monsieur Kitano. Ayant peu à peu progressé en Anglais, il me fait à chaque rencontre des compliments appuyés tout en restant d'une parfaite courtoisie et ne laissant jamais planer aucune ambiguïté quant à nos relations : elles demeurent toujours strictement professionnelles. Après cette rencontre encourageante, mon séjour à Tokyo se poursuit avec d'autres rendez-vous, notamment Thomas Martin afin de lui rendre compte de ce premier contact.

Ma dernière étape est Hong-Kong, où j'arrive le vendredi soir. Amy vient gentiment m'accueillir à l'aéroport, je passerai le séjour chez elle. Avec le décalage horaire, je gagne une heure, et j'arrive à Hong-Kong vers vingt et une heure. Trop tôt pour envisager de rentrer directement chez elle un vendredi soir ! Nous retrouvons quelques-uns de ses amis dans un bar. En dehors d'un moment de détente après la semaine de travail, il s'agit de mettre au point la sortie du dimanche.

*Un barbecue en prison*

Il y a des modes à Hong-Kong pour les loisirs. Je l'ai compris très tôt car, dans les années suivant immédiatement la sortie de l'université, Amy et son groupe d'amis viennent plusieurs fois skier dans les Alpes françaises ou suisses. Ils en profitent pour passer un ou deux jours à Paris. Puis, je ne les revois plus, ils passent à autre chose. La plongée sous-marine, le golf ont leurs moments de popularité avant que d'autres occupations ne viennent les évincer. De façon plus ponctuelle, il faut aussi se divertir le week-end. Les activités d'extérieur ne sont pas faciles à organiser à Hong-Kong, entre la chaleur humide qui y règne une bonne partie de l'année et le manque d'espace, les possibilités sont limitées. Là, il semble que la mode soit à l'organisation de barbecues. Il est vrai que le mois d'octobre est une période favorable, un peu moins extrême en chaleur et humidité.

J'observe le groupe, sans trop participer à la discussion, laquelle, comme toujours, se déroule en cantonnais. Comme elle est émaillée de mots anglais, j'arrive plus ou moins à la suivre et je comprends que les protagonistes se répartissent les achats et les tâches. Sur le chemin du retour, j'interroge Amy sur le lieu prévu. Elle sourit :

-   "Surprise, tu verras bien dimanche."
Je sais qu'il est inutile d'insister et au fond j'aime assez l'idée de la surprise. Amy, bonne cuisinière, a été chargée de préparer des salades.

Le lendemain, elle propose une excursion à Lantau, île située à l'ouest de l'île Victoria sur laquelle un gigantesque Bouddha veille. L'endroit, encore relativement sauvage, est très prisé par les habitants de Hong-Kong afin de s'aérer, et, pour beaucoup, essayer de s'attirer la bienveillance de la divinité en lui faisant quelque offrande. Nous effectuons la montée jusqu'au Bouddha en suant abondamment car si les températures à cette époque de l'année sont plus supportables, l'atmosphère demeure moite. Détour au supermarché avant de rentrer chez Amy, nous finissons la journée en cuisine, chacune sa recette de salade composée.

Le rendez-vous pour le barbecue est fixé à midi le dimanche. Avant de partir Amy me lance :
-   "N'oublie pas de prendre ton passeport !"
Voilà qui aiguise davantage ma curiosité quant au lieu du pique-nique. Est-il prévu de passer la frontière avec la Chine continentale ? Dans ce cas, je devrai rester de l'autre côté, mon visa est périmé. Je n'y crois pas beaucoup, cela demanderait un long trajet juste pour un pique-nique et d'ailleurs je ne suis pas sûre que les habitants de Hong-Kong puissent si facilement traverser la frontière. Le visage d'Amy reste impassible comme toujours. J'ai pris le parti de ne lui poser aucune question. Je n'ai pas longtemps à attendre pour découvrir où nous nous rendons, je peux patienter. Nous allons sur l'île Victoria, côté sud, légèrement moins urbanisé, je me demande dans quel recoin la petite bande a trouvé un espace tranquille pour y poser un

barbecue. Après une petite demi-heure de conduite, au détour d'une route, Amy ralentit met son clignotant, tourne à droite et s'arrête devant une guérite où un policier, à moins qu'il ne s'agisse d'un soldat, demande à voir nos pièces d'identité. Après un échange en cantonnais, il nous laisse passer. Nous nous engageons dans un raidillon au milieu d'une végétation dense. Deux cents mètres plus haut environ se dressent de hauts murs surmontés de barbelés. Je n'ai pas le temps de m'interroger sur le lieu, dès que nous approchons un grand panneau indique qu'il s'agit d'une prison. Je note le léger sourire en coin d'Amy, toute réjouie de la surprise. Une petite esplanade devant l'entrée principale permet de garer quelques véhicules. Nous sortons de la voiture, munies à la fois de nos pièces d'identité et d'une glacière contenant nos provisions.

A ce moment, Amy daigne m'en dire plus :
-    "Simon, que tu connais, est le gouverneur de la prison. Il vit ici. Tu vas voir, il a la chance d'avoir un jardin devant sa maison, c'est le seul d'entre nous qui puisse organiser un barbecue chez lui."

Nous passons la sécurité, mais au lieu d'entrer dans la prison à proprement parler nous nous dirigeons à l'opposé des bâtiments pénitentiaires, et ressortons dans une cour. Adossée à l'enceinte, se trouve la maison du gouverneur. C'est une bâtisse de taille moyenne, plutôt austère. La singularité du lieu est qu'effectivement devant la maison s'étend une grande cour qui la sépare de hauts grillages encerclant des terrains de sport. Une partie de l'espace est bétonnée, deux petits carrés de pelouse ont été aménagés devant l'habitation, de part et d'autre des arbres viennent verdir cet espace minéral, la luxuriante végétation de l'île étant dissimulée par les hauts murs de la prison.

Simon a installé le barbecue à l'ombre d'un bouquet d'arbres. Il a disposé une table et des chaises à proximité. Lorsque nous arrivons la braise commence à être à point. Une bonne moitié du groupe est déjà là, tout le monde se congratule. Heureux de se retrouver dans cet endroit plus qu'insolite, mais dont je comprends qu'ils puissent apprécier le calme. Ici, le bruit incessant de la ville ne parvient que très assourdi et, il n'y a pas de foule se disputant le moindre carré de verdure. Je me demande comment la hiérarchie pénitentiaire accepte que le responsable de la prison y invite ses amis. Une explication que je n'aurai jamais. Le reste du groupe arrive rapidement. Tous sont venus avec une glacière qui avec des boissons fraîches, de la viande, des desserts. Au bout d'une demi-heure, tout est en place, le buffet regorge de plats variés, les différentes viandes grillent sur le barbecue, les bouteilles de bière et de vin, les canettes de sodas sont placées dans une glacière remplie de glaçons. Un *sound-blaster* installé à proximité diffuse des airs à la mode. C'est une vraie fête que j'observe plus que je n'y participe activement. Soudain mon œil est attiré par du mouvement par-delà le grillage. Je vois un groupe d'hommes arriver en courant, effectuer plusieurs fois le tour du terrain avant d'entamer une partie de basket. Me voici spectatrice d'une tranche de vie dans une prison à Hong-Kong. Dégustant une assiette dont le contenu ferait certainement saliver ces hommes, je participe à une fête dont ils constituent, malgré eux, un élément de spectacle. Je ne peux m'empêcher de ressentir une certaine honte d'être en train de les observer. Les amis d'Amy ne se troublent pas, soit ils n'ont pas remarqué, soit ils prétendent n'avoir pas remarqué. Ils continuent de se régaler de brochettes, saucisses et côtelettes en poursuivant une conversation animée dont j'ai du mal à suivre le fil. Comme toujours, ils ne s'attardent pas très longtemps autour du buffet. Une fois leur appétit satisfait, ils commencent à tout ranger. Les glacières se referment sur les restes, la moitié du buffet environ. Tout le monde est rapidement prêt à partir. Pendant ce temps le match des prisonniers se poursuit sans que le groupe, en apparence, n'y prête attention. Ont-ils eu un instant un sentiment de gêne ? Je n'en ai pas l'impression, mais peut-être sont-ils tous comme Amy, champions dans l'art de masquer leurs émotions. Après cet intermède qu'il est difficile de qualifier de bucolique, même si c'était l'objectif recherché, Amy décide de m'entraîner dans un centre commercial. Elle veut mon avis sur une robe qu'elle souhaite acheter pour une cérémonie de mariage à laquelle elle doit bientôt se rendre. Ainsi se termine un week-end singulier, encore une fois surprise par les contrastes que réserve cette ville.

Le lendemain je reprends le travail ingrat de prospection qui grâce à Karine rencontrée lors du premier voyage commence à porter ses fruits. J'ai plusieurs rendez-vous planifiés pour les jours suivants et toujours le soutien d'un ancien fournisseur qui met un petit bureau à ma disposition. Sans avoir encore de résultat concret, un projet se dessine avec une très ancienne marque chinoise de produits de toilette récemment rachetée par un investisseur local. Je prends le chemin du retour le jeudi suivant, pleine d'entrain.

# De l'inconséquence (2)

Je m'envisage plutôt comme trouillarde, pas le genre à faire du ski hors-piste, du parachutisme ou à partir sur un terrain de conflit avec une ONG. Pourtant la curiosité m'a souvent poussée à l'imprudence, par inconscience du danger quand j'étais très jeune et plus tard sans cette excuse.

Peu attirée par le farniente sur quelque plage paradisiaque, j'aime tirer parti de mes déplacements professionnels, en France ou ailleurs, en les prolongeant par la découverte des alentours. Depuis que je suis devenue consultante, je vais deux fois par an en Asie, une fois au printemps, une fois en automne. Mon périple inclut invariablement Singapour, Tokyo et Hong-Kong. Je finis la boucle à Singapour avant de rentrer à Paris. Si l'opportunité se présente, ma sœur aînée et moi nous retrouvons quelque part pour une excursion de deux à trois jours. Octobre 1994, elle me propose de la rejoindre au Vietnam avant de repasser par Singapour sur le chemin du retour en France. Nous visiterons Hanoi et puis irons à la baie d'Ha Long, un lieu qui nous fait toutes les deux rêver depuis longtemps.

L'un des collègues de mon beau-frère, Tuan, a proposé à ma sœur de l'aider à organiser le périple. L'objectif est d'éviter de recourir à l'un des tour-operators qui commencent à fleurir dans ce pays s'ouvrant progressivement au tourisme.

Rendez-vous à l'aéroport d'Hanoï, à la livraison des bagages. Ma sœur vient de Singapour, moi de Hong-Kong. Nous arrivons en début d'après-midi. Les deux vols sont à l'heure, je ne l'attends que quelques instants. Elle m'expose le programme : nous déposons d'abord nos bagages à l'hôtel. Ensuite nous allons retrouver un couple de ses amis, en poste ici depuis peu, pour prendre un verre et glaner quelques conseils sur ce qu'il faut voir dans cette ville.

Comme elle connaît mes budgets toujours un peu serrés - je suis à mon compte depuis peu - elle n'a pas réservé dans l'un des hôtels de luxe de la ville, mais sur le conseil de son contact vietnamien, dans celui qui accueille les dignitaires politiques et businessmen locaux. C'est une grande bâtisse à l'architecture typiquement soviétique, imposante à l'extérieur, peu accueillante à l'intérieur. Le hall est monumental, avec tout au fond un comptoir d'accueil en bois. L'ensemble est à la fois pompeux par sa dimension, austère par le caractère minimaliste de la décoration, et surtout pas mal décrépi. Une employée sommeille sur le manche de son balai-serpillère dans un coin de cette immense entrée, deux personnes en font autant derrière le comptoir d'accueil. Notre arrivée fait sursauter une jeune femme dont la tenue mal coupée et peu seyante ne réussit pas à dissimuler la beauté. On dirait que cet uniforme, puisqu'il faut l'appeler ainsi, sort tout juste d'un surplus militaire. Sa couleur verte est totalement passée et un sillage de naphtaline arrive à mes narines. La demoiselle parle un anglais hésitant, elle n'a aucun mal à trouver la chambre qui nous est réservée. Il faut dire que l'hôtel n'est pas pris d'assaut par les clients.

Nous remplissons une fiche chacune. Elle les classe méticuleusement puis nous tend une clef. Enfin, elle hèle le groom assis dans un coin du hall. Il avait levé le nez d'une bande dessinée éculée afin de nous observer. Il se redresse sans hâte et arrive en traînant les pieds. Ici pas de chariots dorés pour les bagages, le garçon empoigne ma valise et le sac de ma sœur et nous fait signe de le suivre. Nous prenons un ascenseur poussif qui nous conduit au deuxième étage. La porte s'ouvre sur un long corridor avec une belle hauteur sous plafond, unique qualité de cet endroit dont le sol verdâtre et les murs d'un beige incertain ne sont pas sans évoquer le décor d'un vieil hôpital. Notre chambre est tout au bout de ce long couloir. Elle est aussi austère que le reste de l'établissement. Seules deux grandes fenêtres, et la lumière qu'elles dispensent, sauvent ce décor sans charme : deux lits accompagnés d'un ameublement sommaire, une salle de bains attenante dont les sanitaires ont connu des jours meilleurs. Pour deux nuits, nous nous en contenterons. Nous investissons la salle de bains à tour de rôle, pressées de nous rafraîchir. J'enfile une chemise propre, pendant que ma sœur appelle Tuan, son contact ici, et prend rendez-vous avec lui pour le lendemain. Nous ressortons rapidement. Les rues autour de l'hôtel sont animées, beaucoup de vélos et encore plus de mobylettes ou de vespas pétaradantes qui se faufilent dans la circulation à toute allure. Je manque d'être renversée par l'une d'entre elles dès la première traversée de rue.

Nous avons rendez-vous à l'hôtel Métropole, avec les amis de ma sœur, Armand et Dominique, sa femme. Rénové depuis peu par un grand groupe hôtelier français, cet établissement est devenu un lieu incontournable où les étrangers se retrouvent. Notre taxi nous arrête devant un magnifique bâtiment datant de la colonisation française qui a miraculeusement survécu à la guerre et à l'absence d'entretien des vingt dernières années. Cette belle bâtisse du début du vingtième siècle, qui jusqu'à l'indépendance accueillit bon nombre d'artistes et de personnages célèbres, est aujourd'hui le point de rencontre de jeunes professionnels ambitieux et de vieux routards de l'expatriation que la perspective d'un développement économique rapide fait saliver. Son bar est l'endroit où se tissent les liens et s'échafaudent les projets qui enrichiront certains édiles locaux et par mal d'entreprises étrangères pour la plus grande satisfaction des consommateurs occidentaux avides de produits toujours moins chers. Armand est l'un des protagonistes de ce développement économique. Arrivé depuis quelques mois au Vietnam, il représente un groupe industriel français.

Après de nombreuses années passées en Asie, cette affectation est, pour Armand, une consécration puisqu'il est le dirigeant d'une filiale récemment implantée. Il est de ces rares expatriés ayant une véritable curiosité pour les pays qu'il parcourt. Lui et sa femme, Dominique, se sont pris de passion pour le Vietnam. Nous sommes impatientes de savoir ce qu'ils vont nous dire sur Hanoï, même s'ils n'ont pas encore eu beaucoup de temps pour l'exploration. En tout nous passerons trois jours dans ce pays dont deux pour l'aller et retour à la baie d'Ha Long, cela nous laisse une journée pour Hanoï, ce qui est très peu. Ils nous conseillent donc de faire le tour de la ville en taxi afin d'en percevoir la diversité. Dominique nous propose de nous emmener, le lendemain matin, faire l'expérience d'un marché typique, agriculteurs et artisans mêlés. Nous acceptons avec plaisir. En fin de matinée, passage obligé, nous irons rencontrer Tuan, logisticien de notre voyage, qui a arrangé la location de voiture -avec chauffeur- pour le voyage à Ha Long et la réservation de l'hôtel sur place. Un agenda chargé pour notre seule journée à Hanoï.

Nous prolongeons la discussion avec Armand et Dominique autour d'un dîner léger dans un petit restaurant à proximité de l'hôtel Métropole, et rentrons relativement tôt. Notre rendez-vous avec Dominique est fixé le lendemain à neuf heures. A l'heure dite, elle nous attend devant l'hôtel au volant de sa voiture. Même si elle n'est pas là depuis très longtemps, elle a pris l'habitude de naviguer dans cet enchevêtrement de deux-roues peu respectueux des règles. Elle ne manifeste aucune peur. Après un court trajet, nous voici au marché, déambulant entre les stands dont la plupart sont disposés à ras le sol. Les vendeurs, accroupis sur leurs talons, attendent le client, abrités sous le chapeau conique si typiquement vietnamien. Nous ne sommes pas clientes des commerces de nourriture, mais Dominique en profite pour acheter des fruits frais. Je regarde avec intérêt les variétés de fruits et légumes dont certains me sont peu familiers et suis surprise de découvrir, au milieu de ces produits, de petits chiens présentés dans des boîtes en carton. Dominique m'explique que ce sont des chiens élevés spécialement pour être cuisinés, les petits maraîchers trouvant une source de revenus complémentaires dans cet élevage. Mon cœur se soulève à cette idée, alors que je n'ai pas une passion pour les chiens. Celui qui a attiré mon attention est particulièrement mignon et je n'ose imaginer qu'il finira bientôt dans une casserole.

Après avoir flâné sur la place qui constitue le centre du marché, nous nous dirigeons vers sa périphérie où se trouvent de petites échoppes étroites et longues, logées dans des bâtiments anciens dont la plupart, auraient bien besoin d'être rafraîchis. C'est là que les artisans et artistes vendent leur production, paniers et objets de vannerie, laques, tableaux, linge de maison brodé, tenues traditionnelles vietnamiennes… l'offre est assez diversifiée. Nous nous attardons dans un magasin proposant de jolies broderies. Nous entendant parler en français, la patronne du lieu nous fait signe de rester. Elle file dans l'arrière-boutique et revient avec une dame assez âgée qui doit être sa mère. Celle-ci s'adresse à nous dans notre langue :

- "Vous êtes Françaises ? Bienvenue à Hanoï ! On est contents d'accueillir des Français."

Nous entamons la conversation avec elle. Nous comprenons vite que vingt ans sous la tutelle soviétique ont quelque peu douché les espoirs placés dans le communisme, redorant au passage le blason des anciens colonisateurs ! Les vietnamiens les plus seniors apprécient de pouvoir de nouveau parler le français ; les jeunes, pour beaucoup d'entre eux, adoptent l'anglais avec ardeur, ce dont se désole notre interlocutrice.

Après quelques emplettes ici et ailleurs, il est temps de laisser Dominique retourner à ses occupations et de nous rendre au bureau de Tuan, notre agent de voyage amateur. Son assistante, prévenue de notre visite, nous reçoit avec tous les honneurs possibles. Cela nous amuse, nous avons en effet plutôt l'allure de touristes en surchauffe que de VIPs ! Tuan nous accueille avec beaucoup de gentillesse et commence par s'excuser de ne pouvoir nous inviter à déjeuner, des obligations professionnelles le retiennent. Il nous résume ce qu'il a organisé pour nous. Notre chauffeur, Minh, se présentera devant notre hôtel demain matin à huit heures. Il nous prévient que son français est approximatif, mais cela devrait suffire car il lui a expliqué le but du voyage. L'hôtel est réservé, il nous remet le fax de confirmation. Tout est arrangé, nous n'avons plus qu'à nous laisser conduire. Il a pris soin de nous écrire l'adresse de deux restaurants, l'un tout près d'ici, pour ce midi, et l'autre à proximité de notre hôtel pour ce soir. Ma sœur lui offre un cadeau afin de le remercier de son aide, nous ne nous attardons pas voyant bien qu'il a d'autres priorités que l'organisation de notre escapade.

Après cet intermède climatisé, retour à la moiteur d'Hanoï. C'est l'heure du déjeuner, nous nous mettons en quête du restaurant recommandé par Tuan. Heureusement, il n'est pas très éloigné de son bureau. Pour l'occidentale que je suis, marcher ici relève presque d'une forme de masochisme, chaleur, poussière, bruit des klaxons stridents des deux-roues tentant de se faufiler et de ceux des voitures cherchant à les éviter, sans compter le vacarme des pots d'échappement mal réglés. L'enseigne du restaurant est en vue ; Tuan a tout prévu, y compris de nous éviter une longue marche. C'est un établissement de petite taille situé dans une maison dont le territoire a été grignoté par les immeubles environnants. Elle a néanmoins pu préserver un jardin à l'arrière. Nous nous installons à l'ombre des deux grands arbres bordant la terrasse rafraîchie par un grand ventilateur sur pied. Les bruits de la ville sont étouffés par les bâtisses alentour. Nous aimons toutes les deux la cuisine vietnamienne et n'avons aucune peine à trouver de quoi satisfaire nos envies dans un court menu qui en décline les classiques. J'ai toujours gardé en mémoire les préceptes paternels : s'abstenir de manger des crudités dans ce genre de circonstances afin d'éviter tout risque de *tourista*. Ma sœur n'en a cure et consomme allègrement la salade et les herbes fraîches qui accompagnent les plats que nous avons commandés. Je le lui fais remarquer, elle hausse les épaules et continue de manger de bon appétit. Il faut dire que tout est délicieux. Nous ne nous éternisons pas, l'exploration d'Hanoï nous attend.

La veille au soir avec l'aide d'Armand et Dominique, nous avons encerclé sur le plan de la ville les endroits que nous aimerions découvrir. Il ne nous reste plus qu'à trouver un taxi et à lui montrer le circuit ainsi défini. Je me sens dans la peau de ces touristes américains qui viennent en Europe et *visitent* six pays en dix jours. A la différence près que je ne suis pas dans un car de touristes… Visiter une ville en si peu de temps n'a pas trop de sens. Malgré tout, ce tour rapide nous permet de comprendre la fascination qu'exerce cet endroit sur beaucoup d'occidentaux. Les anciens quartiers français conservent un charme désuet d'autant plus sensible qu'à peu de distance on retrouve l'empreinte architecturale des russes qui ont tenté de développer une ville plus moderne témoignant de la grandeur communiste, le tout cohabitant avec l'architecture typiquement vietnamienne. Il est à craindre qu'avec des projets de construction se développant à toute allure, la ville ne perde rapidement cet attrait si particulier.

Vers dix-huit heures trente, retour à l'hôtel, une douche fraîche s'impose. Après avoir pris un peu de repos et nous être rendues de nouveau présentables, nous allons dîner dans le restaurant conseillé par Tuan et rentrons assez tôt à l'hôtel. Avec un départ prévu à huit heures, nous devons nous lever tôt le lendemain. Néanmoins, je n'avais pas anticipé un réveil aussi matinal : vers cinq heures du matin, j'entends du bruit venant de la salle de bain, je comprends tout de suite que ma sœur est malade. Ne jamais oublier les injonctions paternelles ! Très égoïstement, au lieu de me désoler pour elle, j'envisage tout de suite les conséquences sur notre voyage, et si on devait annuler le départ pour Ha Long ?

Heureusement, elle voyage toujours avec une trousse de secours bien fournie et se dépêche de prendre les médicaments ad-hoc avant de se recoucher. Nous avons du mal à nous rendormir, et à peine a-t-on replongé dans le sommeil, que le réveil sonne. Première question à ma sœur :
-   "Ça va mieux ?"
-   "J'ai mal au cœur, mais ça devrait aller.", répond-elle.

Il n'est pas question de traîner au lit, ablutions rapides, valise à boucler, s'assurer de ne rien oublier dans la chambre, aller régler notre séjour ici. Ma sœur, très nauséeuse, voudrait bien trouver un Coca-Cola, remède souverain. De mon côté, j'ai faim et j'insiste pour prendre un petit déjeuner, d'autant qu'environ cent soixante-dix kilomètres de voyage nous attendent ! Le petit-déjeuner proposé par l'hôtel n'est pas formidable, mais les deux toasts racornis tartinés de beurre un peu rance et d'une confiture au parfum indéterminé ont le mérite de me caler. Ma sœur arrive à commander un Coca et prend ce qu'il faut pour finir de juguler la *tourista*. Nous voici prêtes à partir. Je jette un coup d'œil au ciel, il est un peu brumeux, mais le bleu transparaît sous ce léger voile, pas de menace à l'horizon. Ponctuel, Minh, le chauffeur, nous attend devant l'hôtel. C'est un homme jeune qui a l'air de prendre son métier au sérieux. Il est impeccablement habillé, et se tient presqu'au garde à vous près d'une voiture rutilante. Comme beaucoup de choses ici, l'automobile est loin d'être récente, mais elle est visiblement bien entretenue. On se salue. Minh nous prévient :

\- "Beaucoup de trafic sur la route, toujours…"

Sortir de la ville est difficile, l'encombrement à cette heure est impressionnant. Malheureusement, une fois sortis, la situation ne s'arrange pas. La route à double sens n'est pas très large. Elle est fréquentée par toutes sortes de véhicules, autobus brinquebalants, camions, rickshaw-utilitaires - sorte d'hybride entre une camionnette et un deux roues - voitures et toujours un océan de deux roues. Les flots de véhicules se croisent, voire s'enchevêtrent. Les deux roues forcent le passage et n'hésitent pas à circuler à contre-sens pour aller plus vite. Il faut prendre notre mal en patience. Après environ une heure de trajet, la ville s'éloigne et nous voici dans un paysage de rizières. Les paysans sont dans leurs champs, les pieds dans l'eau, chapeau conique sur la tête, courbés sur leur labeur. Avec la petite brume qui n'est pas totalement dissipée, c'est une vision de carte postale. Nous avons le temps d'apprécier, la circulation étant maintenant rendue encore plus difficiles par les petites charrettes tirées par deux bœufs qui empruntent la route. Voilà pourquoi Tuan nous conseillait de partir tôt, nous aurions dû être plus matinales, mais ce joyeux bazar participe de l'expérience.

Au bout de plus de deux heures de route des panneaux indicateurs montrant la direction de Haïphong apparaissent. C'est un nom tristement familier. Il me rappelle les reportages sur la guerre du Vietnam. Cette importante ville portuaire a fait l'objet d'intenses bombardements et revenait souvent à la une de l'actualité. J'étais très jeune mais ce nom est resté gravé dans mes souvenirs d'adolescente, accompagnant les images des protestations anti-guerre. Nous n'entrons pas dans la ville. Nous avons atteint la zone côtière, très découpée à l'endroit ou fleuves et mer se rejoignent. Nous passons un premier pont, mais le deuxième bras de mer à franchir est plus large, il faut emprunter un bac. Une file de véhicules s'est créée, en attendant l'arrivée de la barge plate qui nous permettra de traverser. Lorsque nous parvenons enfin à embarquer, les images du film *L'Amant*[1] me reviennent en mémoire. Sauf que *Tony Leung*[2] n'est pas présent, dommage. Après ce passage, Ha Long, n'est plus très loin, mais il nous faudra encore plus d'une heure pour arriver à destination. Il est près d'une heure de l'après-midi quand nous parvenons enfin sur place. Depuis quelques kilomètres déjà nous apercevons ce paysage incroyable de centaines d'îlots rocheux, hautes falaises recouvertes d'une végétation luxuriante et tombant à pic dans la mer. Impatientes, nous décidons d'aller directement sur le petit port pour nous informer des possibilités de promenades sur la baie. Nous trouverons bien un petit quelque chose à grignoter sur place.

Minh, qui jusqu'ici a été plutôt silencieux, nous explique, dans un français incertain, que son cousin Tien a un bateau sur le port et qu'il peut nous conduire à lui. Arrivées sur place, nous remarquons deux cars de touristes, dont les occupants sont en train d'embarquer. Le bateau se donne l'air d'une jonque grâce à ses voiles traditionnelles, mais en réalité c'est une sorte de ferryboat. L'entreprise qui gère ce navire dispose d'une petite baraque en bord de quai. Nous nous en approchons. Les horaires indiquent un départ imminent. Le précédent bateau est parti deux heures auparavant, on l'aperçoit navigant sur la baie. Le prochain départ se fera dans deux heures. Le groupe en train d'embarquer est composé principalement d'Américains, reconnaissables aux nombreuses casquettes de base-ball autant qu'au volume sonore qu'il produit. Aucune envie de partager l'expérience de la baie avec eux ! Il n'est pas certain que dans deux heures un autre groupe tout aussi bruyant ne se présentera pas à l'embarquement.

Nous revenons vers Minh pour lui demander où se trouve le bateau de son cousin, il nous fait un large sourire et nous invite à le suivre. A l'extrémité du quai beaucoup de petites embarcations attendent les clients. Minh interpelle un marin sommeillant à bord de l'une d'entre elles. Il sursaute, se redresse, saute sur le quai et se met à courir. Le *cousin* n'est pas à bord, mais le second ne perd pas une seconde pour aller le chercher. Pendant ce temps Minh nous dit :
-   "Moi arranger le prix…".
Nous nous regardons, sûres de partager le même sentiment. Minh, a probablement trouvé une façon d'arrondir ses fins de mois, et si cela peut l'aider, nous n'irons pas chercher à connaître la teneur de leurs arrangements entre *cousins*. Deux hommes reviennent au galop, Minh nous présente Tien. La discussion s'engage en vietnamien, nous patientons. Minh nous

annonce le prix, trente pour cent plus élevé que la croisière touristique standard, le prix de la tranquillité. Cela reste néanmoins très abordable. L'affaire est entendue. Nous demandons à Minh de nous indiquer un petit restaurant ou nous pourrions déjeuner très rapidement avant de partir en promenade. Ensuite, il pourra porter nos bagages à l'hôtel et venir nous récupérer au port entre dix-huit et dix-neuf heures. Après avoir promptement avalé un plat de nouilles vietnamiennes arrosé de coca-cola, nous voilà prêtes pour la croisière.


Le bateau est une espèce de grande barque à fond plat avec une partie couverte au centre. A l'arrière se trouve le moteur, Tien y tient fièrement la barre, son second à ses côtés. Sous l'auvent deux bancs, prolongent les bords du bateau, c'est là que nous nous installons. A la proue, un banc est à l'air libre, mais je préfère rester à l'abri du soleil, ma sœur aussi. Nous nous éloignons du port et commençons la navigation entre les ilots. Naviguer dans un petit bateau nous permet de nous approcher au plus près de certains d'entre eux, d'aller jusqu'à l'entrée des cavités creusées dans les roches. Une légère brume tamise les rayons du soleil, diffusant une lumière blanche et douce. La végétation, d'un vert très dense, se reflète dans l'eau, nous voguons sur une mer d'émeraude. L'endroit tient ses promesses, magnifique, mystérieux et paisible. Un contraste saisissant avec le bruit et la poussière du trajet. Notre marin prend soin d'éviter les deux gros navires, et même de plus petites embarcations de touristes. On pourrait se croire seules sur la baie. Nous naviguons ainsi plus de deux heures, quand Tien nous apostrophe.
- "Madame, rentrer ?"
- "Combien de temps pour rentrer ?"
- "Une heure, un peu plus."

Il est près de dix-sept heures, cela nous amène au port vers dix-huit heures passées. Nous essayons d'expliquer à Tien que nous aimerions suivre un itinéraire différent pour le retour. Il semble avoir compris et acquiesce. C'est vrai que le jour commence à décliner rendant l'endroit encore plus énigmatique. Nous restons silencieuses, profitant pleinement de la beauté du lieu, du calme - en Asie, le calme est assez rare.


Tout d'un coup on entend le moteur tousser, puis crachoter, puis plus rien. Ma sœur interpelle Tien :
-   "Qu'est-ce qui se passe ?"
-   "Sais pas Madame… Moteur marche plus."
-   "Comment ça, marche plus, vous n'avez plus de fuel ? Vous n'avez pas fait le plein avant de partir ?"
-   "Pas de problème, il y a fuel."

Lui et son acolyte sont penchés au-dessus du moteur, cigarette allumée au coin des lèvres…, une bonne idée quand *il y a fuel* !
-   "Vous ne pouvez pas appeler quelqu'un pour dépanner ?"
-   "Pas radio, Madame…"
-   "Mais vous avez bien des fusées de détresse ?"

Regard interloqué du marin, qui ne comprend pas le concept, que ma sœur lui explique par gestes,
-   "Fusées, y a pas. On va faire marcher…"

Pendant ce temps, le bateau dérive vers le large, j'interviens :
-   "Vous n'avez pas une ancre ?"

Visiblement, il ne connaît pas ce mot non plus. Question stupide par ailleurs, on l'aurait remarquée si elle existait.

Après une heure d'essais infructueux, Tien, lève le nez du moteur :
-   "Madame, pas bon le bateau."

Je réalise la légèreté avec laquelle nous nous sommes embarquées.


C'est l'heure à laquelle les pêcheurs au lamparo commencent à partir vers le large, nous aussi, à la dérive... La nuit est tombée. Notre marin essaie d'alerter les pêcheurs sur notre situation, certains s'approchent, braquent des lampes de poche sur nous alors qu'ils discutent en vietnamien avec Tien. Que se disent-ils ? On a l'impression qu'ils marchandent et que les conversations sont tout sauf amicales. Pas rassurant tout ça ! Deux à trois embarcations s'arrêtent ainsi et puis repartent vers leur labeur.

Je dis à ma sœur :

- "En pays communiste, on ne détrousse pas les touristes ou alors il ne faut pas laisser de traces. Si jamais ils s'avisent que le contenu de nos sacs respectifs peut sans doute leur permettre de vivre, eux et leurs familles pendant un bon moment, on risque de se retrouver au fond de l'eau."

Ma sœur :
- "Penses-tu, ils sont gentils…"


Nos marins allument une lampe à huile et continuent de fourrager dans le moteur comme si un miracle pouvait se produire.


Pendant ce temps je me fais quelques réflexions :

- "Mais comment peut-on être aussi légères ? Personne, à part Minh, ne sait vraiment où nous sommes. Est-ce qu'il s'inquiète de ne pas nous voir revenir ? A quel moment aura-t-il l'idée d'alerter des secours et lesquels ?

Et si le temps se gâte ? Il n'y a même pas un gilet de sauvetage à bord de ce bateau."

Je partage quelques-unes de mes pensées avec ma sœur qui n'a pas l'air plus inquiète que cela. Je lui rappelle que la baie d'Ha Long a toujours été un repère de pirates. Ils hantaient ses rivages au dix-neuvième siècle et plus sinistrement, il y a une vingtaine d'années, rançonnaient les *boat people*[3] fuyant la terreur communiste. On peut se poser la question de savoir ce que sont devenus ces groupes et s'ils ne sévissent pas encore dans les parages. Elle sourit à cette évocation.

- "Arrête ton cinéma, les temps ont changé. De toute façon Minh va sûrement alerter les secours."
- "Je te trouve très optimiste. Ce qui m'inquiète précisément c'est de ne pas savoir quelle peut être son attitude. Après tout il pourrait être mis en cause par les autorités et il aura peut-être peur d'aller les trouver. Par ailleurs, je m'en veux de ne pas avoir plus réfléchi. Ma disparition n'aurait aucune conséquence pour personne, mais toi, tu as une famille."

Nous retombons dans le silence, les minutes passent, notre dérive vers le large continue. Nous perdons un peu la notion du temps, contemplant nos deux marins toujours penchés sur le moteur, comme si la force de leur pensée pouvait le faire repartir. Au bout d'un grand moment nous voyons réapparaître les lamparos à l'horizon, petites lumières dansantes sur une mer noire d'encre. Elles se rapprochent. Deux à trois bateaux de retour vers le port passent à proximité. Nos marins agitent les bras, essaient de les interpeller, sans aucun résultat.

Même si ma sœur ne dit rien, je la vois un peu moins tranquille. Elle retrouve un tic familier, tirer sur ses cheveux frisés, comme pour les lisser ; invariablement un ou deux cheveux se détachent, qu'elle continue de détendre avec ses ongles avant de les jeter. Après quelques très longues minutes, une nouvelle embarcation croise à proximité, ralentit, s'approche de notre bateau et engage la conversation avec Tien. Difficile de savoir ce qui se dit. La conversation est animée. Le pêcheur braque sa lampe sur nous comme s'il voulait évaluer l'intérêt de sa prise. Je regarde son bateau, il est à peine plus grand que le nôtre. L'espace central accueille le résultat de sa pêche, avec quatre grands bacs où les poissons continuent de frétiller, en pleine agonie. Rien à voir avec les chalutiers occidentaux. La vente de ce maigre butin ne doit pas leur assurer un revenu au-delà de quelques jours de survie. Ce qui me ramène à mes inquiétudes.


La discussion entre les deux marins se poursuit. Le pêcheur finit par sortir un câble. Ma sœur et moi nous regardons, apparemment il a accepté de tenter de nous remorquer. Les quatre marins s'affairent, le bateau du pêcheur se positionne vers la proue du nôtre. Le câble est lancé en direction de l'acolyte de Tien qui se démène pour l'amarrer solidement aux deux taquets métalliques rivés à l'avant du bateau. Ce qui ressemble à des ordres s'échange de part et d'autre. Au bout d'une dizaine de minutes, le pêcheur lance son moteur. Je me tourne vers ma sœur :
- 	"Tu crois qu'il peut arriver à nous ramener au port ?"
- 	"Je ne sais pas", répond-elle.
Le remorquage commence, le bruit du moteur de notre sauveteur est inquiétant, on sent qu'il est à son maximum. Malgré notre incompétence en matière de mécanique nous sommes conscientes que le moteur du bateau qui nous tracte n'est pas conçu pour tirer un tel poids. Nous nous demandons

s'il va pouvoir tenir jusqu'au bout. Les minutes paraissent des heures. A chaque soubresaut, je me dis :

-    "Cette fois-ci, c'est cuit, le moteur va rendre l'âme !"

Ma sœur de son côté, reste silencieuse, mais je sens qu'elle est, comme moi, à l'écoute du moindre bruit suspect. Elle retient son souffle.


Au bout d'une demi-heure, nous commençons à apercevoir les lumières du port, elles sont encore loin, mais c'est encourageant et la tension commence à se relâcher quelque peu. Ma sœur dit :

-    "C'est sûr après çà son moteur est mort."

J'ajoute :

-    "Oui, il faut absolument qu'on puisse le dédommager à l'arrivée… si on arrive."

Le suspens continue, avec pas mal d'inquiétude quant au moteur du bateau qui nous remorque. A un moment, le marin ralentit, probablement alarmé par la surchauffe. Pendant environ dix minutes nous n'avançons quasiment plus, puis jugeant sans doute le danger écarté, il accélère un peu, et nous continuons notre chemin vers la côte, lentement, très lentement.


Pendant ce temps ma sœur et moi-même nous concertons. Hors de question de payer le prix convenu à Tien. Bien sûr il faut le rémunérer puisqu'une partie du contrat a été remplie. En revanche, l'objectif est, à l'arrivée, de donner une somme convenable au pêcheur afin qu'il puisse faire le nécessaire pour son moteur qui aura beaucoup souffert de ce sauvetage.


Les lumières du port sont maintenant assez proches, enfin, nous pouvons respirer. Au pire la distance qui reste pourrait être parcourue à la nage, même si nous ne sommes, ni l'une, ni l'autre, de grandes nageuses. Après encore dix minutes, nous voici près des quais. Les premiers rentrés au port s'amarrent au quai, ensuite les autres s'attachent les uns aux autres. Notre remorqueur fait une manœuvre pour amener son bateau parallèle à celui auquel il compte s'attacher. Toute la difficulté consiste maintenant à empêcher notre embarcation de poursuivre sur son aire est d'aller éperonner un autre navire. Le second du pêcheur armé d'une gaffe essaye de nous tenir à distance, celui de Tien est à bâbord pour éviter toute collision latérale. Nous nous approchons pour lui apporter notre aide si nécessaire. Tien quant à lui, se tient à la proue, en observateur, faisant de temps à autre des remarques en vietnamien dont nous ne comprenons pas le sens, mais donnant nettement l'impression qu'il se prend pour un amiral. Après un ou deux essais infructueux, le pêcheur réussit à bien positionner son bateau et finit son amarrage. Il peut maintenant s'occuper de nous, et, avec son acolyte, tire le câble jusqu'à ce que la proue de notre embarcation arrive tout près de sa poupe. Son second saute sur le bateau auquel nous allons être attachés, avec sa gaffe il nous rapproche doucement. Nous voilà arrivées à bon port !

Une fois notre bateau solidement attaché à son voisin, nous sautons sur un bateau, puis le suivant et enfin le quai. Il est plus de vingt-deux heures. Tien s'approche pour nous réclamer son paiement. Nous lui tendons quelques billets représentant la moitié de la somme convenue.

- "Madame, il manque l'argent."

Ma sœur lui répond vertement :

- "C'est déjà beaucoup trop, on doit payer le pêcheur, il a mérité cet argent, et surtout il va en avoir besoin."

Tien, qui comprend très mal le français, comprend surtout une chose, c'est qu'il ne va pas gagner ce qu'il escomptait. Il s'interpose alors devant nous.

- "Vous donner moi, et moi donner lui."

- "Non, dis-je, on veut être sûres qu'il aura bien l'argent."

Rien à faire, il ne veut pas et nous barre le passage, ordonnant à son adjoint de l'imiter. Le pêcheur, qui ne comprend pas ce qui arrive, se tient en retrait.


Tout d'un coup on aperçoit Minh. Notre chauffeur arrive, tranquille. Il n'a pas l'air le moins du monde affolé, et paraît trouver normal que nous arrivions quatre heures après l'heure du rendez-vous. Nous lui exposons la situation en lui disant que nous voulons absolument payer le pêcheur directement. Même s'il n'a probablement pas tout compris, il voit bien que nous somme déterminées. Tien l'interpelle en vietnamien, et doit lui donner sa version de l'affaire. Il est évident que Minh se moque pas mal de défendre le pêcheur : la perspective de sa commission s'éloignant à toute allure devant le préoccuper bien davantage que le devenir du pauvre homme. Selon ce que je comprends, il existe une hiérarchie au sein des marins, les pêcheurs doivent se situer en bas de l'échelle. Toutes ces années de communisme n'ont pas effacé les classes. Cet homme est bien seul face aux autres qui font barrage, et nous sommes incapables de parvenir jusqu'à lui pour l'indemniser comme nous le souhaiterions. On se regarde. Comment agir ? Payer Tien en espérant qu'il donnera quelque chose au pêcheur ? Convaincues du contraire, nous décidons de ne pas céder.


Très fâchées nous demandons à Minh de nous ramener à l'hôtel en espérant pouvoir y dîner. Nous sommes à la fois fatiguées et extrêmement contrariées par ce qui s'est joué sous nos yeux, mais nous avons faim et soif, la journée a été longue. L'hôtel ici n'est pas plus luxueux que celui d'Hanoï, loin s'en faut. Une vieille dame nous accueille. Minh au moins aussi mécontent que nous, pas pour les mêmes raisons, accepte quand même de jouer l'interprète. Il lui explique sans doute que nous souhaitons dîner et nous la regardons un peu interloquées filer sans rien dire. Elle revient accompagnée d'une jeune femme parlant anglais. Notre chauffeur en conclut qu'il peut se dispenser de rester. Après nous avoir dit qu'il se trouvera devant l'hôtel à partir de neuf heures le lendemain, il part au plus vite. La jeune serveuse, à moins que ce ne soit la fille de l'hôtelière, nous explique que la cuisine est fermée. Elle peut nous servir une soupe aux raviolis ou des nems et du riz blanc. Ma sœur opte pour la première proposition, moi pour la seconde. Je commande une bière - toujours les conseils paternels, ma sœur un thé. La tension retombée, nous n'avons même pas envie de parler de cette journée, restant sur l'image de ce pauvre homme dont l'outil de travail risque fort d'être hors d'état de fonctionner sans que nous n'ayons pu le dédommager, difficile à admettre. Je pense que nous ruminons toutes les deux le regret de ne pas avoir lâché une somme plus importante à Tien, peut-être aurait-il quand-même donné quelques miettes à notre sauveteur, mais comment savoir ?

Après quelques instants la jeune femme apporte nos plats. Ma sœur attaque sa soupe de bon appétit, les émotions de l'après-midi ayant visiblement eu raison de ses problèmes intestinaux. Au bout d'une cuillère ou deux, elle pêche un long cheveu blanc apparaissant à la surface du bouillon. Je manque de m'étouffer avec mon nem, sa découverte provoquant instantanément un haut le cœur en moi. Hilare, elle continue d'avaler sa soupe avec entrain. Je pense qu'elle a hérité ce côté *tout-terrain* de mes parents ce qui est loin d'être mon cas.

L'incident chasse le silence, et nous revenons sur les évènements récents. Nos voix résonnent dans la salle à manger désertée et sombre, à la porte de laquelle veille la jeune femme visiblement pressée d'en finir avec sa journée. Reconnaissantes envers elle d'avoir pu dîner malgré l'heure tardive, nous interrompons la discussion afin d'expédier la fin du repas pour la libérer. La tension s'étant relâchée, la fatigue nous rattrape. Nous sommes finalement aussi pressées qu'elle de retrouver un lit.

Au matin, reposées, nous nous concertons. Ma sœur est favorable à une autre promenade sur la baie avant de repartir vers Hanoï. Peu encline à provoquer le sort une nouvelle fois, j'objecte : un incident même mineur pourrait nous conduire à manquer notre vol programmé en fin de journée ; nous n'avons pas tant de temps devant nous, compte-tenu de la circulation qui nous attend sur le chemin du retour vers Hanoï. Ma sœur se rend à mes arguments, mais nous décidons quand-même de descendre vers le port, espérant tomber sur notre sauveur et pouvoir ainsi lui remettre l'argent que nous lui destinions. Nous nous dirigeons vers l'endroit où nous avons débarqué la veille, mais ne trouvons aucune trace de lui, ni de son bateau.

Nous déambulons sur le littoral pendant un moment, admirant ce paysage si singulier. La lumière du matin, plus éclatante, dessine les îlots avec précision, ajoutant mille nuances au vert de leur végétation. Moins mystérieuse, la baie, ce matin, apparaît plus accueillante. Nous décidons de repartir en prévoyant un arrêt déjeuner dans l'un des petits restaurants côtiers que nous avions remarqués à l'aller, nous aurons ainsi un autre point de vue sur la baie. Nous expliquons le projet à notre chauffeur. En chemin, nous tentons de savoir s'il s'est inquiété de notre retard hier et comment il aurait réagi si nous n'étions pas revenues dans la soirée. Il ne comprend pas ou fait mine de ne pas comprendre, nous n'aurons pas de réponse à ces questions. Je me demande, ce qui, dans son attitude, relève de sa culture asiatique qui l'empêcherait de communiquer ses émotions au risque de perdre la face, ou bien des années de communisme ayant encouragé les individus à dissimuler leur pensée.

Après le déjeuner qui valait plus pour la vue que pour la qualité des mets servis, nous voici sur le chemin du retour. La circulation est tout aussi terrible qu'à l'aller. Nous arrivons à l'aéroport d'Hanoï, une heure et demie avant l'heure de notre vol, rien de trop. Notre chauffeur, s'arrête devant la porte marquée *Departures*. Nous lui réglons la somme convenue, en arrondissant à la hausse. Si Minh espérait compenser l'absence de commission par le pourboire, il est un peu déçu. Cela se sent. Nous en avons ostensiblement limité le montant, toujours frustrées de la veille et de son absence de soutien vis-à-vis de notre sauveur. Nous quittons le Vietnam avec le regret de n'avoir pu témoigner notre gratitude au petit pêcheur.

Dans l'aérogare, une foule incroyable se presse aux guichets des différentes compagnies, comme si tous les vols étaient programmés en même temps. Nous rejoignons la file d'attente au guichet de Singapore Airlines. Le vol est annoncé à dix-neuf heures trente, à l'heure. Notre tour arrive enfin. Une fois l'enregistrement effectué, nous changeons de queue pour celle du passage de la police et de la sécurité. Là tous les passagers de tous les vols convergent. Visiblement, l'infrastructure et l'organisation n'ont pas évolué au même rythme que le développement touristique, le nombre d'employés est insuffisant alors que le côté tatillon de l'administration communiste continue de prévaloir.

Nous patientons, la file s'allonge derrière nous quand soudain un bruit sourd nous fait sursauter. Les lumières s'éteignent dans toute l'aérogare, l'électricité a sauté. Plus d'électricité, donc plus de climatisation, au bout de vingt minutes l'atmosphère devient très lourde. Nous observons des employés courir dans tous les sens, s'interpeller. Ici aussi, on devine une certaine hiérarchie, les agents de sécurité, fort de leur uniforme sont pénétrés de leur importance. Ils contemplent le désastre, pendus à leurs talkies-walkies, mais ne se mêlent en aucun cas au commun des employés. Informer les passagers est, pour l'heure, le cadet de leurs soucis, la panique est totale. Après quarante minutes sans aucune explication, on sent l'énervement monter dans la queue, d'autant que l'aérogare s'assombrit de minute en minute. Chacun cherche à marquer son territoire, à ne pas se laisser dépasser, on entend çà ou là des remarques acerbes, voire quelques noms d'oiseaux voler. Dans cette moiteur, après la fatigue de la route, les minutes s'étirent et comptent double, si seulement on pouvait s'assoir. Décidément, ce séjour aura été placé sous le signe des pannes.

Après encore quelques instants, un *clac* parvient à nos oreilles en même temps que la lumière revient. *Ahhhh* ! soupire la foule… Une annonce nous avertit que l'incident est clos. Tout le monde sourit, les chicaneries s'arrêtent, et la queue commence à bouger, lentement. Notre avion décollera finalement avec une heure de retard.

Partie V

# L'Amerique, Toujours…

*1997-2001*

En octobre 1995 débute une période de conflits sociaux comme la France, pourtant coutumière des grèves, n'en a pas connu depuis 1968. Le pays est quasi-paralysé pendant près de trois mois. Pour mes affaires de consultant en plein démarrage, c'est un coup d'arrêt majeur. Impossible de circuler à Paris. Internet n'a pas franchi le seuil des entreprises, le concept des réunions Zoom n'est même pas en gestation. La plupart de mes projets sont gelés. C'est à ce moment qu'un chasseur de tête me contacte. Malgré le peu d'enthousiasme que sa proposition suscite chez moi, je joue le jeu et passe toutes les étapes d'un recrutement chaotique s'étirant sur plusieurs mois. Les candidats ne se bousculent probablement pas pour prendre ce poste bancal dans une société en plein doute après le décès brutal de son président. A la fin, je suis choisie et commence, à reculons, cette nouvelle vie de salariée au printemps de l'année 1996. Dès après la première semaine, je suis désespérée par la réalité de l'entreprise, mon mantra devient rapidement : tenir le poste dix-huit mois minimum puis commencer à chercher ailleurs.

Printemps 1997, une heure après que le président m'a chaudement félicitée pour la présentation d'un dossier délicat au comité de direction, mon patron demande à me voir. J'entre dans son bureau sereine, forte du succès que je viens de remporter. Il m'explique que lui et moi souffrons du même problème dans cette entreprise, celui d'être rejetés par des équipes soudées n'acceptant pas les nouvelles recrues - il est quand-même en poste depuis trois ans ! Je laisse venir. Il enchaîne :

- "Le président m'a alerté sur ce qu'il considère comme un problème sérieux, la mauvaise ambiance qui règne dans notre service et les récriminations qui remontent jusqu'à lui en permanence."
- "Ah ?"
- "Nous sommes mis en cause tous les deux. Tu es encore jeune et tu n'as pas charge de famille, de plus tu es la dernière arrivée. Pour calmer le jeu il vaut mieux que tu partes. J'ai vu cela avec la DRH auprès de laquelle j'ai fait valoir l'aspect financier, ton départ étant la solution la plus économique pour l'entreprise. Ton préavis commence aujourd'hui, tu peux rentrer chez toi."

Je regarde cet homme pour lequel j'avais déjà très peu de respect, avec un dégoût mêlé de pitié :

- "Et tu penses vraiment que tu vas sauver ta tête ? Tu te trompes, tu gagnes un peu de temps mais tu seras quand-même débarqué."

Ma prédiction se vérifiera six mois plus tard. Ma première réaction est d'appeler un avocat plutôt que de rentrer chez moi. Très bon réflexe. S'en suivront quelques longues semaines de négociations. Contrairement à ce que pensait mon supérieur hiérarchique, sa solution est loin d'être économique pour l'entreprise. Les limites de son cynisme sont celles tracées par une gestion plus que douteuse, voire franchement frauduleuse de cette société, qu'il cautionne sans vergogne afin de sauver sa propre tête. Si on ajoute à cela l'incompétence procédurale de la DRH, mon apparente défaite se transforme en victoire.

Au même moment mon compagnon d'alors, un Américain, se voit offrir un poste chez Coca-Cola à Atlanta. Comme moi, il y voit un alignement des planètes et me dit :

- "Je n'aurais pas été à l'aise de te demander de quitter ton travail pour me suivre, mais maintenant que rien ne te retient vraiment ici, pourquoi ne viendrais-tu pas avec moi ?"

J'aurais sans doute dû m'arrêter plus longuement sur ce que la phrase signifiait, à savoir :

- "Je ne veux pas porter la responsabilité de ton déménagement aux Etats-Unis, ni proposer quoique ce soit qui m'engagerait vis-à-vis de toi, mais je ne suis pas contre l'idée que tu me suives."

Je me trouve rapidement seule face à une difficulté énorme, trouver un emploi aux Etats-Unis sans permis de travail. C'est là que commence une période d'intenses allers et venues entre Atlanta, Chicago, New-York et Paris.

A l'automne 1997, après deux mois passés à Atlanta où j'ai commencé à réseauter, j'ai acquis la conviction qu'il me sera difficile de trouver un emploi dans cette ville. En effet, l'économie de la région est tirée par quelques très grosses entreprises - CNN, Coca-Cola et UPS. Ce sont les seules qui, si intéressées par mon profil, pourraient se lancer dans les démarches administratives nécessaires pour m'embaucher, les autres, beaucoup plus petites, ne l'envisageront pas un instant. Or, venant de l'univers de la parfumerie-cosmétique, mes compétences ne sont pas réellement celles recherchées par ces géants. Confrontée à cette réalité, je décide rapidement d'élargir mes recherches d'emploi à New-York et Chicago.

# L'exception française

Je commence par Chicago, où mon amie Ruth a proposé de m'héberger. Elle vit dans une proche banlieue de cette ville, un quartier *middle class* où s'alignent des maisons, modèle *ranch*, très années 60. Elles sont toutes identiques à quelques détails près, briques blanches, jaunes ou rouges, terrain plus ou moins vaste autour de la maison. Elles paraissent de taille modeste, mais sont en réalité très spacieuses à l'intérieur. Je suis confortablement installée dans une chambre d'amis très approximativement décorée comme le reste de la maison. Seule la cuisine a fait l'objet de toutes les attentions de Ruth avec, pour habiller la crédence, des azulejos portugais indigo et jaune soleil lui conférant un caractère et une gaieté qui manquent au reste de l'habitation. C'est dans cette pièce spacieuse que nous passons le plus de temps.

Je connais Ruth depuis près de vingt ans. Elle appartenait au cercle de copains dans lequel j'évoluais à l'université de Caroline du Sud. Petite, pas franchement jolie, elle arbore en permanence un sourire éclatant. L'énergie positive qu'elle dégage l'a rapidement propulsée au rang de fille la plus populaire de la promotion. Américaine de confession juive, elle n'est pas pratiquante, mais très impliquée dans cette communauté qui constitue une proportion significative de la population de la banlieue où elle réside. Un matin, avant que nous partions vers nos occupations respectives et alors que nous nous attardons quelque peu au petit déjeuner dans la cuisine, mon amie me sollicite pour ce qu'elle appelle une *faveur*. Intriguée, je suis toute ouïe.

Elle se lance alors dans un récit dont, sur le moment, je peine à comprendre l'objectif :

- "Tu n'es pas sans savoir qu'en Russie soviétique, il y a eu plusieurs périodes de persécution des Juifs. Dans les années soixante-dix, en pleine guerre froide, alors que l'URSS ne laissait aucun de ses citoyens quitter le pays, elle a négocié des accords avec les Etats-Unis qui autorisaient le départ d'un quota annuel de Juifs Russes pour l'Amérique. Cet accord s'est prolongé jusqu'à la chute du mur et l'écroulement du système soviétique. Chicago a accueilli un nombre important de ces émigrés. Je suis bénévole dans une ONG qui les aide à s'établir ici. Elle propose des cours d'anglais pour ceux qui en ont besoin, de l'aide pour trouver un logement, un emploi, etc. C'est là que j'ai rencontré Masha.
En URSS, les Juifs constituaient une part importante des étudiants à l'université. Ceux qui sont arrivés ici avaient tous un bon niveau mais leurs diplômes n'étaient pas toujours reconnus aux Etats-Unis, alors ils ont été obligés de trouver des boulots en-dessous de leur qualification. Masha en est un exemple emblématique. Dans son pays, elle était ingénieure dans le nucléaire, autant dire qu'ici, elle ne risquait pas d'être employée dans cette filière. Alors elle s'est reconvertie en nounou, elle est devenue la nounou de ma fille Sarah. Tu te rends compte ma fille a eu une nounou ingénieure ! Même si j'ai moins recours à ses services

maintenant que Sarah a grandi, elle la garde encore quand nous sortons."

Je ne vois toujours pas où elle veut en venir, mais je patiente.

- "Masha est venue ici avec sa mère Doria il y a une quinzaine d'années. Doria est maintenant une très vieille dame, assez affaiblie et elle n'a plus tellement de temps devant elle. Elle est passionnée de culture française, si tu acceptais de prendre le thé chez elles, ce serait une joie immense pour elle d'avoir une conversation en français."

En dehors du fait que je n'aime pas le thé - ce que, bien sûr, je me garde de mentionner - c'est le genre de requête qui pique ma curiosité plutôt qu'elle ne m'ennuie. J'accepte avec plaisir le principe d'une fin d'après-midi chez Masha, je suis encore à Chicago pour une bonne semaine, cela devrait laisser le temps à Ruth d'organiser la rencontre.


Nous partons chacune vers nos occupations, pour ce qui me concerne, l'exercice déprimant qui consiste à chercher un emploi dans un pays où l'on n'a pas de permis de travail, alors que la première question de l'employeur potentiel est précisément celle du permis de travail. Or, pour avoir un permis, il faut avoir un emploi, autant dire une équation impossible à résoudre. Une de mes spécialités. Le soir même, au dîner, Ruth m'annonce que le rendez-vous chez Masha a été pris pour le surlendemain à cinq heures. Le jeudi soir nous nous retrouvons vers seize heures trente pour aller chez Masha. Elle ne réside pas très loin de chez Ruth, mais dans un quartier plus populaire, constitué de maisons mitoyennes un peu étroites, constructions dans l'esprit de celles des quartiers ouvriers d'autrefois en Europe, sauf que, Amérique oblige, elles sont plus grandes. Leur alignement sur une longue rue dépourvue de verdure a quelque chose de sinistre. La lumière d'automne à dix-sept heures ajoute encore à l'impression de tristesse.

La porte de la maison s'ouvre au premier coup de sonnette. Apparaît une grande femme, belle chevelure grise et immenses yeux clairs, elle a une classe folle en dépit de ses vêtements fatigués. Masha, puisqu'il s'agit d'elle, a dû être très jolie, mais on sent que la vie n'a pas été tendre avec elle. Son être projette une impression de lassitude extrême bien qu'elle se montre enjouée et accueillante, affichant un large sourire pour nous inviter à entrer. Nous passons un petit sas qui mène directement au salon éclairé par une fenêtre unique à travers laquelle le peu de jour restant peine à se frayer un chemin jusqu'au cœur de la pièce. Des meubles massifs en bois foncé viennent assombrir davantage le séjour. Un énorme samovar trône sur le buffet, son cuivre rutilant apportant une touche chaleureuse à l'ensemble. Masha allume la suspension de cette pièce tout en longueur au fond de laquelle un paravent à moitié déployé laisse entrevoir un divan. La lumière révèle la silhouette d'une personne allongée, Doria la mère de Masha.

Masha nous prie de nous assoir autour de la table, s'approche du samovar et verse d'autorité un verre de thé fumant à chacune. Je suis plus une buveuse de café mais je ferai avec. Elle s'absente une seconde et revient avec une assiette de sablés, prenant en même temps des nouvelles de Sarah pour qui elle conserve une tendresse particulière. Puis, pendant quelques minutes, la conversation roule autour du temps, peu clément, des opportunités d'emploi à Chicago, du travail de Ruth… avant que Masha ne précise qu'elle attend que sa mère se manifeste. Elle ne s'attarde pas sur ses problèmes de santé, tant il est évident que le principal en est l'âge. La tristesse de Masha à l'idée que le séjour terrestre de sa mère touche à sa fin est palpable.

Sentant qu'on parle d'elle, la veille dame commence à s'agiter. S'en suit un échange en russe et Masha se dirige vers sa mère pour la remonter sur ses oreillers. Elle ouvre le paravent plus largement, allume une petite lampe posée sur la table proche du divan, et revient lui verser un verre de thé. Puis, elle me fait signe d'approcher. Je découvre une jolie grand-mère, le visage marqué par des rides profondes et gaies. Le visage de quelqu'un qui a dû beaucoup sourire, malgré les épreuves de la vie, à commencer par celle de l'avènement du communisme qui a ruiné sa famille. Elle est vêtue d'une chemise de nuit d'un blanc immaculé, comme celui de ses cheveux dont les boucles encadrent son visage et font ressortir le bleu des yeux dont sa fille a hérité. Masha me présente en russe, je suppose qu'elle lui explique d'où je viens car je reconnais le mot Paris au passage, puis elle me désigne la chaise près du lit et tourne les talons pour reprendre la conversation avec Ruth.

Doria se redresse sur son oreiller, lisse le revers du drap, tousse et commence :
- "Alors vous êtes Française ? De Paris ? Quelle ville magnifique !... Enfin, cela ne doit plus être la ville que j'ai connue… Depuis le temps !"
Elle pause, reprend son souffle.
- "Il vous faut pardonner mon français, je n'ai pas pratiqué votre langue depuis tant d'années."
Cette remarque pourrait être une coquetterie, car si elle parle avec un fort accent russe, elle cherche à peine ses mots et les phrases s'enchaînent avec fluidité.

- "Quand j'étais enfant, à Moscou, j'avais une gouvernante française, Madame… J'ai oublié son nom ! Mais pour nous les enfants c'était Odile, elle était tellement gentille. Elle ne nous parlait qu'en français et nous racontait tant de belles histoires.

  Mes parents adoraient Paris. Ils aimaient passer du temps en Suisse également. Nous avons fait plusieurs voyages. Alors, j'ai des souvenirs de Paris qui remontent à bien avant la seconde guerre mondiale. La dernière fois cela devait être 1920, 21 ? Je ne sais plus, après on ne pouvait plus voyager… Mais mes parents avaient une bibliothèque magnifique, tous les plus grands auteurs français : Molière, Voltaire, Rousseau, Châteaubriand, Flaubert, Stendhal, Balzac, Zola, et Victor Hugo, bien sûr ! Pour moi c'est le plus grand vous êtes d'accord avec moi ?"

La question n'appelle pas vraiment de réponse. Après une pause, elle reprend :

- "Notre Dame de Paris, Les Misérables, les Contemplations… Je le trouve tellement au-dessus des autres, surtout Balzac, vous êtes d'accord ? Je n'aime pas trop Balzac…"

Je ne sais pas si je dois intervenir ou la laisser dérouler sa pensée, visiblement, elle connaît mieux la littérature française que moi et poursuit :

- "Balzac trop de descriptions, pas assez de… comment dit-on ?… de souffle ! Tandis que Victor Hugo… Vous êtes d'accord ?"

Pour moi, qui n'aie de Balzac que de vagues souvenirs scolaires, lectures imposées d'*Eugénie Grandet* ou du *Père Goriot*, auxquelles je préférais les romans policiers que je chapardais à mon père, commenter le style de Balzac est une gageure. Je me contente de hocher la tête et de dire que j'ai tendance à préférer Zola à Balzac. C'est un terrain sur lequel je me sens plus à l'aise ayant, peu de temps auparavant, entrepris la lecture - ou relecture pour certains volumes - de la série des Rougon-Macquart.

-   "Vous avez raison, Zola est un peu l'héritier de Balzac, mais c'est plus… vivant ! J'aime les Rougon-Macquart, on est vraiment dans la France du dix-neuvième siècle. Et puis quel courage ! Il a bien défendu Dreyfus".


Comme si l'évocation de l'affaire Dreyfus la renvoyait à son propre destin, Doria devient rêveuse. Je me sens confuse, l'évocation de Zola n'était là que pour tenter de dissimuler les lacunes insondables de ma culture littéraire. Heureuse que la filiation avec Balzac, dont je n'avais pas vraiment conscience, ait fait illusion, je me désole un instant d'avoir détourné le chemin de sa promenade dans la littérature française, mais elle reprend :

-   "Et la littérature contemporaine ? Qu'est-ce que vous en pensez, quels sont vos auteurs favoris ?"

Aïe ! Décidemment, pas de chance, je lis beaucoup plus d'essais historiques ou sociologiques que de romans ou de nouvelles. Je m'en sors avec une pirouette :

-   "Ça dépend de ce que vous entendez par littérature contemporaine, je lis très peu les derniers ouvrages parus. Je connais mieux le début du vingtième siècle : Colette, Gide, Mauriac, etc. J'ai du mal avec les auteurs à la mode. Par exemple, je n'aime pas Duras que tout le monde encense."

-   "Je comprends, dit-elle, et Sartre ? C'est quelque chose quand-même Sartre."

Que dois-je penser de cela ? Il me paraît surprenant que quelqu'un ayant fui l'URSS puisse apprécier un auteur ayant flirté un temps avec le parti communiste russe. Encore une fois mes souvenirs datent de ma dernière année de secondaire dans un lycée de banlieue parisienne où je suis revenue après un séjour au Liban. Sartre a occupé une grande partie du programme de philosophie de mon année de terminale. Cette matière représentant un faible coefficient au bac, soit je n'assistais pas au cours, soit je jouais au bridge avec les copains au fond de la classe tant j'étais écœurée par la propagande communiste distillée par le professeur. Pour toujours associé à cet enseignant aussi dogmatique que peu pédagogue, Sartre appartient au groupe d'auteurs que je n'ai jamais eu envie de lire ! Fidèle à ma stratégie d'évitement, je bifurque sur Camus qui m'a davantage intéressée. A ce moment, je réalise que la vieille dame commence à fatiguer, mais à la lueur que je vois briller dans ses yeux, je devine combien elle prend du plaisir à converser en français, et combien elle aimerait poursuivre l'échange qui doit néanmoins lui demander un effort considérable.

Nous passons à des choses plus légères. Elle m'explique que, pour elle, Paris, c'était le moment où sa mère renouvelait sa garde-robe. Ses questions deviennent alors plus frivoles :
-     "Les Parisiennes sont-elles toujours aussi élégantes ? Et la gastronomie ? Est-ce qu'on a toujours l'occasion de faire de si merveilleux repas ? Ah, les pâtisseries à Paris…"

Entre chauvinisme et réalisme, je ne sais quoi choisir, je ne veux pas la décevoir, je m'en tiens à confirmer le goût des Françaises pour la mode et la beauté en général tout autant que l'attachement indéfectible de mes compatriotes au bien vivre et au bien manger. Je ne peux tout de même pas lui révéler que l'accueil et la qualité de la cuisine dans le bistro parisien moyen sont loin d'être à la hauteur de la réputation de la gastronomie française. Il est peu probable qu'elle puisse le vérifier dans un futur proche, autant laisser ses rêves intacts.

Pour prolonger ces instants sans la fatiguer davantage j'entreprends de lui conter combien, depuis Malraux, Paris s'est nettoyé, révélant pleinement la beauté de ses monuments. Je lui dis que l'Opéra s'est paré dans les années soixante d'un nouveau plafond peint par l'un de ses compatriotes, Chagall ; que la gare d'Orsay est devenue un musée où les impressionnistes occupent une place de choix et que le Louvre s'est transformé n'accueillant plus aucune administration et seulement des œuvres d'art. Je lui explique que je vis dans le Marais, quartier juif de Paris, qui s'est considérablement gentrifié, et lui décris la Place des Vosges mon endroit préféré, où se trouve justement la maison de son cher Victor Hugo. Un joli sourire pare son visage, mais elle est loin et il est temps de la laisser se reposer.

Masha s'approche d'ailleurs, elles échangent quelques mots en Russe. J'embrasse Doria en lui promettant de revenir la voir dès que je repasse à Chicago. Elle est vieille, fatiguée, mais elle a toute sa tête et nous savons toutes les deux qu'une nouvelle rencontre est hautement improbable. Submergée par l'émotion, j'ai peine à retenir mes larmes en me dirigeant vers Ruth. Masha revient vers nous et me remercie. J'ai la gorge serrée et peine à articuler une parole pour lui dire que c'était une très belle rencontre et un immense plaisir. Ruth nous presse un peu, sa fille l'attend, on dîne tôt en Amérique. Nous prenons congé rapidement. Dans la voiture, Ruth, qui n'a pas saisi mon émotion, renouvelle des remerciements auxquels je réponds de la même façon, *ce fut un plaisir*. Mais c'était tellement plus que cela…

Les Français auraient-ils raison de se targuer de la supériorité de leur culture ? Etablir une hiérarchie entre les cultures m'a toujours semblé incongru, leur diversité m'apparaissant comme une richesse. A ce moment, je ne me pose pas cette question. Même si l'attachement de Doria à la culture française me flatte, je crois que ce qui m'a tellement émue c'est la passion intacte de cette femme.

C'était prévisible, je n'ai jamais revu Doria. Je repense souvent à elle, si frêle, si belle et si vivante au fond de son lit dans une triste maison de la banlieue de Chicago. Notre conversation résonne encore en moi et mon émotion est intacte.

# Jacqueline

Dans la foulée de mon voyage à Chicago, et avant de retourner à Paris, je m'arrête pour deux semaines à New-York.

En 1981, je rencontre Madeleine, amie de la meilleure amie de ma mère. C'est une pétulante infirmière d'origine suisse arrivée aux Etats-Unis dans les années cinquante, qui devient une sorte de marraine pendant mon stage à New-York. Au cours des années j'ai maintenu le contact avec elle. Je la vois à chacun de mes séjours dans cette ville, sa joie de vivre et sa bonne humeur permanente m'enchantent. Restée célibataire, elle a toujours eu des moyens limités et habite dans un petit immeuble de l'*Upper East-Side,* un minuscule appartement perché au dernier étage auquel on accède par les escaliers les plus raides qu'il m'ait été donné d'emprunter. Grâce à sa décoration, elle a transformé ce studio en un écrin de confort et de douceur. Elle ne veut pas en bouger, en dépit des difficultés croissantes que lui pose la montée de ces hautes et étroites marches. Devant le prix exorbitant des hôtels à New York, je l'ai appelée avant mon voyage pour savoir si elle pourrait me recommander un *Bed and Breakfast* - AirBnB n'existe pas encore.

Elle me parle de son amie Jacqueline qui arrondit sa retraite en louant une chambre dans son appartement de Roosevelt Island. Madeleine a rencontré Jacqueline peu après son arrivée aux Etats-Unis. C'est l'une de ses compatriotes ayant suivi le même chemin qu'elle. Elles ont toutes les deux poursuivi une carrière dans le médical, Madeleine, infirmière à l'hôpital dans un service pédiatrique ; Jacqueline, elle, ayant quitté l'hôpital après quelques années pour exercer dans le privé. Toutes les deux retraitées, elles sont restées aux Etats-Unis. En bonnes New-Yorkaises, elles n'envisagent pas leur vie ailleurs.

Madeleine me raconte brièvement l'histoire de Jacqueline. Arrivée à New-York peu de temps après elle, elle est très vite tombée follement amoureuse d'un Indien Sikh. Grand et bel ingénieur, sa prestance et ses manières de Maharajah ont fait chavirer la petite jeune fille fraîchement débarquée de ses montagnes et confrontée à la rudesse du quotidien d'une infirmière dans cette métropole. Deux enfants et quelques années plus tard, le conte de fées est oublié. La vie avec un mari macho et volage devenant trop difficile, elle décide de divorcer. Ayant la garde des enfants, elle obtient un premier logement social dans Manhattan avant de déménager plus tard sur Roosevelt Island, dans un complexe très convoité, le haut de gamme de l'habitat subventionné. Elle y vit depuis de nombreuses années et, sur la recommandation de Madeleine, a accepté de me sous-louer une chambre pour la durée de mon séjour. Roosevelt Island est une petite île sur l'East River, tout près de Manhattan. Un seul pont permettant d'y accéder en voiture depuis le Queens, c'est un endroit tranquille où peu d'automobiles circulent. Les habitants se rendent à Manhattan en empruntant une sorte de téléphérique urbain enjambant l'East-River, un trajet qui les mène sur la soixantième rue en plein *Mid-Town*. Dans ce secteur encore un peu préservé, des projets de logements subventionnés par la ville ont fleuri vers la fin des années soixante.

C'est par une belle fin de journée d'octobre que mon taxi me dépose à destination. On reconnaît bien l'approche architecturale des héritiers de la pensée de Le Corbusier marquée par les barres d'immeuble souvent assez audacieuses dans leur conception mais dont la réalisation a trahi la promesse d'une modernité heureuse. La masse bétonnée grise des immeubles s'impose, envahit le paysage, laissant peu de place à la végétation. Malgré les derniers rayons du doux soleil de l'été indien éclairant les façades d'une lumière cuivrée, le quartier manque singulièrement de charme. La proximité de l'eau et la vue sur Manhattan ne peuvent dissiper l'aspect désolé de cet ensemble imposant. Je repère le numéro donné par Jacqueline. J'entre dans un hall en béton brut, très haut de plafond, d'un côté une forêt de boîtes aux lettres en métal identifiées aux numéros d'appartement, de l'autre l'immense tableau de l'interphone, suivant le même principe. On ne peut imaginer plus dépouillé, plus anonyme. Je sonne au numéro 745. Jacqueline doit m'attendre, elle répond immédiatement d'une voix ferme :

-   "Alice ? Septième étage, droite en sortant de l'ascenseur, je vous attends devant la porte."

L'énorme ascenseur tient plutôt du monte-charge. Cette construction a visiblement été conçue selon des critères de durabilité, pas de revêtements susceptibles d'être abîmés, pas de peintures à rafraîchir, tout est brut, solide, sans fioritures. L'esthétique est plus industrielle que résidentielle. En sortant de l'ascenseur, un grand palier propose deux directions opposées. La surprise vient de ce que les corridors sont baignés par la lumière naturelle de grandes baies. J'emprunte celui de droite. J'ai l'impression de cheminer sur une coursive de paquebot, la mer serait l'East River. Les portes d'appartement alignées sur ma droite, portant un numéro, figurent celles des cabines. L'illusion ne dure qu'un instant : un revêtement de sol synthétique d'une couleur incertaine entre bleu et gris remplace le bois des coursives de bateau et le béton brut prédominant rappelle rapidement à la réalité.

J'aperçois Jacqueline à quelques mètres. Assez grande, cheveux blancs coupés au carré, grands yeux bleus et large sourire, elle me fait entrer rapidement, en m'expliquant qu'il vaut mieux éviter que les voisins me voient. Une fois la porte fermée nous prenons le temps de nous saluer. Jacqueline a conservé son accent suisse et me prévient tout de suite :

-   "Je n'ai pas le droit de sous-louer une chambre. Si on vous demande quoique ce soit, vous êtes officiellement ma nièce qui me rend visite, mais il faut essayer de passer inaperçue."

Message reçu, nous entamons le tour de l'appartement, vite effectué, il n'est pas immense. La visite confirme le soin apporté à la conception des logements Dans la petite entrée un escalier descend vers un beau séjour clair avec une vue imprenable sur le *skyline*[1] de New York. A l'arrière se trouve une cuisine bien pensée, quoiqu'un peu vétuste. Avec en plus deux chambres de bonne taille, l'appartement de Jacqueline est très agréable.

La chambre qu'elle loue est située du côté opposé à la jolie vue sur la rivière et Manhattan, mais qu'importe, elle est assez spacieuse. De toute évidence, Jacqueline s'en sert comme débarras, y entreposant des objets hétéroclites. Cependant, avec une penderie, un lit, un bureau et un téléphone, c'est tout ce dont j'ai besoin. Je dépose ma valise pendant qu'elle m'invite à prendre le thé au salon. Je n'aime pas le thé. Pourquoi faut-il toujours qu'on m'en propose ? J'accepte avec un plaisir feint. Je m'installe au salon et contemple la vue magnifiée par la lumière du crépuscule naissant pendant que Jacqueline s'affaire côté

cuisine. Elle vient disposer les tasses sur le guéridon, la bouilloire émet un sifflet strident :
-       "Earl Grey, ça vous convient ?"
-       "Parfait", comme si j'y connaissais quelque chose.
En posant la théière sur la table, Jacqueline commence :
-       "Il faut que vous sachiez que je dois vivre selon des règles d'hygiène drastiques. J'ai subi une greffe de reins il y a quelques années, je prends des médicaments antirejet. Je n'ai aucune défense immunitaire. Ainsi, poursuit-elle, dans la salle de bains, vous devez utiliser les produits désinfectants après chaque passage."
-       "Je comprends, ne vous inquiétez pas, je suis plutôt du genre maniaque, c'est le type de consigne que j'adopte volontiers."
Elle sourit, mais je sens qu'elle est un peu inquiète. Elle reprend,
-       "J'insiste, parce que si je suis contaminée par un germe, cela peut me tuer."
Un peu effrayant comme entrée en matière, je la rassure comme je peux. Je ferai très attention, mais pour le coup c'est moi qui ne suis pas très rassurée, je ne voudrais pas avoir la mort de Jacqueline sur la conscience. Elle continue son explication :
-       "Pour la nourriture c'est pareil, je ne peux rien manger de bio, pas de fromage au lait cru, etc. Il faut que tout soit pasteurisé ou désinfecté."
Je comprends alors que la vie de Jacqueline tourne autour de sa maladie, laquelle me dit-elle s'est déclenchée juste au moment où elle prenait sa retraite. Elle me la décrit de façon plutôt humoristique mais au fond c'est assez terrible. Elle est atteinte d'une maladie génétique très rare qui a emporté l'une de ses sœurs. Au même moment, elle en a eu les premiers symptômes,

a subi des dialyses régulières pendant plus de deux ans avant de pouvoir recevoir une greffe.

- "Vous comprenez, conclut-elle, les médicaments antirejet coûtent tellement cher ici, quand j'ai payé ce dont j'ai besoin pour le mois, ma pension est presque entièrement dépensée. C'est pour cela que je sous-loue cette chambre, cela me permet de ne pas épuiser mes économies trop rapidement."

En terminant le récit de ce qui a bouleversé sa vie alors qu'elle aurait pu profiter d'une retraite heureuse, Jacqueline ne montre aucune amertume. Elle dit simplement :

- "J'ai une chance incroyable d'habiter cet appartement, il y a des listes d'attente pour les *deux chambres*. Normalement on aurait dû me transférer dans un *une chambre* quand mon dernier fils est parti, mais j'ai, disons…oublié de le déclarer au bailleur. Si j'ai un contrôle, je dirais la vérité, mon fils est un artiste, sa situation est précaire, il peut revenir d'un jour à l'autre."

Son sourire coquin et ses yeux pétillants indiquent que Jacqueline prend un certain plaisir à tricher.


Si, je ne suis pas dans une période facile, je me trouve soudain très privilégiée. Son histoire donne une apparence légère à mes soucis. Protégée par le système social français très généreux, j'ai le luxe de pouvoir prendre le temps de chercher la solution qui allierait travail et vie personnelle tout en conservant une couverture sociale optimale. Ici, seuls ceux qui sont en activité et dont l'employeur fournit une excellente assurance santé ou les gens fortunés ont accès à ce qui est probablement l'une des meilleures médecines au monde. Cette règle du jeu est acceptée par tous. Contrairement à la France la fortune des uns n'est pas mal considérée par les autres mais les motive. Je viens brutalement d'ouvrir les yeux sur les limites d'un système qui, jusqu'ici, me paraissait plus sain que le nôtre car fondé sur la responsabilité individuelle.

Passant aux choses plus concrètes, Jacqueline m'indique le chemin du seul supermarché de l'île afin que je puisse aller effectuer quelques emplettes alimentaires. Je passe la soirée à m'installer et à préparer ma semaine. Je suis à New-York pour rechercher un emploi, j'ai une longue liste d'appels à passer. Dès les premiers jours de mon séjour, la cohabitation s'avère harmonieuse, Jacqueline et moi avons d'emblée trouvé un modus vivendi. Mon hôtesse n'étant pas très matinale, je m'arrange pour occuper la salle de bains tôt le matin afin de ne pas empiéter sur ses horaires. Je débute ma journée par des appels. Si je n'ai pas de rendez-vous, je fais une pause-café vers dix heures, heure à laquelle Jacqueline finit la lecture du New-York Times qu'elle me commente.

Le président Clinton est alors la cible privilégiée d'un procureur républicain particulièrement acharné, Kenneth Star. Cherchant à le destituer, il soulève des affaires immobilières impliquant le couple Clinton en Arkansas, leur région d'origine. Ne trouvant pas là de quoi sérieusement le compromettre, il s'oriente vers ses conquêtes féminines, lui dont la réputation n'est plus à faire. Si le scandale Lewinsky n'éclate que l'année suivante, la presse se fait l'écho d'autres enquêtes et procédures en cours. Ces papiers donnent à Jacqueline, toujours prompte à s'amuser ou s'indigner des turpitudes des hommes politiques américains, une occasion de revenir sur sa propre expérience. Elle rebondit sur les allégations d'une des protagonistes ayant intenté un procès à Bill Clinton pour harcèlement sexuel, s'exclamant :

- "Ce n'est pas nouveau ! La plupart des politiciens
    pensent qu'ils peuvent profiter des femmes comme bon
    leur semble. Regardez les Kennedy."

Elle entreprend alors de me raconter que vers la fin des années
soixante, elle est embauchée chez les Kennedy. Il s'agit pour elle
de rejoindre l'équipe des infirmières se relayant autour de Jo
Kennedy, chef du clan familial, handicapé à la suite d'un
accident vasculaire cérébral survenu au début de la décennie.

- "A cette époque, j'étais très jolie."

Elle s'interrompt, ménageant ses effets. Les frasques des
mâles Kennedy sont bien connues et largement documentées
par la presse, celles des fils ayant quelque peu éclipsé celles du
père, mais je m'attends un peu à ce qui suit. Et, sans surprise,
Jacqueline poursuit :

- "Comme tous les hommes de pouvoir, il ne pensait qu'à
    mettre les plus belles femmes dans son lit. Vous savez,
    dit-elle d'un ton pénétré, il avait été l'amant de plusieurs
    stars d'Hollywood, dont Marlène Dietrich. J'ai très vite
    compris que le *vieux*, comme on l'appelait entre nous,
    n'avait rien perdu de ses habitudes. Il avait le même
    comportement vis-à-vis des jeunes femmes que celui
    qu'il avait toujours eu. Comme s'il pouvait encore
    séduire."


Elle continue son récit en m'expliquant qu'elle a pris son
poste pendant l'été 1969, à un moment où la santé du patriarche
déclinait assez rapidement. Très fatigué, il passait l'essentiel de
son temps dans sa chambre, dans un fauteuil roulant ou alité.
Selon elle, il avait gardé son autorité et menait la vie dure à son
entourage.

- "Tout le monde sentait bien qu'il n'avait plus beaucoup
    de temps devant lui, il était vraiment fragile, mais dès

que j'approchais de son lit pour ses soins, il se redressait et ses mains trouvaient le chemin de mes fesses. Parfois, il essayait de m'attirer vers lui. Non, mais vous vous rendez compte ?", dit-elle l'air courroucé.

*Me too* n'est pas encore passé par là, mais Jacqueline n'est pas du genre à se laisser impressionner. Elle poursuit :

- "Je ne me laissais pas faire, je lui donnais une petite tape sur le bras, en lui disant, Monsieur Kennedy ce n'est pas correct ! Mais cela ne l'empêchait pas de continuer. Il était affaibli, mais pas gâteux : il comprenait parfaitement qu'il n'arriverait à rien, mais il n'avait pas l'habitude qu'on lui résiste. Comme il n'avait plus vraiment de force, je n'avais pas trop de mal à le repousser. Il n'avait pas cette attitude avec tout le monde, la responsable des infirmières qui était assez forte et plus très jeune, n'avait pas du tout ce genre de problème avec lui, ajoute-t-elle fièrement".

A ce moment le téléphone sonne, interrompant le récit de Jacqueline. Confirmation d'un rendez-vous. Si inattendues et drôles soient-elles, les anecdotes de ma logeuse ne doivent pas me distraire de mon objectif. A regret, je la laisse à ses souvenirs et retourne au travail. Elle ne reviendra plus sur son éphémère passage dans la famille Kennedy.


Les journées de travail se terminent tôt aux Etats-Unis, et sont souvent suivies par des manifestations dites de *networking*[2]. Je me suis inscrite à plusieurs d'entre elles dans le cours de ces deux semaines, une excellente façon de nouer des contacts informels. Le reste du temps, je rentre à l'appartement entre dix-sept et dix-huit heures.

J'y trouve fréquemment ma logeuse en tenue de sport, tout juste de retour de son cours de Tai-Chi. Jacqueline soigne sa forme avec cette activité entre méditation et art martial. Elle rencontre ainsi les habitants du quartier. Elle a noué des relations amicales avec certains d'entre eux et observe avec acuité et tendresse leurs petits travers et les quelques romances qui se nouent çà et là. A son tour, elle vient d'avoir un petit coup de cœur pour un universitaire fraîchement retraité. Peu de temps avant que je ne quitte New-York, autour d'un thé, telle une adolescente, elle tient à me raconter cette rencontre.

- "Il y a un nouveau venu au Tai-Chi, je l'avais déjà remarqué au cours précédent. Aujourd'hui nous avons échangé quelques mots à la fin du cours. Ou plutôt, il est venu me parler. C'est la première fois que je rencontre un homme séduisant dans cet endroit."

Je la sens toute émoustillée. Elle poursuit :

- "J'ai bien l'impression qu'il est plus jeune que moi, il m'a dit qu'il venait juste d'arrêter l'enseignement. Il était professeur d'histoire à New York University. Vous me donneriez mon âge ?"

Je sais par Madeleine qu'elle a soixante-six ans. Dans la plupart des cas je suis incapable de deviner l'âge des gens. Ce qui est très particulier chez Jacqueline, c'est la candeur de son regard et de son sourire. Elle renvoie à l'adolescente qu'elle a dû être et lui donne effectivement un air de jeunesse en dépit de ses cheveux de neige et de quelques stries sur son visage. Je me récrie :

- "Bien sûr que non !"

Elle me confie qu'elle aimerait bien trouver un compagnon pour cette nouvelle étape de sa vie. L'aîné de ses fils, avocat à succès installé à Washington, la presse de venir vivre près de chez lui, et lui propose de prendre en charge la location d'un appartement dans son quartier. Mais elle ne l'entend pas de cette oreille.

- "Je sais qu'il s'inquiète vraiment pour moi, mais pas question d'être tous les jours à la sortie de l'école des enfants, de jouer les grand-mères gâteau. Goûter et devoirs des petits au quotidien, très peu pour moi ! Même si j'adore mes petits-enfants. Ici, j'ai ma vie, mes amis, mes activités. Qu'est-ce que je ferais dans une banlieue de Washington ? Sans voiture on y est condamné à un ennui mortel.

  Si j'avais quelqu'un dans ma vie, il arrêterait de m'embêter avec ça, et puis c'est vrai, ça pourrait m'aider à garder cet appartement et à payer le loyer. Je n'ai pas rencontré un homme qui me plaise depuis tellement longtemps. Il est svelte, poli, c'est un homme qui a de la conversation conclut-elle, rêveuse."

Jacqueline, un peu midinette, se projette déjà dans cette histoire pas encore ébauchée mais, aussitôt, s'inquiète :

- "C'est difficile avec ma santé d'envisager une relation amoureuse. Comment pourrais-je lui parler de ma greffe et de ses conséquences sans le faire fuir ? Vous croyez qu'un homme accepterait d'avoir une relation avec moi ?"

Que répondre ? Touchée par son envie de mener une vie normale, d'envisager un avenir autre que celui d'une grand-mère à la santé précaire dans une situation financière qui ne l'est pas moins, je m'en sors, comme souvent par une pirouette :

- "Prenez le temps de le connaître. Après tout, vous ne savez rien de lui, c'est peut-être un *serial killer*[3]. Soyez prudente."

Trait d'humour douteux, certes, mais qui me permet de me sortir de cette situation baroque de confidente/conseillère d'une femme de plus de vingt-cinq ans mon aînée.

A deux jours de mon départ, j'arrive encore à faire quelques rencontres professionnelles qui ne me laissent pas grand espoir. Loin de me décourager, je donne rendez-vous à Jacqueline après les fêtes que je passerai à Atlanta, avant de revenir à New-York.

C'est au cœur de l'hiver que je retrouve le douillet appartement de Roosevelt Island. Jacqueline, paraît heureuse de me revoir, et m'accueille, comme la première fois, sur le pas de la porte. Nous reprenons rapidement nos habitudes de cohabitation. Malgré une intense activité, je savoure, selon les jours, soit la pause-café du matin et les commentaires humoristiques de Jacqueline sur les nouvelles du jour, soit le thé de cinq heures et la chronique du quartier, le tout toujours pimenté par ses souvenirs. Jacqueline a été l'assistante d'un dermatologue de renom, qui s'est orienté vers l'esthétique. Un matin, les démêlés d'une actrice avec son chirurgien étalés dans le journal l'aiguillonnent et elle revient sur ses années dans ce cabinet. Elle n'est pas tendre avec ses compatriotes et leur obsession de la beauté. Depuis les minces qui veulent se faire liposucer jusqu'à celles qui arrivent avec la photo de leur star préférée pour servir de modèle à leur rhinoplastie en passant par les obsédées du lifting, elle me dépeint une quête effrénée de la beauté. Celle-ci serait pour ces femmes le garant du bonheur conjugal, lui-même indispensable à leur réussite sociale. J'ai bien du mal à comprendre les relations entre les hommes et les femmes de ce pays, un mélange de féminisme outrancier et d'une conception passéiste du couple. Après la diatribe de Jacqueline, je lui demande simplement :
- "Et vous ? Vous n'avez jamais été tentée de modifier quelque chose en vous ?"

- "Oh non, répond-elle, j'ai toujours plu aux hommes telle que je suis. D'ailleurs je plaisais bien à mon patron, mais il était marié avec une femme tellement jalouse qu'il n'osait rien entreprendre. Il avait trop peur d'elle."

A cette évocation elle ne peut s'empêcher de sourire, sans doute un peu nostalgique de cette époque. Ce que j'aime chez Jacqueline, c'est cette assurance tranquille, ni prétentieuse, ni faussement modeste. Le souvenir de son pouvoir de séduction passé la ramenant vraisemblablement vers l'histoire du moment, elle me dit tout d'un coup :

- "Vous ai-je dit que j'ai suivi votre conseil ?"

Ayant bien d'autres choses en tête, après des fêtes particulièrement sinistres, je ne sais pas à quoi elle fait référence.

- "Ah, lequel ?"

- "Avec le professeur en retraite, je n'ai rien précipité. C'était d'autant plus facile qu'en fin d'année il a été absent pendant une semaine. On s'est revus au cours de Tai-Chi, après son retour et on a pris un café une fois. Il est vraiment très séduisant, et puis nous n'avons aucun mal à trouver des sujets de conversation. Après, je suis partie chez mon fils pendant trois semaines, alors on n'a pas eu l'occasion de se revoir avant les fêtes."

Son visage s'éclaire lorsqu'elle me parle de cet homme, elle poursuit :

- "Pour l'instant, je ne lui pas parlé de ma condition - elle utilise le mot anglais dans le sens problèmes de santé. Vous aviez raison, je ne le connais pas vraiment encore, mais je trouve sa compagnie très agréable. Il m'a dit que la prochaine fois il m'inviterait à déjeuner… Je me demande ce que je devrais porter pour un déjeuner, qu'est-ce que vous en pensez ? Robe ou pantalon ?"

Comme une adolescente sur le point de se rendre à son premier rendez-vous, Jacqueline, bien que n'ayant pas encore reçu l'invitation, est déjà prise par l'excitation de la préparation de cette rencontre. Je réponds prudemment :

- "A cette saison, il vous faudra composer avec le temps".

Le lendemain, un vendredi, elle revient toute excitée de sa séance de Tai-Chi :

- "Il m'a invitée à déjeuner lundi ! A votre avis, est-ce que je dois me faire couper les cheveux ?"
- "Pourquoi ? Votre coupe est très bien."

Jacqueline arbore une coupe au carré parfaitement exécutée qui lui va à merveille, un centimètre de moins n'ajouterait rien à sa séduction. Son enthousiasme et ses inquiétudes de jeune fille à la veille d'un premier rendez-vous me touchent.

Le lundi, n'ayant pas de rendez-vous l'après-midi, je rentre assez tôt à l'appartement pour continuer mon incessant travail de relance téléphonique. Très peu de temps après j'entends la porte de l'entrée claquer. Je finis la conversation en cours et rejoins le salon. Mon hôtesse n'étant pas du genre à claquer les portes, je crains qu'elle n'ait subi une déconvenue. Pomponnée et parfumée - 24, Faubourg d'Hermès, son favori, et l'un de ses rares luxes - Jacqueline est de retour de ce déjeuner tant attendu. Elle est d'une humeur belliqueuse. Elle fulmine. Elle vient de réaliser les vraies motivations de son prétendant dont l'objectif ultime est, selon elle, de mettre la main sur son appartement. Lors d'un précédent rendez-vous, elle a eu la mauvaise idée de lui raconter qu'elle occupe un appartement ayant deux chambres. Or, ces unités sont très convoitées. Ce Monsieur, pas plus que Jacqueline, ne peut y prétendre, il faut avoir au moins une personne à charge. Typiquement, un Américain entendant une telle histoire serait allé la dénoncer aux autorités compétentes au prétexte de rétablir l'équité qu'elle bafoue depuis quelques années, tout en lui disant, la main sur le cœur, *rien de personnel* ! Le prétendant, lui, a certainement une conception différente de l'équité. Il a pensé qu'en exerçant sur Jacqueline une sorte de chantage *soft*, il pourrait, non seulement s'ouvrir son lit, mais en plus les portes de ce joyau très convoité. Mal vu, Jacqueline est fine mouche et elle a un caractère bien trempé :

> - "Non, mais qu'est-ce qu'il s'imagine, qu'il est plus malin que moi ? Qu'il suffit d'un bon repas et d'un verre de vin pour que j'accepte n'importe quoi ?"

Pas question pour elle de se laisser manipuler par un homme, fut-il séduisant :

> - "*Bloody son of a bitch*[3] !" conclut-elle après m'avoir résumé la situation.

Même les nurses suisses les plus affables peuvent perdre leur sang-froid.


A la suite de cet incident, elle devient un peu paranoïaque, elle craint que le prétendant éconduit ne la signale au management. Son appréhension d'une possible dénonciation de ma présence chez elle par les voisins renaît. Elle sursaute au moindre appel :

> - "Et si c'était le management de l'immeuble ? Que vont-ils en conclure si vous répondez ?"

Je suis désolée pour elle car elle a de réelles angoisses et de bonnes raisons d'en avoir. Les Américains n'ont pas d'état d'âme, son ex-prétendant peut à tout moment décider de la dénoncer. Je sens que Jacqueline préfèrerait que je parte.


Cela tombe au mauvais moment. Alors que les téléphones portables sont encore très peu répandus à New-York, et que le moyen de communication privilégié demeure le téléphone, le numéro de Jacqueline est celui que j'ai communiqué à tous ceux avec qui je suis en discussion. Les déboires de Jacqueline ne font pas mes affaires. Consciente de mes difficultés, elle n'ose pas me demander de partir, mais, un peu paranoïaque, elle répond systématiquement aux appels, dont la majorité est pour moi. Je sens bien qu'il faudra que je trouve une autre solution d'hébergement pour mes prochains séjours.

# Harlem

Pendant le deuxième séjour newyorkais chez Jacqueline, je me rends à une réunion des anciens élèves de mon université. L'organisateur, Frank, un homme sympathique et volubile, m'explique qu'il a récemment démissionné pour se lancer dans l'aventure des nouvelles technologies. Il appartient à cette foule de rêveurs ou petits escrocs en tous genres que les valorisations boursières astronomiques de certains acteurs d'internet fait fantasmer. En Amérique la réussite sociale est un impératif et elle se mesure exclusivement en dollars. Frank, attiré par le miroir aux alouettes tendu par ce nouveau secteur, a laissé tomber son job de directeur marketing convaincu qu'il a toutes les chances de devenir l'un des millionnaires de cette nouvelle économie.

Pour se donner les moyens de cette aventure, il a quitté son appartement de l'*Upper East-Side* au loyer insensé. Il partage maintenant une grande *Brownstone*[1] avec plusieurs jeunes gens venant d'horizons différents et me propose de venir à une fête qu'ils organisent quelques jours plus tard. La maison est située au nord du quartier de Harlem devenu fréquentable depuis que Rudy Giuliani, le maire de New York, s'est attaqué au problème de la criminalité dans cette ville. J'accepte avec plaisir. Ils sont quatre à partager un grand espace sur deux niveaux, l'entresol et le rez-de-chaussée surélevé. Trois d'entre eux sont des artistes en devenir - un peintre, un comédien de stand-up, une aspirante cantatrice. Ils ont tous des boulots alimentaires, consacrant le reste du temps à tenter de se réaliser dans leurs domaines respectifs. Mitch, le stand-upper, un grand gaillard roux et barbu qui ne peut renier ses origines irlandaises, ouvre la porte et m'accueille chaleureusement :

- "Ah, c'est toi la Française, bienvenue !"

Dans la foulée, il me présente Maureen, seule femme dans ce petit groupe de colocataires. Grande, très élancée, brune, le teint mat, elle donne l'impression de flotter au-dessus du sol. Pas mal d'invités sont déjà arrivés. J'aperçois Frank près du comptoir de la cuisine-séjour, il me fait signe de le rejoindre. Encore une fête à l'Américaine, chacun est invité à se servir de bière dans le réfrigérateur, quelques bols de chips et de cacahuètes constituant le festin proposé. J'ai amené une bouteille de vin blanc et me mets en quête d'un tire-bouchon. J'en profite pour observer l'appartement. La maison est ancienne, les plafonds sont très hauts. A l'entrée du séjour un escalier descend vers l'entresol. A mi-parcours, au-dessus du vide créé par l'escalier une construction en bois s'élève, courant sur tout le mur à gauche du séjour, comme une sorte de cabane étroite, longue et haute, dont les parois sont décorées de grandes toiles abstraites, très colorées, que je devine être l'œuvre du peintre de la bande.

Maureen trouve le tire-bouchon et accepte volontiers un verre de vin. Voyant que j'observe la cabane, elle rit :
- "Comment trouves-tu la chambre de Mitch ? Il l'a construite avec Javier. C'est très malin ce qu'ils ont conçu, tout est posé, quand on quittera la maison, ils pourront tout enlever, aucune trace sur le mur ! Et puis ça crée un bel espace pour exposer les toiles de Javier."

Enchainant sur autre chose, elle me demande ce qui m'amène à New-York, je lui raconte mes recherches, l'interrogeant ensuite sur ses activités. Elle est originaire de l'état de Washington au Nord-Ouest, elle est venue à New-York pour suivre des cours d'art lyrique. Elle a été acceptée à la Juilliard School, une référence, et attaque son second semestre :

-   "Mais, me dit-elle, je dois gagner de quoi financer les semestres suivants. Mon travail de serveuse paye le loyer et la nourriture, mais pas les frais d'inscription. Je vais essayer de repartir pour une saison de pêche en Alaska afin de financer les deux semestres à venir."

Je suis surprise, je l'imagine mal, elle si féminine, dans un milieu que je devine plutôt testostéroné. Elle s'amuse de mon étonnement :

-   "C'est sûr, il n'y a pas trop de femmes dans les équipes de pêcheurs, aucune à vrai dire. La première fois, j'étais avec mon frère, cela a facilité les choses. Il faut que l'équipage oublie que tu es une femme. Ne jamais se plaindre et se faire respecter d'entrée de jeu. C'est dur, mais ça paye très bien. Mon semestre se finit fin avril, dès qu'il y a une opportunité après, je pars."

Entre-temps, Frank s'est approché de nous, accompagné d'un petit brun, râblé, très latin. J'apprendrai plus tard qu'il est d'origine péruvienne.

-   "Alice, je te présente Javier, le peintre de notre groupe".

Je le complimente sur l'astucieuse construction et les peintures qui la décorent. Frank m'entraîne visiter ce qu'il appelle son antre. Il dispose d'une sorte de minuscule appartement à l'entresol. Une pièce en L et une salle de bains attenante. Son lit est astucieusement perché sur un meuble de rangement mi-commode, mi-penderie. Les colocataires ont vraiment déployé des trésors d'intelligence pour optimiser le volume de cette habitation et arriver à partager à quatre un espace qui, à l'origine, ne dispose que de deux vraies chambres. Je demande à Frank comment ce petit groupe s'est constitué. Comme toujours ici, par annonce, puis par cooptation, Mitch est arrivé le dernier, amené par Javier. Frank, lui est arrivé avant. L'espace en entresol était disponible mais demandait pas mal de travail. Après avoir cherché un bon moment une solution de logement abordable, il était content de trouver une colocation lui assurant un semblant d'indépendance. Aussi n'a-t-il pas hésité à s'attaquer à la remise en état de cet endroit qui avait précédemment servi de débarras. Les colocataires s'entendent très bien. Ils savourent le privilège de vivre dans Manhattan à un coût très raisonnable.

Plus de quinze ans après mon stage à New-York, je retrouve l'atmosphère qui m'avait tant séduite à l'époque, celle d'une énergie et d'une débrouillardise joyeuses, d'un optimisme à toute épreuve, de la certitude qu'à la fin les efforts de chacun seront couronnés de succès. Ici on prend son destin en main, n'attendant rien des autres, ni de l'état.

Nous remontons nous mêler aux invités, Mitch est en train de tester quelques-uns de ses sketches, il est au centre d'un groupe hilare. L'ambiance est potache, détendue, un joint circule. J'essaye de comprendre ses vannes. Mon anglais, et surtout ma culture américaine, ne sont pas suffisants : si j'attrape souvent le sens du propos, dans la plupart des cas je n'en saisis pas la drôlerie.

Frank, lui, rit beaucoup. Il m'explique qu'il travaille un peu avec lui pour son projet internet. Voyant ma surprise, il enchaîne :

- "Mon idée, c'est de monter un service qui envoie une blague chaque matin à ses souscripteurs."

- "Et les gens vont payer pour ça ?"

-   "Non, ce sera gratuit. Mais ça suppose que j'ai un stock de blagues inédites avant de commencer."

Il devine mon incrédulité et continue :

-   "Si tu as du temps cette semaine, j'aimerais bien qu'on en discute."

Même si j'ai adopté internet très tôt, je reste assez ignorante à propos de ce que cette technologie permet. Curieuse de voir ce que ceux qui essayent de se lancer dans ce nouveau secteur de la communication imaginent, j'accepte volontiers. C'est ainsi que le contact avec Frank se maintient. Je ferai, au fil des mois, quelques sessions de *brainstorming* avec lui et son associé dans cette entreprise.

Les craintes de Jacqueline s'étant un peu dissipées, elle m'héberge pour mon séjour suivant en avril, mais je vois bien qu'elle demeure inquiète. Elle sait qu'elle ne peut plus avoir autant de *nièces* qui lui rendent visite, ses finances s'en ressentent, elle perd un peu de son entrain. De mon côté, mes recherches montrant que j'aurai du mal à trouver une entreprise qui m'embauche sans carte verte, je poursuis les contacts entrepris avec un Américain pour un possible partenariat qui me ramènerait à Paris. Comme il faut bien se rendre à l'évidence que les deux projets, le personnel et le professionnel, sont mal embarqués, je décide qu'il est temps de suivre une autre route. Celle qui s'offre à moi avec ce possible partenariat me séduit plutôt. Mon séjour d'avril est entièrement consacré à approfondir ce projet.

Frank, qui m'alimente de ses blagues quotidiennement, aimerait que je participe à l'une des réunions avec son associé. Une date est fixée et me voici de retour dans la maison de Harlem. Le séjour sert de salle de réunion. Mitch et Javier sont absents, chacun à leur travail. L'associé de Frank n'est pas encore arrivé. Du fond de l'appartement proviennent les échos d'une psalmodie. Voyant mon air surpris, Frank intervient :

-    "Maureen est bouddhiste. C'est son moment de prière."

Il me propose un café en attendant son partenaire. Comme si les effluves du café avaient ramené Maureen sur terre, la mélopée s'interrompt, et quelques minutes plus tard elle entre dans le séjour. La conversation s'engage autour de ses projets. Elle m'informe qu'elle a trouvé un engagement sur un bateau de pêche au début du mois de mai, et partira en Alaska pour trois mois, voire plus, enchaînant : si tu as besoin d'une chambre pendant l'été, je serais heureuse de te louer la mienne. Être bouddhiste n'empêche pas d'avoir le sens des affaires. Cette proposition arrangeant bien les miennes, je l'accepte avec plaisir. Nous nous mettons d'accord sur les modalités. Je suis heureuse d'avoir une solution de rechange car j'ai bien compris que ce séjour serait le dernier sur Roosevelt Island.

Le son aigrelet de la sonnette nous ramène à la raison de ma venue. L'associé de Frank, Don, arrive enfin. Sa présence rétrécit instantanément l'espace de la pièce tant sa taille et sa corpulence sont impressionnantes. Ses cheveux blonds abondamment frisés et son sourire amical lui donnent un côté gros nounours bienveillant. Dès que la conversation débute, je ne peux que noter la vivacité de son esprit. Néanmoins au fur et à mesure que les deux m'exposent, chacun à leur tour, leur projet, je constate chez eux une créativité presque visionnaire qui s'accompagne d'une absence totale de sens des affaires. Chez Don, je peux le comprendre, son parcours est celui d'un informaticien, mais chez Frank, cela m'étonne davantage : qu'a-t-il retenu de notre MBA ? En bref, s'ils ont saisi avant beaucoup qu'internet permettrait de collecter rapidement un grand nombre de données sur les consommateurs, ils ne semblent pas réaliser que c'est l'exploitation de ces données qui sera la clé de leur succès. Aveuglés par la réussite naissante d'une société comme Amazon dont la valorisation ne cesse d'augmenter alors que l'entreprise affiche des pertes colossales, ils sont persuadés que leur idée peut leur permettre de prétendre à ce type de résultat très vite. Ils ne se préoccupent pas de construire une narration forte autour du potentiel économique de leur projet afin de convaincre des investisseurs. Ils sont convaincus qu'ils viendront à eux attirés par la notoriété grandissante de leur service. L'entreprise gagnera ainsi de la valeur et, le moment venu, ils empocheront le pactole. Je reste sans voix.

Toute à mes projets personnels, je suis plus préoccupée par la façon de mettre au point un partenariat ayant du sens que par les idées de Frank. Mon futur partenaire, quoique très sympathique ne peut guère dissimuler un côté requin très prononcé. Je ne suis pas une excellente négociatrice mais je suis lucide. Dans un pays aussi judiciarisé que les Etats-Unis, je ne peux signer un contrat sans avoir mon propre conseil, d'autant que mon associé présomptif, lui, s'appuie sur l'un des plus prestigieux cabinets d'avocats de la ville. Comment trouver ici un avocat sans dépenser une fortune ? Je me souviens alors d'avoir rencontré à Tokyo un juriste Français, Nathan, qui m'avait dit vouloir s'installer à New-York. Je reprends contact via nos connaissances communes. Magie de la solidarité entre nomades, il accepte de devenir mon conseil malgré mes budgets plus que limités. Je lui dois, ainsi qu'à l'une de ses consœurs en France, d'avoir pu tirer le meilleur parti d'un partenariat qui aurait pu s'avérer catastrophique. Mais c'est une autre histoire.

Cette nouvelle aventure prend du temps à se construire, je reviens encore deux fois à New-York cette année-là, une fois en juin, l'autre en fin d'été. Profitant de l'offre de Maureen, ma nouvelle adresse New-Yorkaise est à Harlem. Cette nouvelle base me donne l'occasion de suivre l'évolution du projet de Frank, qui, à vrai dire, tourne un peu en rond, tant l'obsession des deux compères de gagner de l'argent rapidement supplante tout raisonnement logique. Les deux camarades mal inspirés par des exemples insuffisamment analysés, se révèlent incapables de structurer un plan susceptible d'attirer des investisseurs. Ils glanent des conseils ici ou là - dont les miens, et se dépêchent de ne pas les suivre. Ils continuent d'œuvrer au développement d'une immense base de données totalement inexploitable faute d'un outil adapté qu'ils n'ont pas les moyens de développer.

Pendant ce temps je travaille à construire un projet porteur d'avenir. Encore une fois c'est d'Amérique que vient ma solution professionnelle. Même si le contrat avec mon partenaire américain vole vite en éclats, le projet mis en place se poursuit. Traçant ma propre voie, j'invente, chemin faisant, le métier que j'exerce pour le reste de ma vie professionnelle. Je le dois à la créativité et à l'énergie new-yorkaises. Pour mon éphémère colocataire Frank et son associé, les choses ont moins bien tourné. L'éclatement de la bulle internet, au tournant des années 2000 sonne le glas de leurs espérances. Don, avec ses compétences technologiques n'a aucun mal à se vendre ailleurs. Je croise Frank deux à trois ans plus tard à une réunion d'anciens élèves, il a visiblement du mal à remonter la pente, mais n'a pas perdu sa bonne humeur.

A l'occasion de mes différents séjours à Harlem, je ne manque pas de rendre visite à Jacqueline. Je la trouve de plus en plus préoccupée. Elle a totalement arrêté de sous-louer sa chambre. Elle surveille la fonte rapide de ses économies voyant se rapprocher le moment où il faudra accepter le départ à

Washington. Cette issue qu'elle redoute est au centre de la conversation. Ses anecdotes amusantes, son irrévérence moqueuse, ses enthousiasmes et ses indignations de jeune fille, que j'adorais, ont cédé la place à des considérations plus moroses. Elle se résigne à vieillir. Pour lui faire plaisir, lors de mon dernier séjour je lui apporte un petit flacon de son parfum préféré, mais rien ne saurait lui redonner une joie de vivre que je sens s'éteindre un peu plus à chaque rencontre. Finalement, elle part à Washington en 2002, la mort dans l'âme.

Deux ans plus tard, j'ai l'occasion de me rendre dans cette ville où résident plusieurs de mes amis. J'en profite pour aller prendre un thé chez elle et je constate tristement à quel point sa santé mentale s'est dégradée. Elle perd la mémoire, me confond avec l'une de ses anciennes *nièces*. Je sors de cette visite très attristée. Après quelques mois, je tente de prendre de ses nouvelles par téléphone, mais elle ne se souvient plus du tout de moi. Je n'insiste pas, préférant garder le souvenir de la femme libre un brin frondeuse et très joyeuse que j'ai eu le privilège de rencontrer. Madeleine, elle, a succombé à une crise cardiaque, à la mi-temps des années 2000, emportant avec elle le souvenir heureux des pâtisseries et petites histoires partagées dans son coquet studio perché au cœur de Manhattan.

Evolution de la société américaine ou effet de la maturité ? Ces dix-huit mois partagés entre la France et les Etats-Unis changent ma perspective. Le dynamisme et l'énergie positive de ce pays sont toujours une source d'inspiration, mais je vois plus clairement les failles d'une société qui laisse peu de chances aux individus dont la détermination ou la santé sont défaillants.

Une fois encore, l'Amérique m'a aidée à rebondir et à trouver une nouvelle voie. L'énergie que j'y ai puisée m'a permis de garder foi en mes projets même dans les multiples crises des premières décennies du nouveau millénaire.

Partie VI


# UNE DERNIERE HISTOIRE


*2004*

A partir de l'année 2001 je débute une nouvelle aventure professionnelle. Mon premier essai en tant qu'entrepreneuse m'a conduite en Asie et, pour ce nouveau projet, l'expérience acquise là-bas m'est précieuse : j'avais vu juste, l'Asie est devenue la région clé du développement des affaires. Dans un premier temps le marché Japonais reste la priorité des industriels de la cosmétique, de la mode et du luxe, avant que la Chine ne devienne leur obsession. Si je ne me déplace plus beaucoup là-bas - ou ailleurs - faute de temps, j'organise de nombreuses conférences à l'occasion desquelles je fais venir le monde à Paris.

Je travaille énormément mais j'essaye toujours de profiter des occasions qui s'offrent à moi. J'ai ainsi l'opportunité de repartir en Asie en 2004, un peu pour le travail, beaucoup pour le plaisir.

# Une Geisha du 21<sup>ème</sup> siècle

Année 2004, mon beau-frère, qui poursuit une carrière internationale dans une grande entreprise française, vient d'être nommé à Taiwan. La dernière fille a tout juste quitté le nid, ma sœur et lui s'ennuient copieusement à Taipei, la capitale de l'île, adaptation difficile. Un couple de leurs amis, que je connais bien, les invite pour un long week-end à Tokyo où ils résident, ils me proposent de les rejoindre. Décision vite prise, nous visons les ponts de Novembre, nous nous coordonnons et planifions nos vols, eux de Taipei, moi de Paris, pour arriver au même moment. Tous nos plans sont arrêtés lorsqu'à une dizaine de jours du départ, Henri, leur ami, gestionnaire de fortune, reçoit une invitation de son meilleur client le priant d'assister à un gala de charité prévu le lendemain de notre arrivée. Pour lui c'est incontournable, et il se désole de nous abandonner une soirée alors que nous n'en passerons que trois à Tokyo. Repousser d'une semaine l'arrangerait bien. Pour nous difficile d'annuler ou de reporter des réservations à quelques jours du voyage, d'autant que j'en ai profité pour organiser quelques rendez-vous professionnels dans la région.

Henri, rompu aux usages du pays, a certainement su trouver les mots pour expliquer la situation à Monsieur Hirobushi, son client, et nous voici propulsés sur la liste des invités de cette soirée, les deux cent cinquante *plus proches amis* d'un magnat de l'industrie japonaise. Il faut juste prévoir une tenue ad hoc dans la valise. Ce voyage devient encore plus excitant !

Comme prévu nous atterrissons à *Narita*[1] à quelques minutes d'intervalle, et nous retrouvons dans la file d'attente pour passer les contrôles de police. Quelle parfaite coordination ! Après récupération des bagages, c'est parti pour plus d'une heure de bus qui nous conduit non loin du bureau d'Henri où nous devons le rejoindre. Ainsi nous pourrons rentrer avec lui dans la banlieue résidentielle où il a trouvé un logement spacieux, un vrai luxe dans cette ville où les biens sont de petite taille et les prix prohibitifs. Finalement le plan initial a été modifié. D'autres amis globe-trotters sont aussi à Tokyo, nous les rejoignons pour un verre. Shirley, l'épouse d'Henri s'est jointe au groupe et, dès l'apéritif terminé, nous allons dîner en ville. La journée commence à être longue, mais le plaisir de retrouver des visages familiers et de les écouter raconter leur expérience du Japon est plus intense que la fatigue.

Le samedi soir, après avoir passé une journée relaxante à Kamakura, ville côtière connue pour ses temples, Shirley, ma sœur et moi-même nous pomponnons comme des midinettes s'apprêtant à rencontrer le prince charmant. Cette soirée mondaine est un peu notre *bal des débutantes* dans la haute société japonaise. Henri, sobrement vêtu d'un costume gris foncé, a investi son personnage de banquier lorsque nous arrivons dans l'un des plus beaux hôtels de luxe de la ville où le personnel, tous sourires et courbettes, nous dirige vers ce qui est, en temps ordinaires, un grand auditorium.

La scène est dissimulée par un rideau rouge, un lustre de cristal scintille au centre de la salle. A la place des rangées de sièges, des tables rondes juponnées de blanc, ornées de splendides bouquets, roses, freesias, campanules… dans une belle harmonie rose pâle et blanc. La table de notre hôte se distingue par une composition plus spectaculaire encore, présentée dans un vase ancien, l'ensemble dégage un parfum subtil de fleurs et de feuilles fraîchement coupées, sans qu'aucune note ne domine clairement. L'espace du fond de l'auditorium est réservé au cocktail d'accueil. Celui-ci est servi par le truchement d'un personnel nombreux, souriant, silencieux et zélé. Les serveurs apparaissent prestement proposant alternativement cocktails, champagne ou bouchées diverses, et semblent s'évaporer aussitôt. Une rumeur feutrée émerge de cet endroit où convergent les invités assemblés en petits groupes discutant mezza-voce.

Les invités sont en majorité japonais, la plupart des hommes vêtus à l'occidentale, alors que seule une courte majorité de femmes arbore des tenues de grands couturiers européens, les autres étant vêtues de somptueux kimonos traditionnels. Le contraste est saisissant entre ces deux groupes féminins, la modernité des premières tant par leur choix de vêtements, d'accessoires, de coiffure met en valeur l'incroyable sophistication des secondes qui suivent la tradition, l'âge ne paraissant pas être la ligne de fracture.

Henri repère nos hôtes, son client, un petit homme mince, aux allures de grand-père idéal, un air doux derrière ses lunettes en écaille, costume sur-mesure gris impeccable. A ses côtés, sa femme, légèrement plus grande que lui, est vêtue d'un magnifique kimono, parfaitement assorti au costume de son mari. En jacquard de soie grise, il est ceinturé d'un *obi*[2] rose pâle et s'harmonise ainsi avec la décoration florale, le raffinement à la japonaise.

Nous nous approchons pour les saluer, Henri nous présente dans son Japonais hésitant, et je balbutie quelques mots dans cette langue que je n'ai jamais réellement maîtrisée, en espérant ne pas commettre d'impair, c'est si vite arrivé dans ce pays où tout est codifié. Henri nous explique que l'une des tables est réservée aux occidentaux égarés dans cette assemblée purement nippone, nos débuts dans la haute société japonaise se limiteront donc à l'observation à distance. Nous naviguons entre les tables pour repérer celle qui nous est dévolue. Il s'agit d'une table en lisière de la salle, nous attendons le signal qui nous permettra de nous installer tandis qu'Henri nous détaille le programme de la soirée.

Notre hôte est un mécène qui s'intéresse particulièrement à la musique. Il a créé une fondation visant à promouvoir l'éducation musicale des jeunes japonais. Elle leur octroie des bourses d'études grâce auxquelles ils ont la possibilité de partir dans le pays de leur choix en Europe. Monsieur Hirobushi organise périodiquement des soirées de prestige afin de mobiliser les fonds de ses *plus proches amis* et ainsi supplémenter ceux qu'il alloue annuellement à sa fondation. C'est l'occasion de proposer un dîner gastronomique suivi d'un concert et d'exposer, entre les deux, les réalisations de cette organisation. L'évènement reste très privé, l'entre-soi des grands, pas de presse, il s'agit aussi d'affirmer son statut vis-à-vis de ses pairs. Pour cette soirée, notre hôte a, en toute simplicité, fait venir une bonne partie de l'orchestre symphonique de Londres.

Nous sommes vite rejoints par nos homologues *gaijins*[3] : l'attaché culturel de Grande-Bretagne et sa femme, élégance *so British* ; un banquier Américain, géant blond débonnaire et mal fagoté ; un couple de musiciens australiens, apparence bohême ainsi qu'il sied aux artistes. Au moment où nous nous asseyons, une adorable jeune japonaise en costume traditionnel, sortie tout droit d'une estampe du dix-neuvième siècle, s'avance vers la table. Henri, à ma droite, me souffle à l'oreille, *la geisha d'Hirobushi*. Courbettes de la demoiselle à tout le monde, elle vient s'installer à ma gauche sur le seul siège resté libre. Quelle chance ! Je suis heureuse que le dîner, que je pressens long, m'offre l'opportunité d'un échange avec un personnage si emblématique de la culture japonaise, même si le terme *Geisha* employé par Henri me paraît, sur le moment, un tantinet abusif.

Nous nous présentons. Yukiko, dans son joli kimono ivoire d'une grande sobriété, incarne l'image de la femme japonaise traditionnelle. Pourtant, elle s'avère moins coincée que la plupart des jeunes japonaises qui généralement n'osent pas prendre la parole, rougissent dès qu'elles la prennent, et finissent par rire derrière leurs mains pour dissimuler leur embarras. Yukiko m'explique qu'elle a bénéficié d'une bourse de la fondation de Monsieur Hirobushi, et qu'elle a pu compléter son éducation musicale à Paris, dans la classe de violoncelle du conservatoire. Elle s'exprime dans un français émaillé de mots anglais, je suis impressionnée par le niveau qu'elle a atteint en un an de séjour en France. La conversation roule autour de la musique classique, bien que ma culture dans ce domaine soit assez limitée. Nous nous trouvons un goût commun pour la musique baroque qu'elle a pu pratiquer au sein d'un orchestre de chambre. Puis nous dérivons sur ce qu'elle a le plus apprécié en France, la variété des pâtisseries contrastant avec la tradition culinaire japonaise où le sucré n'occupe pas une place importante, l'architecture classique, les belles façades parisiennes, sa folie du shopping et visiblement plutôt dans les boutiques de luxe. Nous parlons marques. Evidemment comme beaucoup de Japonais, elle révère Hermès, mais elle est aussi très attirée par la mode italienne et m'avoue avoir été obligée de racheter des bagages afin de pouvoir ramener toutes ses précieuses acquisitions au Japon. J'aimerais bien lui demander comment elle pouvait accéder à ce genre de dépenses en étant étudiante, mais ce serait malvenu… En tout cas, Yukiko a sûrement bénéficié de moyens autres que ceux procurés par une bourse d'études, renforçant l'hypothèse de l'existence d'un *sugar daddy*[4] qui pourrait bien être Monsieur Hirobushi si j'en crois Henri. On est loin du mythe de la Geisha dame de compagnie et confidente.

J'ai du mal à trouver des questions qui ne soient pas trop inquisitrices mais me permettraient d'en apprendre plus sur le style de vie de la demoiselle. J'essaye d'orienter le sujet sur ses projets maintenant qu'elle est revenue au Japon quand le dessert arrive, un millefeuille, pour le plus grand plaisir de Yukiko. On entend les musiciens se mettre en place derrière le rideau, je crains que la conversation ne doive s'interrompre rapidement. Quelques minutes plus tard, le rideau, me donnant raison, s'ouvre pour accueillir les orateurs d'usage dont les discours sont incompréhensibles pour la plupart des convives assis à notre table d'étrangers. Grâce à ma voisine, j'apprends que le programme musical comprend divers mouvements de symphonies de Beethoven et Brahms. La conversation s'arrête rapidement pour laisser place à la musique, puis à de nouveaux discours qui nous paraissent d'autant plus interminables qu'ils sont tous en Japonais. Le temps s'étire, il est très tard, mais la politesse japonaise est telle que tout le monde reste sagement à sa place, alors qu'en France on aurait vu depuis longtemps l'audience se clairsemer.

Le charme est rompu, je n'en saurais pas plus sur la vie de la geisha du 21ème siècle. J'étais d'autant plus curieuse, que j'ai le souvenir de mes séjours à Tokyo dans cet hôtel pour businessmen où certains d'entre eux étaient accompagnés de ces ravissantes poupées le matin dans la salle de petit déjeuner. J'aurais bien aimé mieux appréhender ce statut particulier de la geisha, mi-prostituée, mi-dame d'agrément. Ce mot suscite beaucoup de fantasmes en Occident, et a recouvert des réalités différentes à travers le temps. De ce que j'en comprends, on pourrait aujourd'hui comparer les geishas aux *escorts-girls*[5] occidentales. Elles se distinguent en effet des prostituées par leur niveau d'éducation autant que par leur plastique. Cependant les *escorts-girls* ne bénéficient pas d'une formation spécifique comme les geishas qui sont soumises à un long apprentissage. Au Japon, l'existence des geishas témoigne d'un art de vivre particulier, très codifié et ritualisé, et, par ailleurs, d'une conception du féminin dans cette société bien différente de celle des sociétés occidentales. Cependant imaginer que, dans un cas comme dans l'autre, la prostitution est absente, serait naïf, même s'il est vraisemblable qu'elle ne soit pas systématique.

Yukiko entre-t-elle réellement dans cette case ? Henri, interrogé après coup, n'en sait pas beaucoup plus que ce que la rumeur lui a soufflé. Pourquoi a-t-elle été reléguée à la table des *gaijins* ? L'étranger n'est pas le bienvenu dans la culture japonaise traditionnelle, j'y vois donc un symbole fort la concernant. Serait-ce pour ne pas froisser Madame Hirobushi qui connaît son existence ? Dans ce cas, pourquoi l'inviter, tout en soulignant ainsi la particularité de son statut ? En France, personne ne ferait attention à ce genre de détail. Ici j'ai la conviction qu'il n'échappe pas à grand monde. Je présume que d'autres anciens boursiers de la fondation sont présents dans la salle, pourquoi Yukiko n'est-elle pas parmi eux ? Et s'il n'y avait pas eu de table d'étrangers ? Beaucoup de questions qui ne trouveront jamais de réponse.

Quoiqu'il en soit, si j'en crois les maigres indices récoltés lors de notre conversation, Yukiko échappe à l'image victimaire des geishas d'avant-guerre, qui, sous le joug des tenancières des maisons de thé, étaient confinées dans ces établissements. Formées aux arts d'agrément, se devant d'avoir une culture musicale, de maîtriser tous les codes de la conversation, de la décoration florale ou de la cérémonie du thé, elles étaient priées d'exécuter ce qui était attendu d'elles. Comment connaître la réalité de son histoire ? Qui pourrait dire ce que cache ce visage lisse et souriant ? Je me demande parfois ce qu'il a pu advenir de cette jolie jeune femme alors que son protecteur d'alors est aujourd'hui, dans le meilleur des cas, un très vieux monsieur.

# CONCLUSION

Aujourd'hui, les questions sécuritaires et, par moments, sanitaires tendent à faire du voyage un parcours d'obstacles. Les préoccupations environnementales viennent ajouter une dimension de culpabilité à ce qui précède et nous amènent à questionner le bien-fondé de nos déplacements en avion. Faut-il pour autant renoncer aux voyages lointains ? Si la majorité des gens arrêtait de voyager la planète s'en porterait certainement mieux. Cependant, le tourisme étant l'un de ses moteurs, l'économie globale plongerait drastiquement. On voit bien la complexité des enjeux. Dans l'océan des informations parfois contradictoires qui circulent, la seule possibilité n'est-elle pas de s'interroger individuellement sur la pertinence de nos déplacements ? Les miens on fait la richesse de mon existence.

Les personnages de ces fragments, même ceux dont j'ai perdu la trace, m'accompagnent toujours ; nos échanges ont nourri ma curiosité, questionné mes certitudes et parfois ébranlé mes convictions. Certains, devenus des amis très chers sont, grâce à la magie d'internet, présents dans mon quotidien. Bouclant la boucle, je passe maintenant mon temps entre Paris et Montréal. Le cosmopolitisme de cette dernière ville m'enchante. Mes amis canadiens sont de toutes origines et ma curiosité vis-à-vis de leurs cultures respectives n'est pas tarie.

# Notes

## Partie I

### Apprentie Voyageuse

P. 16    1.   Icite : ici

2.   Bibittes : le terme québécois générique pour toutes les bestioles de type moustiques, mouches noires et autres insectes qui apparaissent en grand nombre dès le début de l'été.

P. 17    3.   Souper = dîner. Les québécois ont gardé les expressions du 17ème siècle, ainsi le déjeuner se dit dîner, et le dîner français devient souper.

P. 18    4.   Ma Cabane au Canada : Chanson de Line Renaud de 1949.

P. 27    5.   Cole Slow : Chou vert cru râpé servi dans une sauce à base de mayonnaise.

6.   Elisabeth Teissier : Astrologue Française célèbre dans les années 70/80.

### De l'Inconscience

P. 31    1.   Campground : terrain de camping

P. 33    2.   Dîner = déjeuner

P. 34    3.   Diner : restaurant style cafétéria où l'on peut manger à toute heure

P. 36    4.   Quarter : pièce de 25 cents (0,25 $)

P. 39    5.   Maringouins : moustiques québécois

6.   Wallmart : grande surface bon marché où l'on trouve tout pour équiper sa maison

### De la Notoriété

P. 50    1.   Galet : endroit de l'avion où les repas sont stockés et réchauffés.

## Partie II

### Le Saut dans l'Inconnu

P. 63    1.   Host Family : famille d'accueil

P. 73    2.   College : Premier cycle universitaire. Quatre années apres le lycée, sanctionnées par un bachelor.

3.   Graduate School : Deuxième et troisième cycles universitaire.

P. 74    4.   Dormitory (ou Dorm) : Littéralement dortoir, en réalité des chambres pour deux étudiantes.

## Acculturation



## Hermitage House



## Bienvenue à *Big Apple*



## Maggy



## Zac



# Partie III

## Noël au Danemark

### Contrastes



### Télescopages



# Partie IV

### De l'Inconséquence (2)



# Partie V

### Jacqueline

**Harlem**

P. 249          1.      Brownstone : A New-York, c'est le nom donné aux maisons
                construites en grès rouge doté d'un escalier extérieur qui conduit à
                l'entrée au premier étage (ou demi-étage).

## Partie VI

### Une Geisha du 21^ème siècle

P. 262          1.      Narita : l'un des deux aéroports de Tokyo. Il se situe à environ 50
                kms de la capitale et reçoit les vols internationaux. .
P. 263          2.      Obi : ceinture large des kimonos japonais traditionnels.
P. 264          3.      Gaijins : étrangers en japonais
P. 266          4.      Sugar Daddy :  littéralement papa sucre. Petit nom donné aux
                "protecteurs" de jeunes filles qui les fréquentent précisément pour
                bénéficier de leurs largesses.
P. 267          5.      Escort-Girls : Jeunes femmes rémunérées pour accompagner des
                hommes fortunés dans certaines de leurs obligations sociales.